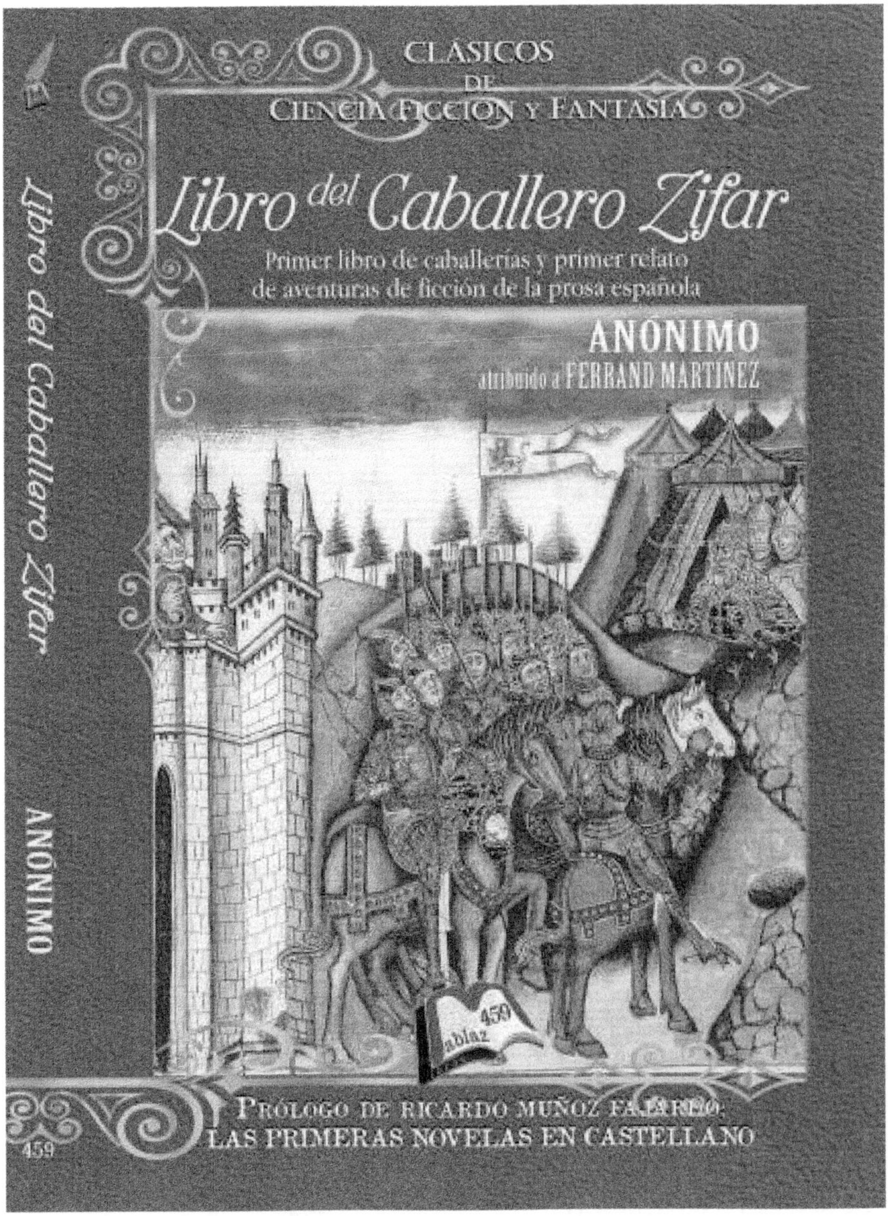

Libro del Caballero Zifar

Primer libro de caballerías y primer relato
de aventuras de ficción de la prosa española

ANÓNIMO
atribuido a FERRAND MARTÍNEZ

Libro del Caballero Zifar

ANÓNIMO

459

PRÓLOGO DE RICARDO MUÑOZ FAJARDO:
LAS PRIMERAS NOVELAS EN CASTELLANO

Ciencia Ficción y Fantasía – 180

Libro del Caballero Zifar
Primera Edición, marzo de 2026

© Libros Mablaz, Madrid

© De esta edición, Libros Mablaz, Madrid

blogs:
Editorial Libros Mablaz
http://editoriallibrosmablazycienciaficcion.blogspot.com.es/
Ciencia ficción y fantasía en Libros Mablaz:
http://mablazlibros.blogspot.com.es/
Librería en Todocolección:
https://www.todocoleccion.net/s/catalogo?identificadorvende dor=LibrosMablaz

Diseño de cubiertas: Mari Carmen López

ISBN: 979-13-991844-4-0
Depósito Legal: M-7949-2026

LIBROS MABLAZ - 459

Libro del Caballero Zifar

Anónimo

(atribuido a **Ferrand Martínez**)

Primer libro de caballerías y primer relato de
aventuras de ficción extenso de la prosa española

de defendor della. e la buena due ñi aspendo puñdad de su amgado q vese de pie. dixo le e amigo senor desen dainos a esta puente otro mamos deso q queremos pla. Et me dixo el cauallo asi. Et eston eson exra de aqlla fuente e eosqeron e folgaron de su vagar. Et eran re mea la jornada fasta una gra abdar q estaua exra de la mar q le dexen mela. Et despues q ouie ron comido acostose el cauallero q fin eñl Regaço de su muger e ella despulgandolo adurmio se e sus fijos andaua gebesando por aql prado. Et fueron se llega do contra el monte. Et salio u na leona del monte et tomo en la bora al mayor. Et a las bores q daua el otro njño q vese fu yendo bolujo la cabeça la du eña. Et bjo q leuaua la leona.

e como una leona lleuo agapsso el fijo mayor del cauallero ysñar. §

[capital] vanto andido el cauallo ysñar fasta q llega a un llano q le desçen fri lar de muy gran gente e muy apuesta. Et quido se cumplieso los dies dias q ssabeço de ssalasua murio sele el cauallo q le dexca la sseñsa de la villa. De guisa q ouo de andar de pie tres dias. Et llegaro un dia a ssa de texsa exra de un monte. Et fallaron alli una figoare muy fermosa. Et lasa. Et va buē pra

Página e ilustración de la versión francesa del libro

Prólogo: Las primeras novelas en castellano

Tal vez sea aventurado considerar el *Libro del caballero Zifar* como la primera novela de caballerías porque es anterior en dos siglos al apogeo de este subgénero, que se dio sobre todo a partir de la publicación del *Amadís de Gaula* (1508), aunque no es ni mucho menos un disparate tomarlo como tal, puesto que la versión primitiva de ese mismo libro, que se sabe que existió aunque no quede ninguna copia del libro, que circuló entre los lectores entre los años 1370 y 1390, que es en esencia eso, un libro de caballerías. Luego seguiremos viendo la existencia de obras más tempranas que pondrían al *Libro del Caballero Zifar* como el primer ejemplo de este tipo de literatura.

Ahora vamos a ver de lo que trata este imprescindible ¿novela?, que es como la podemos llamar, porque lo de lo que sí se trata es el primer relato extenso de aventuras de ficción de la prosa española.

El *Libro del Caballero Zifar* es como una adaptación de la vida de un santo, encarnado en el caballero Zifar, que se ve envuelto en episodios de carácter didáctico, épico y caballeresco. La trama parte de una desarreglo familiar del protagonista, lo que le obliga a separarse de su esposa y sus hijos para emprender un viaje de búsqueda, ascenso social y reencuentro familiar. De este modo, vive aventuras de todo tipo y al final... mejor no lo contamos, mejor que el lector lo descubra. Todo el relato entremezcla hechos caballerescos, notas de narrativa bizantina e incluso de cuento oriental

Las dos copias que se conservan del libro no están firmadas, por lo que se supone anónimo, aunque hay muchos estudiosos que se lo atribuyen a Ferrand Martínez, clérigo de Toledo, porque este aparece en el prólogo.

Seguimos ahora con obras en prosa ya escritas en román paladino al principio y los primeros idiomas castellanos después.

De 1312 es *La Gran conquista de Ultramar*, Anónimo. Se trata de una crónica novelada de las cruzadas, en el que se relatan elementos fantásticos, como es el caso de la leyenda del Caballero del Cisne. En el año 1350 sale a la luz Historia del caballero de la Cisne, de autoría anónima, que trata únicamente la leyenda del tal señor, ya con el cuerpo de un relato caballeresco en sí mismo.

Don Juan Manuel, muy conocido por *El conde Lucanor*, escribió también *Libro de las tres razones* (1335), donde el autor mezcla historia y ficción genealógica para enaltecer su propio linaje.

Otra —¿novela?— anónima es *Tristán de Leonís* (1400), una versión temprana del mito de Tristán e Isolda.

Historia de los dos amadores (1420), de Juan Rodríguez del Padrón que no es otra cosa que relato breve publicado junto a otros parecidos en una antología de estos. Es una tragedia amorosa

Gutierre Díez de Games es el autor de *El Victorial* (1435), una biografía mitificada del caballero Pero Niño, al modo de una novela de aventuras.

Juan Rodríguez del Padrón escribe la primera novela de carácter romántico, o más bien sentimental, en *Siervo libre de amor* (1440), con una trama basada en el desamor, en el que intercala su propia vivencia personal y hechos ficticios.

Este mismo año sale a la luz *Visión deleytable*, de Alfonso de la Torre, que trata del viaje del protagonista a través de las artes y las ciencias.

Curial e Güelfa (1445) vuelve a ser una obra de autoría desconocida. Es la historia de aprendizaje de un caballero pobre.

Anónimo es un libro muy original, *Revelación de un ermitaño* (1460), puesto que se trata de fantasía visionaria donde se describe un viaje al más allá o experiencias místicas.

Diego de San Pedro, en *Tratado de amores de Arnalte y Lucenda* (1491), crea una trama epistolar sobre un amor obsesivo y el aislamiento final del personaje principal. Este mismo autor, un año después, publica *Cárcel de Amor*, considerada por muchos el mayor hito del relato sentimental, pues cuenta el sacrificio extremo del protagonista por una princesa.

Tres años después, hacia 1495, Juan de Flores publica *Grimalte y Gradissa*, en la que el autor hace una crítica nada soterrada de las historias italianas sobre el fracaso amoroso. De su pluma también se editó *Triunfo de Amor*, escrito en las mismas fechas, centrada en debates alegóricos sobre las mujeres y el amor.

Ahora le llega el turno a una novela imprescindible, *La Celestina* (1499), de Fernando de Rojas, de la que abstengo de hacer una sinopsis porque es sobradamente conocida por todo el mundo.

Amadís de Gaula (1508), cierra este prólogo. La obra fue firmada, en esta versión impresa, por Garci Rodríguez de Montalvo y supone el auge de los libros de caballerías que se dio en España durante todo el siglo XVI.

Etcétera.   Ricardo Muñoz Fajardo

Prólogo (del autor)

En el tiempo del honrado padre Bonifacio VIII, en la era de mil y trescientos años, en el día de la nacencia de Nuestro Señor Jesucristo, comenzó el año Jubileo, el cual dicen centenario porque no viene sino de ciento a ciento años, y cúmplese por la fiesta de Jesucristo de la era de mil y cuatrocientos años, en el cual año fueron otorgados muy grandes perdones, y tan cumplidamente cuanto se pudo extender el poder del Papa a todos aquellos cuantos pudieron ir a la ciudad de Roma a buscar las iglesias de San Pedro y de San Pablo quince días en este año, así como se contiene en el privilegio de nuestro señor el Papa, onde este nuestro señor el Papa, parando mientes a la gran fe y a la gran devoción que el pueblo cristiano había en las indulgencias de este año jubileo, y a los enojos y peligros, y a los grandes trabajos, y a los enojos de los grandes caminos, y a las grandes expensas de los peregrinos, porque se pudiesen tornar con placer a sus compañeros, quiso y tuvo por bien que todos los peregrinos de fuera de la ciudad de Roma que fueron a esta romería, maguer no cumpliesen los quince días en que habían de visitar las iglesias de San Pedro y de San Pablo, que hubiesen los perdones cumplidamente, así como aquellos que las visitaran aquellos quince días. Y fueron así otorgados a todos aquellos que salieron de sus casas para ir en esta romería y murieron en el camino antes que llegasen a Roma, y después que llegaron y visitaron las iglesias de San Pedro y de San Pablo; y otrosí, a los que comenzaron el camino para ir en esta romería con voluntad de cumplirla y fueron embargados por enfermedades y por otros embargos, algunos porque no pudieron y llegar, tuvieron por bien que hubiesen estos perdones cumplidamente, así como aquellos que y llegaron y cumplieron su romería.

Y ciertas bien, fue hombre aventurado el que esta romería fue ganar tantos grandes perdones como en este año, sabiéndolo o pudiendo ir allá sin embargo; ca en esta romería fueron todos absueltos a culpa y a pena, siendo en verdadera penitencia, tan bien de los confesados como de lo olvidado. Y fue y despendido el poder del Padre Santo contra todos aquellos clérigos que cayeron en yerro o irregularidad, no usando de sus oficios, y fue despendido contra todos aquellos clérigos y legos y sobre los adulterios y sobre las horas no rezadas que eran tenidos de rezar, y sobre aquestas muchas cosas salvo ende sobre deudas que cada uno de los peregrinos debían, también lo que tomaron prestado o prendado o hurtado; en cualquier manera que lo tuviesen contra voluntad de cuyo era, tuvieron por bien que lo tornasen; y porque luego no se podía tornar lo que cada uno debía según dicho es, y lo pudiesen pagar, hubiesen los perdones más cumplidos, dioles plazo a que lo pagasen hasta la fiesta de Resurrección, que fue hecha en la era de mil y trescientos y treinta y nueve años.

Y en este año sobredicho Ferrand Martínez, arcediano de Madrid en la iglesia de Toledo, fue a Roma ganar estos perdones. Y después que cumplió su romería y ganó los perdones, así como Dios tuvo por bien, porque don Gonzalo, obispo de Albaña y cardenal en la iglesia de Roma, que fue natural de Toledo, estando en Roma con el este arcediano sobredicho, a quien criara e

11

hiciera merced, queriéndose partir de él e irse a Toledo donde era natural, hízole prometer en las sus manos que si él, siendo cardenal en la iglesia de Roma, si finase, que este arcediano que fuese allá a demandar el cuerpo, y que hiciese y todo su poder para traerle a la iglesia de Toledo, donde había escogido su sepultura. El Arcediano, conociendo la crianza que le hiciera y el bien y la merced que de él recibiera, quísole ser obediente y cumplir la promesa que hizo en esta razón, y trabajose cuanto él pudo a demandar el su cuerpo. Y comoquiera que el Padre Santo ganase muchos amigos en la corte de Roma, tan bien cardenales como otros hombres buenos de la ciudad, no halló el Arcediano a quien se atreviese a demandar el su cuerpo, salvo al Padre Santo. Y no era maravilla, ca nunca fue ende enterrado en la ciudad de Roma para que fuese den de sacado para llevarlo a otra parte. Y así es establecido y otorgado de los padres santos que ningún cuerpo que fuese y enterrado que no sea ende sacado. Y ya lo había demandado muy ahincadamente don Gonzalo, arzobispo sobrino de este cardenal sobredicho, que fue a la corte a demandar el palio, y no lo pudo acabar; antes le fue denegado, que no se lo darían en ninguna manera. Y cuando el Arcediano quería ir para demandarlo, fue a Alcalá al Arzobispo a despedirse de él, y díjole de cómo quería ir a demandar el cuerpo del cardenal, que se lo había prometido en las sus manos antes que se partiese de él en Roma. Y el Arzobispo dijo que no se trabajase ende ni tomase y afán, ca no se lo darían ca no se lo quisieron dara él, y cuando lo demandó al Papa, habiendo muchos cardenales por sí que se lo ayudaban a demandar. El Arcediano con todo esto aventurose y fuelo a demandar con cartas del rey don Ferrando y de la reina doña María su madre, que le enviaba pedir merced al Papa sobre esta razón.

Mas don Pedro, que era obispo de Burgos a esa sazón, y refrendario del Papa, natural de Asturias de Oviedo, habiendo verdadero amor por la su mesura con este arcediano de Madrid, y queriéndole mostrar la buena voluntad que había entre todos los españoles, a los cuales él hacía en este tiempo muchas ayudas y muchas honras del Papa cuando acaecía, y viendo que el Arcediano había mucho a corazón este hecho, no quedando de día ni de noche, y que andaba muy ahincadamente en esta demanda, doliéndose de su trabajo y queriendo llevar adelante el amor verdadero que él siempre mostrara, y otrosí por ruego de doña María, reina de Castilla y de León que era a esa sazón, que le envió rogar, la cual fue muy buena dueña y de muy buena vida, y de buen consejo, y de buen seso natural, y muy cumplida en todas buenas costumbres, y amadora de justicia y con piedad, no orgulleciendo con buena andanza ni desesperando con mala andanza cuando le acaecía, mas muy firme y estable en todos los sus hechos que entendía que con Dios y con razón y con derecho eran, así como se cuenta en el libro de la historia; otrosí, queriendo el obispo honrar a toda España, no había otro cardenal enterrado. Ninguno de los otros no lo osaban al Papa demandar, y él, por la su mesura, ofreciose a demandarlo. Y comoquiera que luego no se lo quiso otorgar el Papa, a la cima mandóselo dar. Y entonces el Arcediano sacolo de la sepultura donde yacía enterrado en la ciudad de Roma en la iglesia de Santa María, cerca de la capilla de *praesepe domini* donde yace enterrado San Jerónimo. Y allí estaba hecha la sepultura del cardenal muy noblemente obrada en memoria de él, y está alta en la pared. Y el Arcediano trajo el cuerpo muy encubiertamente por el camino, temiendo que se lo embargarían algunos que no estaban bien con la iglesia de Roma, u otros por aventura, por enterrarlo en sus lugares; así como le aconteció en Florencia una vegada, que se lo quisieron tomar por enterrarlo y, sino porque les dijo el Arcediano que era un caballero su pariente que muriera en esta romería, que lo llevaba a su tierra. Y después que llegó a Logroño descubriolo, y fue y recibido muy honradamente de don Ferrando, obispo de Calahorra, que le salió a recibir revestido con sus vestiduras pontificales y con toda la clerecía del obispo, de vestiduras de capas de seda, y todos los hombres buenos de la villa con candelas en las manos y con ramos. Y hasta que llegó a Toledo fue recibido muy honradamente, y de toda la clerecía, y de las órdenes, y de los hombres buenos de la villa. Y antes que llegasen con el cuerpo a la ciudad de Burgos, el rey don Ferrando, hijo del muy noble rey don Sancho y de la reina doña María, con el infante don Enrique su tío, y don Diego, señor de Vizcaya, y don Lope su hijo, y otros muchos ricos hombres e infanzones y caballeros que le salieron a recibir fuera de la ciudad, y le hicieron mucha honra y, por donde iban, saliendo a recibir todos los de las villas como a cuerpo santo, con candelas en las manos y con ramos. Y en las procesiones que hacían la clerecía y las órdenes, cuando llegaban a las villas, no cantaban responsos de difuntos, sino *ecce sacerdos magnus* y otros responsos y antífonas semejantes, así como a fiesta de cuerpo santo. Y la honra que recibió este cuerpo del cardenal cuando llegaron con él a la noble ciudad de Toledo fue muy gran maravilla, en manera que no se acordaba ninguno, por anciano que fuese, que oyese decir que ni a rey ni a emperador ni a otro ninguno fuese hecha tan grande honra como a este cuerpo de este cardenal; ca todos los clérigos del arzobispado fueron con capas de seda, y las órdenes de la ciudad también de religiosos... No fincó cristiano ni moro ni judío que todos no le salieron a recibir con sus cirios muy grandes y con ramos en las manos. Y fue y don Gonzalo, arzobispo de Toledo, su sobrino, y don Juan, hijo del infante don Manuel, con él; ca el Arzobispo lo salió a recibir a Peñafiel y no se partió de él hasta en Toledo, donde le hicieron tan gran honra como ya oísteis; pero que el Arcediano se paró a toda la costa de ida y de venida, y costole muy gran algo: lo uno porque era muy luengo el camino, como de Toledo a Roma; porque había a traer mayor compaña a su costa por honra del cuerpo del cardenal; lo al porque todo el camino eran viandas muy caras por razón de la muy gran gente sin cuento que iban a Roma en esta romería de todas las partes del mundo, en que la cena de la bestia costaba cada noche en muchos lugares cuatro torneses gruesos. Y fue gran milagro de Dios que en todos los caminos por donde venían los peregrinos, tan abundados eran de todas las viandas que nunca falleció a los peregrinos cosa de lo que habían mester; ca Nuestro Señor Dios por la su merced quiso que no menguase ninguna cosa a aquellos que en su servicio iban. Y ciertas, si costa grande hizo el Arcediano en este camino, mucho le es de agradecer, porque lo empleó muy bien, reconociendo la merced que del cardenal recibiera y la crianza que en él hiciera, así como lo deben hacer todos los hombres de buen entendimiento, y deben conocer, y que bien y merced reciben de otro. Onde bienaventurado fue el señor que se trabajó de hacer buenos criados y leales; ca estos tales ni les fallecieran en la vida ni después; ca lealtad les hace acordarse del bien hecho que recibieron en vida y en muerte. Y porque la memoria del hombre ha luengo tiempo, y no se pueden acordar los hombres de las cosas muy antiguas si no las halló por escrito, y por ende el trasladador de la historia que adelante oiréis, que fue trasladado de caldeo en latín y de latín en romance, y puso y ordenó estas dos cosas sobredichas en esta obra, porque los que vinieren después de los de este tiempo sepan cuando el año jubileo ha de ser, porque le puedan ir aganar los bienaventurados perdones que en aquel tiempo son otorgados a todos los que allá fueren, y que sepan que este fue el primer cardenal que fue enterrado en España. Pero esta obra es hecha so enmienda de aquellos que la quisieren enmendar. Y ciertas débenlo hacer los que quisieren y la supieren enmendar siquiera, porque dice la Escritura que sutilmente la cosa hecha enmienda más de loar es que el que primeramente la halló. Y otrosí mucho debe placer a quien la cosa comienza a hacer que la enmienden todos cuantos la quisieren enmendar y supieren; porque cuanto más es la cosa enmendada, tanto más es loada. Y no se debe ninguno esforzar en su solo entendimiento ni creer que todo se puede acordar; ca haber todas las cosas en memoria y no pecar ni errar en ninguna cosa, más es esto de Dios que no de hombre. Y por ende debemos creer que todo hombre ha cumplido saber de Dios sólo y no de otro ninguno. Ca por razón de la mengua de la memoria del hombre fueron puestas estas cosas a esta obra, en la cual hay muy buenos ejemplos para saberse guardar hombre de yerro, si bien quisiere vivir y usar de ellas; y hay otras razones muchas de solacen que puede hombre tomar placer, ca todo hombre que trabajo quiere tomar para hacer alguna buena obra, debe en ella entreponer a las vegadas algunas cosas de placer y de solaz. Y la palabra es del sabio que dice así: «Entre los cuidados a las vegadas pone algunos placeres.» Ca muy fuerte cosa es de sufrir el cuidado continuado si a las vegadas no diese hombre placer o algún solaz. Y con gran enojo del trabajo y del cuidado, suele hombre muchas vegadas desamparar la buena obra que ha hombre comenzado; onde todos los hombres del mundo se deben trabajar de hacer siempre bien y esforzarse a ello y no enojarse. Y así lo puede bien acabar con la ayuda de Dios, ca así como la casa no ha buen cimiento, bien así de razón y de derecho de la casa que ha buen cimiento esperanza debe hombre haber que habrá buena cima, mayormente comenzando cosa honesta y buena a servicio de Dios, en cuyo nombre se deben comenzar todas las cosas que buen fin deben haber. Ca Dios escomienzo y acabamiento de todas las cosas, y sin Él ninguna cosa no puede ser hecha. Y por ende, todo hombre que alguna cosa u obra buena quiere comenzar, debe anteponer en ellas a Dios. Y Él es hacedor y mantenedor de las cosas; así puede bien acabar lo que comenzare, mayormente si buen seso natural tuviere. Ca entre todos los bienes que Dios quiso dar al hombre, y entre todas las otras ciencias que aprende, la candela que a todas estas alumbra, seso natural es. Ca ninguna ciencia que hombre aprenda no puede ser alumbrada ni enderezada sin buen seso natural. Y comoquiera que la ciencia sepa hombre de corazón y la rece, sin buen seso natural no la puede hombre bien aprender. Y aunque la entienda, menguado el buen seso natural, no puede obrar de ella ni usar así como conviene a la ciencia, de cualquier parte que sea; onde a quien Dios quiso buen seso dar, puede comenzar y acabar buenas obras y honestas a servicio de Dios y aprovechamiento de aquellos que las oyeren, y buen prez de sí mismo. Y pero que la obra sea muy luenga y de trabajo, no debe desesperar de no poderlo acabar, por ningunos embargos que le acaezcan; porque aquel Dios verdadero y mantenedor de todas las cosas, el cual hombre de buen seso natural antepuso en la su obra, hale dar cima aquella que le conviene, así como aconteció a un caballero de las Indias donde anduvo predicando San Bartolomé apóstol, después de la muerte de Nuestro Salvador Jesucristo, el cual caballero hubo nombre Zifar de bautismo, y después hubo nombre el Caballero de Dios, porque se tuvo él siempre con Dios y Dios con él en todos los hechos, así como adelante oiréis, podréis ver y entenderéis por las sus obras. Y por ende es dicho éste Libro del Caballero de Dios; el cual caballero era cumplido de buen seso natural y de esforzar, de justicia y de buen consejo, y de buena verdad, comoquiera que la fortuna era contra él en traerlo a pobreza, pero que nunca desesperó de la merced de Dios, teniendo que Él le podría mudar aquella fortuna fuerte en mejor, así como lo hizo, según ahora oiréis.

El caballero de Dios

Cuenta la historia que este caballero había una dueña por mujer que había nombre Grima, y fue muy buena dueña, y de buena vida, y muy mandada a su marido y mantenedora y guardadora de la su casa; pero tan fuerte era la fortuna del marido que no podía mucho adelantar en su casa así como ella había mester. Y hubieron dos hijuelos que se vieron en muy grandes peligros, así como oiréis adelante, tan bien como el padre y la madre. Y el mayor había nombre Garfín y el menor Roboán.

Pero Dios, por la su piedad, que es enderezador de todas las cosas, viendo el buen propósito del caballero y la esperanza que en Él había, nunca desesperando de la su merced, y viendo la mantenencia de la buena dueña, y cuán obediente era a su marido, y cuán buena crianza hacía en sus hijuelos, y cuán buenos castigos les daba, mudoles la fortuna que habían en el mayor y mejor estado que un caballero y una dueña podrían haber, pasando primeramente por muy grandes trabajos y grandes peligros.

Y porque este libro nunca apareció escrito en este lenguaje hasta ahora, ni lo vieron los hombres ni lo oyeron, cuidaron algunos que no fueran verdaderas las cosas que y se contienen, ni hay provecho en ellas, no parando mientes al entendimiento de las palabras ni queriendo curar en ellas. Pero comoquiera que verdaderas no fuesen, no las deben tener en poco ni dudar en ellas hasta que las oigan todas cumplidamente y vean el entendimiento de ellas, y saquen ende aquello que entendieren de que se puedan aprovechar; ca de cada cosa que es ya dicha pueden tomar buen ejemplo y buen consejo para saber traer su vida más cierta y más segura, si bien quisieren usar de ellas; ca tal es el libro para quien bien quisiere catar por él, como la nuez, que ha de parte de fuera fuste seco y tiene el fruto escondido dentro. Y los sabios antiguos, que hicieron muchos libros y de gran provecho, pusieron en ellos muchos ejemplos en figura de bestias mudas y aves y de peces, y aun de las piedras y de las yerbas, en que no hay entendimiento ni razón ni sentido ninguno, en manera de hablillas, que dieron entendimiento de buenos ejemplos y de buenos castigos, e hiciéronnos entender y creer lo que no habíamos visto ni creímos que podría esto ser verdad; así como los padres santos hicieron a cada uno de los siervos de Jesucristo ver como por espejo, y sentir verdaderamente, y creer de todo en todo que son verdaderas las palabras de la fe de Jesucristo, y maguer el hecho no vieron; porque ninguno no debe dudar en las cosas ni menospreciarlas, hasta que vean lo que quieren decir y cómo se deben entender. Y por ende, el que bien se quiere loar y catar, y entender lo que se contiene en este libro, sacará ende buenos castigos y buenos ejemplos, y por los buenos hechos de este caballero, así se puede entender y ver por esta historia.

Dice el cuento que este caballero Zifar fue buen caballero de armas y de muy sano consejo a quien selo demandaba, y de gran justicia cuando le acomendaban alguna cosa donde la hubiese de hacer, y de gran esfuerzo, no mudándose ni orgulleciendo por las buenas andanzas, ni desesperando por las desventuras fuertes cuando le sobrevenían. Y siempre decía verdad y no mentira cuando alguna demanda le hacían, y esto hacía con buen seso natural que Dios pusiera en él. Y porque todas estas buenas condiciones que en él había, amábale el rey de aquella tierra, cuyo vasallo era y de quien tenía gran soldada y bien fecho de cada día. Mas tan gran desventura era la suya que nunca le duraba caballo ni otra bestia ninguna de diez días arriba, que no se le muriese, y aunque la dejase o la diese antes de los diez días. Y por esta razón y esta desventura era él siempre y su buena dueña y sus hijos en gran pobreza; pero que el Rey, cuando guerras había en su tierra, guisábalo muy bien de caballos y de armas y de todas las cosas que había mester, y enviábalo en aquellos lugares donde entendía que mester era más hecho de caballería. Y así se tenía Dios con este caballero en hecho de armas, que con su buen seso natural y con su buen esfuerzo siempre vencía y ganaba honra y vitoria para su señor el Rey, y buen prez para sí mismo. Mas de tan gran costa era este caballero, el Rey habiéndole de tener los caballos aparejados, y las otras bestias que le eran mester a cabo de los diez días, mientras duraba la guerra, que semejaba al Rey, que no lo podía sufrir ni cumplir. Y de la otra parte, con gran envidia que habían aquellos a quien Dios no quisiera dar hecho de armas acabadamente así como al caballero Zifar, decían al Rey que era muy costoso, y que por cuanto daba a este caballero al año, y con las costas que en él hacía al tiempo de las guerras, que había quinientos caballos cada año para su servicio, no parando mientes los mezquinos como Dios quisiera dotar al caballero Zifar de sus grandes dones y nobles, señaladamente de buen seso natural, y de verdad, y de lealtad, y de armas, y de justicia y de buen consejo, en manera que donde él se encerraba con cien caballeros, cumplía más y hacía más en honra del Rey y buen prez de ellos que mil caballeros otros cuando los enviaba el Rey a su servicio a otras partes, no habiendo ninguno estos bienes que Dios en el caballero Zifar pusiera.

Y por ende todo gran señor debe honrar y mantener y guardar al caballero que tales dones puso como en este, y si alguna batalla hubiere a entrar, debe enviar por él y atenderlo; ca por un caballero bueno se hacen grandes batallas, mayormente en quien Dios quiso mostrar muy grandes dones de caballería. Y no deben creer a aquellos en quien no parece buen seso natural ni verdad ni buen consejo, y señaladamente no debe creer en aquellos que con maestrías y con sutilezas de engaño hablan. Ca muchas vegadas algunos, porque son sutiles y agudos, trabájanse de mudar los derechos y los buenos consejos en mal, y danles entendimiento de leyes, colorando lo que dicen con palabras engañosas y cuidando que no hay otro ninguno tan sutil como ellos, que lo entiendan. Y por ende no se debe asegurar en tales hombres como estos, ca peligrosa cosa es creer hombre aquellos en quien todas estas menguas y estas maestrías son, porque no habrá de dudar de ellos y no estará seguro. Pero el señor de buen seso, si dudar de aquellos que le han de seguir, para ser cierto, llámalos a su consejo y a lo que le aconsejaren, y cate y piense bien en los dichos de cada uno, y pare mientes a los hechos que antes pasaron con él; y si con gran vehemencia los quiere catar, bien puede ver quién le aconseja bien o quién mal; ca la mentira así trasluce todas las palabras del mentiroso como la candela tras el vidrio en la linterna. Mas, mal pecado, algunos de los señores grandes más aína se inclinan a creerlas palabras halagueras de los hombres mentirosos y las lisonjas so color de algún provecho, que noel su pro ni la su honra, maguer se quieran y lo vean por obra, en manera que maguer se quieran arrepentir y tornarse a lo mejor, no pueden, con vergüenza que no los retraigan que ellos mismos con mengua de buen seso se engañaron, dejando la verdad por la mentira y la lisonja. Así como aconteció a este rey, que viendo la su honra y el su pro ante los sus ojos, por prueba de la bondad de este caballero Zifar, menospreciándolo, todo por miedo de la costa, queriendo creer a los envidiosos lisonjeros, perjuró en su corazón y prometioles que de estos dos años no enviase por este caballero maguer guerras hubiese en la su tierra, y quería probar cuánto excusaría en la costa que este caballero hacía; e hízolo así, donde se halló que más deshonras que recibió y daños grandes en la su tierra. Caen aquellos años hubo grandes guerras con sus vecinos y con algunos de los naturales que se alzaron.

Y cuando enviaba dos mil o tres mil caballeros a la frontera, lo que les era ligero de ganar de sus enemigos decían que no podían conquerir por ninguna manera, y a los lugares del Rey dejábanlos perder; así que fincaba el Rey deshonrado y perdido y con gran vergüenza, no atreviéndose enviar por el caballero Zifar porque no le dijesen que no guardaba lo que prometiera. Ciertas, vergüenza y mayor mengua es en querer guardar el prometimiento dañoso y con deshonra, que en revocarlo; ca si razón es y derecho que aquello que fue establecido antiguamente sin razón, que sea enmendado, catando primeramente la razón de donde nació, y hacer ley derecha para las otras cosas que han devenir, y razón es que el yerro que nuevamente es hecho, que sea luego enmendado por aquel que lo hizo; ca la palabra es de los sabios que no debe haber vergüenza, ca ninguna cosa no hace medroso ni *vergoñoso* el corazón del hombre sino la conciencia de la su vida si es mala, no haciendo lo que debe. Y, pues la mi conciencia no me acusa, la verdad me debe salvar, y con gran furia que en ella he, no habré miedo e iré con lo que comencé cabo adelante y no dejaré mi propósito comenzado.

Y estas palabras que decía el caballero oyolas Grima la su buena mujer, y entró a la cámara donde él estaba en este pensamiento, y díjole: «Amigo señor, ¿qué es este pensamiento y este gran cuidado en que estáis? Por amor de Dios decídmelo; y pues parte hube convulso en los cuidados y en los pesares, ciertas nunca os vi flaco de corazón por ninguna cosa que vos hubieseis, sino ahora». El caballero, cuando vio a su mujer que amaba más que a sí, y entendió que había oído lo que él dijera, y pesole de corazón y dijo: «Por Dios, señora, mejor es que el uno sufra el pesar que muchos; ca por tomar vos otro tanto de pesar como yo, por eso no menguaría a mí ninguna cosa del pesar que yo hubiese, y no sería aliviado de pesar, mas acrecentamiento; ca recibiera más pesar por el pesar que vos hubieseis». «Amigo, señor», dijo ella, «si pesar es que remedio ninguno no puede hombre haber, es dejarlo olvidar, y no pensar en ello, y dejarlo pasar por su ventura. Mas si cosa es en que algún buen pensamiento puede aprovechar, debe hombre partir el cuidado con sus amigos, ca más pueden pensar y cuidar muchos que uno, y más aína pueden acertar en lo mejor. Y por ende todo hombre que alguna gran cosa quiere comenzar y hacer, débelo hacer con consejo de aquellos de quien es seguro que le aconsejarán bien. Y amigo», dijo ella, «esto os oí decir, quejándoos, que queríais ir con vuestro hecho adelante y no dejar vuestro propósito comenzado, y porque sé que vos sois hombre de gran corazón y de gran hecho, tengo que este vuestro propósito es sobre alta cosa y grande, y que según mío cuidar debéis haber vuestro consejo». «Ciertas», dijo el caballero su marido, «guarido me habéis y dádome habéis conhorte al mi gran cuidado que tengo en el mi corazón guardado muy gran tiempo ha, y nunca quise descubrirle a hombre del mundo; y bien creo que así como el fuego encubierto dura más que el descubierto, y es más vivo, bien así la puridad que uno sabe dura más y es mejor guardada que si muchos la saben, pero que todo el cuidado es de aquel que la guarda; ca toma gran trabajo entre sí y grandes pesares para guardarla. Onde bienaventurado es aquel que puede haber amigo entero a quien pueda mostrar su corazón, y que enteramente quiso guardar a su amigo en las puridades y en las otras cosas que hubo de hacer; ca pártese el cuidado entre ambos, y hallan más aína lo que deben hacer; pero que muchas vegadas son engañados los hombres en algunos que cuidan que son sus amigos y no lo son, sino de *infinta.* Y ciertas los hombres no lo pueden conocer bien hasta que los prueban; ca bien así como por el fuego se prueba el oro, así por la prueba reconoce el amigo. Así aconteció en esta prueba de los amigos a un hijo de un hombre bueno en tierras de Sarapia, como ahora oiréis.

»Y dice el cuento que este hombre bueno era muy rico y había un hijo que quería muy bien, y dábale de lo suyo que despendiese cuanto él quería. Y castigole que sobre todas las cosas y costumbres, que aprisase y pugnase en ganar amigos, ca esta era la mejor ganancia que podría hacer; pero que tales amigos ganase que fuesen enteros, y a lo menos que fuesen medios. Ca tres maneras son de amigos: los unos de *enfinta*, y estos son los que no guardan a su amigo sino mientras pueden hacer su pro con él; los otros son medios, y estos son los que se paran por el amigo a peligro, que no parece más en duda si era hombre; y los otros son enteros, los que ven al ojo la muerte o el gran peligro de su amigo y pónese delante para tomar muerte por él, que el su amigo no muera ni reciba daño. Y el hijo le dijo que lo haría así y que trabajaría de ganar amigos cuanto él más pudiese, y con el algo que le daba el padre convidaba y despendía y daba de lo suyo granadamente, de guisa que no había ninguno en la ciudad onde él era, más acompañado que él. Y al cabo de diez años, preguntole el padre cuántos amigos había ganados, y él le dijo que más de ciento. "Ciertas", dijo el padre, "bien despendiste lo que te di, si así es; ca en todos los días de la mi vida no pude ganar más de medio amigo, y si tú cien amigos has ganado, bienaventurado eres". "Bien creed, padre señor", dijo el hijo, "que no hay ninguno de ellos que no se pusiese por mí a todos los peligros que me acaecieren". Y el padre lo oyó y calló y no le dijo más. Y después de esto aconteció al hijo que hubo de pelear y de haber sus palabras muy feas con un mancebo de la ciudad, de mayor lugar que él. Y aquel fue buscar al hijo del hombre bueno por hacerle mal. El padre, cuando lo supo, pesole de corazón, y mandó a su hijo que se fuese para una casa fuerte que era fuera de la ciudad, y que se estuviese quedo allá hasta que apagasen esta pelea, y el hijo hízolo así; y de sí el padre sacó luego seguranza de la otra parte ya paciguolo muy bien. Y otro día hizo matar un puerco y mesolo y cortole la cabeza y los pies, y guardolos, y metió el puerco en un saco y atolo muy bien y púsole so el lecho, y envió por su hijo que se viniese en la tarde y cuando fue a la tarde llegó el hijo y acogiole el padre muy bien y díjole de cómo el otro le había asegurado y cenaron. Y desde que el padre vio la gente de la ciudad que era aquedada, dijo así: "Hijo, comoquiera que yo te dije luego que viniste que te había asegurado el tu enemigo, dígote que no es así; ca en la mañana, cuando venía de misa, lo hallé aquí en casa dentro, tras la puerta, su espada en la mano, cuidando que eras en la ciudad, para cuando quisieses entrar a casa, que te matase. Y por la su ventura matelo yo o cortele la cabeza y los pies y los brazos y las piernas, y echelo en aquel pozo, y el cuerpo metilo en un saco y téngolo so el mi lecho. Y no lo oso aquí soterrar por miedo que nos lo sepan; porque me semeja que sería bien lo llevases a casa de algún tu amigo, si lo has, y que lo soterrases en algún lugar encubierto". "Ciertas, padre señor", dijo el hijo, "mucho me place, y ahora veréis qué amigos he ganado". Y tomó el saco a cuestas y fuese para casa de un su amigo en quien él más fiaba. Y cuando fue a él maravillose el otro porque tan gran noche venía, y preguntole qué era aquello que traía en aquel saco, y él se lo contó todo, y rogole que quisiese que lo soterrasen en un trascorral que ya había. Y su amigo le respondió que como hiciera él y su padre la locura, que se parasen a ella y que saliese fuera de casa; que no quería verse en peligro por ellos. Y eso mismo le respondieron todos los otros amigos, y tornó para casa de su padre con su saco, y díjole cómo ninguno de sus amigos no se quisieron aventurar por él a este peligro. "Hijo", dijo el hombre bueno, "mucho me maravillé cuando te oí decir que cien amigos habías ganados, y seméjame que entre todos los ciento no hallaste un medio; mas vete para el mi medio amigo, y dile de mi parte esto que nos aconteció, y que le ruego que nos lo encubra". Y el hijo se fue y llevó el saco e hirió a la puerta del medio amigo de su padre. Y ellos fuéronselo a decir, y mandó que entrase.

Y cuando le vio venir, y le halló con su saco a cuestas, mandó a los otros que saliesen de la cámara, y fincaron solos. El hombre bueno le preguntó qué era lo que quería, y qué traía en el saco, y él le contó lo que le aconteciera a su padre y a él y rogole de parte de su padre que se lo encubriese. Y él le respondió que aquello y más haría por su padre, y tomó un azadón e hicieron amos a dos fuera del lecho y metieron y el saco con el puerco, y cubriéronle muy bien de tierra. Y fuese luego el mozo para casa de su padre y díjole de cómo el su medio amigo le recibiera muy bien, y que luego que le contó el hecho, y le respondiera que aquello y más haría por él, y que hiciera una fuera so el lecho y que lo soterraron y. Entonces dijo el padre a su hijo: "¿Qué te semeja de aquel mi medio amigo?" "Ciertas", dijo el hijo, "seméjame que este medio amigo vale más que los mis ciento". "E hijo", dijo el hombre bueno, "en las horas de la cuita se prueban los amigos; y por ende no debes mucho fiar en todo hombre que se demuestra por amigo, hasta que lo pruebes en las cosas que te fueren mester. Y pues tan bueno hallaste el mi medio amigo, quiero que antes del alba vayas para él y que le digas que haga puestas de aquel que tiene soterrado, y que haga de ello cocho y de ello asado, y que seremos sus huéspedes yo y tú". "¿Cómo, padre señor?", dijo el hijo, "¿comeremos el hombre?".

"Ciertamente", dijo el padre, "mejor es el enemigo muerto que vivo, y mejor es cocho y asado que crudo; y la mejor venganza que el hombre de él puede haber es esta, comerlo todo, de guisa que no finque de él rastro ninguno; ca donde algo finca del enemigo, y finca la mala voluntad". Y otro día en la mañana, el hijo del hombre bueno fuese para el medio amigo de su padre y díjole de cómo le enviaba rogar su padre que aquel cuerpo que estaba en el saco, que le hiciese puestas y que lo guisasen todo, cocido y asado, ca su padre y él vendrían comer con él. Y el hombre bueno cuando lo oyó comenzose a reír, y entendió que su amigo quiso probar a su hijo, y díjole que se lo agradecía, y que viniesen temprano a comer, que guisado lo hallarían muy bien, ca la carne del hombre era muy tierna y cocía muy deprisa. Y el mozo se fue para su padre, y dijo la respuesta de su medio amigo, y al padre plugo mucho porque tan bien le respondiera. Y cuando entendieron que era hora de yantar, fuéronse padre e hijo para casa de aquel hombre bueno, y hallaron las mesas puestas, con mucho pan y mucho vino. Y los hombres buenos comenzaron a comer muy de recio como aquellos que sabían qué tenían delante. Y el mozo recelábalo de comer, comoquiera que le parecía bien. Y el padre cuando vio que dudaba de comer, díjole que comiese seguramente, que tal era la carne del hombre como la carne del puerco, y que tal sabor había. Y él comenzó a comer, y súpole bien, y metiose a comer muy de recio, más que los otros, y dijo así: "Padre señor, vos y vuestro amigo bien me habéis encarnizado en carnes de enemigo; y cierto creed que, pues las carnes del enemigo así saben, no puede escapar el otro mío enemigo que era con este, cuando me dijo la soberbia que no le mate y que no le coma muy de grado; ca nunca comí carne que tan bien me supiese como esta". Y ellos comenzaron a pensar sobre esta palabra entre sí, y tuvieron que si este mozo durase en esta imaginación que sería muy crudo y que no lo podrían ende partir. Ca las cosas que hombre imagina mientras mozo es, mayormente aquellas cosas en que toma sabor, tarde o nunca se puede de ellas partir. Y sobre esto el padre, queriéndole sacar de esta imaginación, comenzole a decir: "Hijo, porque tú me dijiste que tú habías ganado más de cien amigos, quise probar si era así. Y maté ayer este puerco que ahora comemos, y cortele la cabeza y los pies, y metí el cuerpo en aquel saco que aquí trajiste, y quise que probases tus amigos así como los probaste. Y no los hallaste tales como cuidabas, pero que hallaste este medio amigo bueno y leal, así como debía ser; porque debes parar mientes en cuáles amigos debes fiar... Cosa muy fea y muy cruda cosa sería, y contra natura, querer el hombre comer carne de hombre, ni aun con hambre". "Padre señor", dijo el mozo, "agradezco mucho a Dios porque tan aína me sacaste de esta imaginación en que estaba; ca si por los mis pecados el otro enemigo hubiese muerto, o de él hubiese comido, y así me supiese como esta carne que comemos, no me faltaría hombre que no codiciase comer. Y por aquesto que ahora me dijiste, aborreceré más la carne del hombre". "Ciertas", dijo el padre, "mucho me place, y quiero que sepas que el enemigo, y los otros que con él se acertaron, te han perdonado, y yo perdoné a ellos por ti, y de aquí adelante guárdate de pelear, y no arrufen así malos amigos, ca cuando te viesen en la pelea desampararte habían, así como viste en estos que probaste". "Padre señor", dijo el hijo, "no he probado cuál es el amigo de enfinta, así como estos que yo gané, que nunca me guardaron, sino mientras partí con ellos lo que había, y cuando los había mester fallaciéronme, y he probado cuál es el medio amigo. Decidme si podré probar y conocer cuál es el amigo entero". "Guárdete Dios, hijo", dijo el padre, "ca muy fuerte prueba sería fucia[1] de los amigos de este tiempo; ca esta prueba no se puede hacer sino cuando hombre está en peligro cierto de recibir la muerte o daño o deshonra grande.

Y pocos son los que aciertan en tales amigos que se paren por su amigo a tan gran peligro que quieran tomar la muerte por él a sabiendas. Pero hijo, oí decir que en tierras de Corán se criaron dos mozos en una ciudad, y queríanse muy bien, de guisa que lo que quería el uno, eso quería el otro.

Onde dice el sabio que entre los amigos uno debe ser el querer y uno el no querer en las cosas buenas y honestas. Pero que el uno de estos dos amigos quiso ir buscar consejo y probar las cosas del mundo, y anduvo tanto tiempo tierras extrañas hasta que se halló en una tierra donde se halló bien, y fue y muy rico y muy poderoso, y el otro fincó en la villa con su padre y su madre que eran ricos y abundados. Cuando estos habían mandado uno de otro, cuando acaecían algunos que fuesen aquellas partes, tomaban en placer. Así que este que fincó en la villa después de muerte de su padre y de su madre llegó a tan gran pobredad que no se sabía aconsejar, y fuese para su amigo. Y cuando le vio el otro su amigo que tan pobre y tan deshecho venía, pesole de corazón, y preguntole cómo venía así, y él le dijo que con gran pobredad. '¡Por Dios, amigo!', dijo el otro, 'mientras yo vivo fuere y hubiere de que cumplirlo, nunca pobre serás; ca, ¡loado sea Dios!, yo he gran algo y soy poderoso en esta tierra, no te fallecerá ninguna cosa

---

[1] Confianza.

de lo que fuere mester'. Y tomolo consigo y túvolo muy vicioso, y fue señor de la su casa y de lo que había, muy gran tiempo, y perdiolo todo después por este amigo, así como ahora oiréis.

"Y dice el cuento que este su amigo fue casado en aquella tierra, y que se le muriera la mujer, y que no dejara hijo ninguno, y que un hombre bueno su vecino, de gran lugar y muy rico, que le envió una hijuela que había pequeña que la criase en su casa, y cuando fuese de edad que casase con ella. Y andando la moza por casa, que se enamoró de ella el su amigo que le sobrevino, pero que no le dijese ni le hablase a ninguna cosa a la moza, él ni otro por él, ca tenía que no sería amigo verdadero y leal, así como debía ser, si lo hiciese ni tal cosa cometiese. Y maguer se trabajase de olvidar esto, no podía; antes crecía todavía el cuidado más; de guisa que comenzó a desecar y a le fallecer la fuerza con grandes amores que había de esta moza. Y al su amigo pesaba mucho de la su flaqueza, y enviaba por físicos a todos los lugares que sabía que los había buenos, y dábales gran algo porque le guareciesen. Y por cuanta física en ellos había, no podían saber de qué había aquella enfermedad; asique llegó a tan gran flaqueza que hubo a demandar clérigo con quien confesase. Y enviaron por un capellán y confesose con él y díjole aquel pecado en que estaba por que le venía aquella malatía de que cuidaba morir. Y el capellán se fue para el señor de casa y díjole que quería hablar con él en confesión, y que le tuviese puridad; y él prometiole que lo que le dijese que lo guardaría muy bien.

'Dígoos', dijo el capellán, 'que este vuestro amigo muere con amores de aquesta vuestra criada con quien

os habéis de casar; pero que me defendió que no lo dijese a ninguno y que le dejase así morir'.

Y el señor de la casa desde que lo oyó hizo como
quien no daba nada por ello; y después que se fue el capellán, vínose para su amigo y díjole que se confortase,
que de oro y plata tanto le daría cuanto él quisiese, y
con gran mengua de corazón no se quisiese así dejar
morir. 'Ciertas, amigo', dijo el otro, '¡mal pecado!, no hay
oro ni plata que me pueda pro tener, y dejadme cumplir
el curso de mi vida, ca mucho me tengo por hombre de
buena ventura pues en vuestro poder muero'. 'Ciertas no
moriréis', dijo el su amigo, 'que pues yo sé la vuestra
enfermedad cuál es, yo os guareceré de ella; casé que
vuestro mal es de amor que habéis a esta moza que yo
aquí tengo para casarme con ella. Y pues de edad es, y
vuestra ventura quiere que la debéis haber, quiérola yo
casar con vos y dar os he muy gran haber; y llevadla para vuestra tierra y pararme he a lo que Dios quisiere con
sus parientes'.

Y el su amigo cuando oyó esto, perdió la habla y
el oír y el ver con gran pesar que hubo, porque cayó el
su amigo en el pensamiento suyo, de guisa que cuidó su
amigo que era muerto, y salió llorando y dando voces y
dijo a la su gente: 'Idos para aquella cámara donde está
mi amigo, porque, ¡mala la mi ventura!, muerto es, y no
le puedo acorrer'. La gente se fue para la cámara y halláronlo como muerto, y estando llorándole en derredor
de él oyó la moza llorar, que estaba entre los otros, y
abrió los ojos, y de sí callaron todos y fueron para su
señor, que hallaron muy cuitado llorando; y dijéronle de
cómo abriera los ojos su amigo; y fuese luego para allá y
mandó que la moza y su ama pensasen de él y notro

ninguno. Así que a poco de tiempo fue guarido, pero que cuando venía su amigo no alzaba los ojos él con gran vergüenza que de él había. Y luego el su amigo llamó a la moza su criada, y díjole de cómo aquel su amigo le quería muy gran bien; y ella con poco entendimiento le respondió que eso mismo hacía ella a él, mas que no lo osaba decir que era así, que ciertamente gran bien quería ella a él. 'Pues así es', dijo él, 'quiero que caséis con él, ca de mejor lugar es que yo, comoquiera queseamos de una tierra, y os he de dar gran haber que llevéis, con que seáis bien andante'. 'Como quisiereis', dijo ella. Y otro día en la gran mañana envió por el capellán con quien se confesara su amigo; casolos y dioles gran haber y enviolos luego a su tierra.

"Y desde que los parientes de la moza lo supieron, tuviéronse por deshonrados y enviáronle a desafiar, y corrieron con él muy gran tiempo, de guisa que comoquiera que rico y poderoso era, con las grandes guerras que le hacían de cada día, llegó a tan gran pobredad en manera que no podía mantener la su persona sola. Y pensó entre sí lo que haría y no halló otra carrera sino que se fuese para aquel su amigo a quien él acorriera. Y fuese para allá con poco de haber que le fincara, pero que le duró poco tiempo, que era muy luengo el camino, y fincó de pie y muy pobre.

"Y acaeciole que hubo de venir de noche a casa de un hombre bueno de una villa a quien decían Dios-lo-una, cerca de aquel lugar donde quiso Abraham sacrificar a su hijo, y demandó que le diesen de comer alguna cosa, por mesura. Y dijéronlo a su señor cómo demandaba de comer aquel hombre bueno. Y el señor de la casa era muy escaso, y dijo que lo enviase comprar. Y dijéronle que decía el hombre bueno que no tenía de qué. Y aquello poco que le dio, dióselo de malamente y tarde, así que no quisiera haber pasado las vergüenzas que pasó por ello, y fincó muy quebrantado y muy triste, de guisa que no hubo hombre en casa que no hubo muy gran piedad de él.

"Y por ende dice la Escritura que tres naturas son de hombre de quien debe hombre haber piedad, y son estas: el pobre que ha a demandar al rico escaso; y el sabio que se ha de guiar por el torpe, y del cuerdo que ha de vivir en tierra sin justicia. Ca estos son tristes y cuitados porque no se cumple en aquellos lo que debía, y según aquello que Dios puso en ellos.

"Y cuando llegó a aquella ciudad donde estaba su amigo, era y ya de noche y estaban cerradas las puertas, así que no pudo entrar. Y como venía cansado y lazrado[2] de hambre, metiose en una ermita que halló y cerca de la ciudad, sin puertas, y echose tras el altar y durmiose hasta otro día en la mañana, como hombre cuitado y cansado. Y en esta noche, alboreando dos hombres de esa ciudad, hubieron sus palabras y denostáronse y metiéronse otros en medio y despartiéronles. Y el uno de ellos pensó esa noche de ir matar el otro en la mañana, ca sabía que cada mañana iba a maitines, y fuelo a esperar tras la su puerta, y en saliendo el otro de su casa metió mano a la su espada y diole un golpe en la cabeza y matolo, y fuese para su posada, ca no lo vio ninguno cuando le mató. Y en la mañana hallaron el hombre muerto a la su puerta. El ruido fue muy grande por la ciudad, de guisa que la justicia con mucha gente andaba buscando el matador. Y fueron a las puertas de la villa, y eran todas cerradas salvo aquella que era en derecho

---

[2] Lazrar, en desudo: padecer y sufrir trabajos y miserias

de la ermita donde yacía aquel cuitado y lazrado, que fueron abiertas antes del alba por unos mandaderos que enviaba el concejo a gran prisa al Emperador. Y cuidaron que el matador y que era salido por aquella puerta, y anduvieron buscando, y no hallaron rastro de él. Y en queriéndose tornar, entraron de ellos aquella ermita y hallaron aquel mezquino durmiendo, su estoque cinto, y comenzaron a dar voces y decir: 'He aquí el traidor que mató el hombre bueno'. Y apresáronle y lleváronle ante los alcaldes. Y los alcaldes preguntáronle si matara él aquel hombre bueno, y él con el desesperamiento, codiciando más la muerte que durar en aquella vida que él había, dijo que sí; y preguntáronle que por cuál razón. Dijo que sabor que hubiera de matarlo. Y sobre esto los alcaldes hubieron su acuerdo y mandábanle matar pues de conocido venía.

"Y ellos estando en esto, el su amigo, a quien él casara con la su criada, que estaba entre los otros, conociolo, y pensó en su corazón que pues aquel su amigo lo guardara de muerte y le había hechotanta merced como él sabía, que quería antes morir que el su amigo muriese, y dijo a los alcaldes: 'Señores, este hombre que mandáis matar no ha culpa en muerte de aquel hombre bueno, ca yo lo maté.' "Y mandáronlo prender, y porque amos a dos venían de conocido que le mataran, mandábanlos matar a amos a dos. Y el que mató al hombre bueno estaba a la su puerta entre los otros, parando mientes a los otros qué decían y hacían, y, cuando vio que aquellos dos mandaban matar por lo que él hiciera, no habiendo los otros ninguna culpa en aquella muerte, pensó en su corazón y dijo así:'¡Cautivo errado!, ¿con cuáles ojos pareceré ante mío señor Dios el día del Juicio, y cómo lo podré catar? Ciertas no sin vergüenza y sin gran miedo, y en cabo recibirá mi alma pena en los infiernos por estas almas que dejo perecer, y no habiendo culpa en muerte de aquel hombre bueno que yo maté por mi gran locura. Y por ende tengo que mejor sería en confesar mi pecado y arrepentirme, y poner este mi cuerpo a morir por enmienda de lo que hice, que no deje estos hombres matar.' "Y fue luego para los alcaldes y dijo: 'Señores, estos hombres que mandáis matar no han culpa en la muerte de aquel hombre bueno, ca yo soy aquel hombre que le maté por la mi desventura. Y porque creáis que es así, preguntad a tales hombres buenos, y ellos os dirán de cómo anoche tarde habíamos nuestras palabras muy feas yo y él, y ellos nos despartieron. Mas el diablo que se trabaja siempre denal hacer, metiome en corazón en esta noche que le fuese matar, y hícelo así; y enviad a mi casa y hallarán que del golpe que le di quebró un pedazo de la mi espada, y no sé si fincó en la cabeza del muerto". "Y los alcaldes enviaron luego a su casa y hallaron el pedazo de la espada del golpe. Y sobre esto hablaron mucho, y tuvieron que estas cosas que así acaecieron por saberse la verdad del hecho, que fueron por milagro de Dios, y acordaron que guardasen estos presos hasta que viniese el Emperador, que había y de ser a quince días, e hiciéronlo así. Y cuando el Emperador llegó contáronle todo este hecho, y él mandó que le trajesen al primer preso; y cuando llegó ante él, dijo: 'Di, hombre cautivo, ¿qué corazón te movió a conocer la muerte de aquel hombre bueno, pues en culpa no eras?' 'Señor', dijo el preso, 'yo os lo diré: yo soy natural de aquí, y fue buscar consejo a tales tierras, y fui muy rico muy poderoso; y de sí llegué a tan gran pobredad que no me sabía aconsejar, y venía a este mi amigo que conoció la muerte del hombre bueno después que yo lo conocí, que me mantuviese a su limosna. Y cuando llegué a esta villa hallé las puertas cerradas, y húbeme de echar a dormir tras el altar de una ermita que es fuera de la villa; y en durmiéndome, en la mañana oí gran ruido y que decían: 'Este es el traidor que mató el hombre bueno.' Y yo, como estaba desesperado y me enojaba ya de vivir en este mundo, ca más codiciaba ya la muerte que la vida, y dije que yo lo había muerto.' "Y el Emperador mandó que llevasen aquel y trajesen al segundo; y cuando llegó ante él díjole el Emperador: 'Di, hombre sin entendimiento, ¿qué fue la razón por que conociste la muerte de aquel hombre bueno, pues no fuiste en ella?' 'Señor', dijo él, 'yo os lo diré: este preso que ahora se partió delante la vuestra merced, es mi amigo, y fuimos criados en uno.' Y contolo todo cuanto había pasado con él y cómo lo escapara de la muerte, y la merced que le hiciera cuando le dio la criada suya por mujer. 'Y señor, ahora viendo que lo querían matar, quise yo antes morir y aventurarme a la muerte que no que la tomase él.' "Y el Emperador envió este y mandó traer el otro y díjole: 'Di, hombre errado y desventurado, pues otros te excusaban, ¿por qué te ponías a la muerte, pudiéndola excusar?' 'Señor', dijo el preso, 'ni se excusa bien ni es de buen entendimiento ni de buen recaudo el que deja perder lo más por lo de menos; ca en querer yo excusar el martirio de la carne por miedo de muerte, y dejar perder el alma, conocido sería del diablo y no de Dios.' Y contole todo su hecho y el pensamiento que pensó porque no se perdiesen estos hombres que no eran en culpa, y que no perdiese él su alma.

"Y el Emperador cuando lo oyó plúgole de corazón, y mandó que no matasen ninguno de ellos, comoquiera que merecía muerte este postrimero. Mas pues

Dios quiso su milagro hacer en traer en este hecho a ser sabida la verdad, y el matador lo conoció, pudiéndolo excusar, el Emperador le perdonó y mandó que hiciese enmienda a sus parientes; y él hízoselo cual ellos quisieron. Y estos tres hombres fueron muy ricos y muy buenos y muy poderosos en el señorío del Emperador, llamábanlos todos, y preciábanlos por cuanto bien hicieron, y se dieron por buenos amigos. Y mi hijo", dijo el padre, "ahora puedes tú entender cuál es la prueba del amigo entero y cuánto bien hizo el que mató el hombre bueno, que lo conoció por no llevar las almas de los otros sobre la suya. Puedes entender que hay tres maneras de amigos: ca la una es el que quiere ser amigo del cuerpo y no del alma, y la otra es el que quiere ser amigo del alma y no del cuerpo, y la otra es el que quiere ser amigo del cuerpo y del alma, así como este preso postrimero, que fue amigo de su alma y de su cuerpo, dando buen ejemplo de sí, y no queriendo que su alma fuese perdida por excusar el martirio del cuerpo». Todas estas cosas de estos ejemplos contó el caballero Zifar a la su buena dueña por la traer a saber bien guardar su amigo y las sus puridades, y díjole así: «Amiga señora, comoquiera que digan algunos que las mujeres no guardan bien puridad, tengo que fallece esta regla en algunas; porque Dios no hizo los hombres iguales ni de un seso ni de un entendimiento, mas departidos, tan bien varones como mujeres. Y porque yo sé cuál es el vuestro seso y cuán guardada fuiste en todas cosas del día en que fuimos hasta el día de hoy, y cuán mandada y obediente me fuiste, quiéroos decir la mi puridad, la que nunca dije a cosa del mundo; mas siempre la tuve guardada en el mi corazón, como aquella cosa que me tendrían los hombres a gran locura si la diese ni la pensase para ir adelante con ella; ca puso en mí, por la su merced, algunas cosas señaladas de caballería que no puso en caballero de este tiempo, y creo que el que estas mercedes me hizo me puso en el corazón demandar en esta demanda que ahora os diré en confesión. Y si yo en esta demanda no fuese adelante, tengo que menguaría en los bienes que Dios en mí puso.

»Amiga señora», dijo el caballero Zifar, «yo, siendo mozo pequeño en casa de mi abuelo, oí decir que oyera a su padre que venía de linaje de reyes; y yo como atrevido pregunté que cómo se perdiera aquel linaje, que fuera depuesto, y que hiciera rey a un caballero simple, pero que era muy buen hombre y de buen seso natural y amador de la justicia y cumplido de todas buenas costumbres. "¿Y cómo, amigo?", dijo él, "¿por qué tan ligera cosa tienes que es hacer y deshacer rey? Ciertamente con gran fuerza de maldad se deshace y con gran fuerza de bondad y de buenas costumbres se hace. Y esta maldad o esta bondad viene tan bien de parte de aquel que es o ha de ser rey, como de aquellos que la deshacen o lo hacen." "Y si nos de tan gran lugar venimos", dije, "¿cómo fincamos pobres? "Respondió mi abuelo; dijo que por maldad de aquel rey onde descendimos, ca por la su maldad nos abajaron así como tú ves. "Y ciertas no he esperanza", dijo mi abuelo, "que vuestro linaje y nuestro cobre, hasta que otro venga de nosotros que sea contrario de aquel rey, y haga bondad y haya buenas costumbres, y el rey que fuere ese tiempo que sea malo, y lo hayan a deponer por su maldad y este hagan rey por su bondad. Y puede esto ser con la merced de Dios." "¿Y si yo fuese de buenas costumbres", dije yo, "podría llegar a tan alto lugar?" Y él me respondió riéndose mucho, y me dijo así: "Amigo pequeño de días y de buen entendimiento, dígote que sí, si bien te esforzares a ello y note enojares de hacer bien; ca por bien hacer bien puede hombre subir a alto lugar." Y diciendo, tomando gran placer en su corazón, santiguó a sí y a mí, y dejose luego morir, riéndose ante aquellos que y eran. Y maravilláronse todos de la muerte de aquel mi abuelo que así aconteciera. Y estas palabras que mi abuelo me dijo de guisa se fincaron en mi corazón que propuse entonces de ir por esta demanda adelante; pero que me quiero partir de este propósito, no puedo; ca en durmiendo seme viene en mente, y en velando eso mismo. Y si Dios hace alguna merced en hecho de armas, cuido que me lo hace porque se me venga en mente la palabra de mi abuelo. Mas señora», dijo el caballero, "yo veo que vivimos aquí a gran deshonra de nos y en gran pobredad, y si por bien lo tuvieseis, creo que sería bien de nos ir para otro reino, donde no nos conociesen, y quien sabe si mudaremos ventura; ca dice el verbo antiguo: "Quien se muda, Dios le ayuda"; y esto dicen aquellos que no se en bien, así como nos por la nuestra desventura; ca el que bien se es no no ha por qué se leve, camudándose a menudo pierde lo que ha. Y por ende dicen que piedra movediza, no cubre moho. Y pues nos seamos no bien, mal pecado, ni a nuestra honra ni el proverbio de "quien bien es no leve"no es por nosotros. Tengo que mejor sería mudarnos que fincar». «Amigo señor», dijo la dueña, «decís bien. Agradézcaos Dios la merced grande que me habéis hecho en querer que yo supiese vuestra puridad y de tan gran hecho; y ciertas quiero que sepáis que tan aína como contaste estas palabras que os dijera vuestro abuelo, si es cordura o locura, tan aína me subieron en corazón, y creo que han de ser verdaderas. Y todo es en poder de Dios, del rico hacer pobre y del pobre rico, y moved cuando quisiereis en el nombre de Dios, y lo que habéis a favor hacedlo aína; ca a las vegadas la tardanza en el buen propósito empecé». «¿Y cómo?», dijo el caballero, «¿tan aína os vino a corazón que podría ser verdad lo que mío abuelo me dijo?» «Tanaína», dijo ella. «Y quien ahora me catase el corazón lo hallaría muy movido por esta razón, y no se asemeja que estoy en mi acuerdo». «Y ciertas», dijo el caballero, «así aconteció a mí cuando mi abuelo lo oí contar. Y por ende no nos conviene de fincar en esta tierra, siquiera que los hombres nonos caigan en esta locura».

Y este caballero Zifar, según se halla por las historias antiguas, fue del linaje del rey Tared, que se perdió por sus malas costumbres; pero que otros reyes de su linaje de este hubo y antes muy buenos bien acostumbrados; mas la raíz de los reyes y de los linajes se desrraiga y se abaja por dos cosas: lo uno por malas costumbres, y lo otro por gran pobredad. Y así el rey Tared, comoquiera que el Rey su padre le dejara muy rico y muy poderoso, por sus malas costumbres llegó a pobredad y húbose de perder, así como ya lo contó el abuelo del caballero Zifar, según oísteis; de guisa que los de su linaje nunca pudieron cobrar aquel lugar que el rey Tared perdió.

Y este reino es en la India primera, que poblaron los gentiles, así como ahora oiréis.

Y dicen las historias antiguas que tres Indias son: la una comarca con la otra de los negros, y de esta India fue el caballero Zifar onde fue el rey Tared, que fue ende rey. Y hállase por las historias antiguas que Nembrot el valiente, biznieto de Noé, fue el primero rey del mundo, y llámanle los cristianos Nembrot. Y este libro fue hecho en la ciudad de Babilonia la desierta con gran estudio, y comenzó a labrar una torre contra voluntad de Dios y contra mandamiento de Noé, que subiese hasta las nubes; y pusieron nombre a la torre Magdar. Y viendo Dios que contra su voluntad la hacían, no quiso que se acabase, ni quiso que fuesen de una lengua, porque no se entendiesen ni la pudiesen acabar. Y partiolos en setenta lenguajes: y los treinta y seis en el linaje de Sem, y los dieciséis en el linaje de Cam, hijo de Noé, y los dieciocho en el linaje de Jafet. Y este linaje de Cam, hijo de Noé, hubo la mayor partida de estos lenguajes por la maldición que le dio su padre en el temporal; que leerá en dos maneras; lo primero que yogo con su mujer en el arca, onde hubo un hijo a que dijeron Cus, cuyo hijo fue este rey Nembrot. Y maldijo entonces Cam en los bienes temporales; y otrosí dicen los judíos que fue maldicho el can porque yogo con la *cadiella* en el arca. Y la maldición fue esta: cuantas yoguiese con la cadiella, que fincasen lisiados; pero los cristianos decimos no es verdad, ca de natura lo han los canes desde que formó Dios el mundo y todas las otras cosas acá. Y el otro yerro que hizo Cam fue cuando su padre se embeodó, y lo descubrió haciendo escarnio de él. Y por ende este rey Nembrot que fue su nieto, fue malo contra Dios, y quiso semejar a la raíz de su abuelo Cam, onde viniera. Y Asur, el segundo hijo de Sem, con todo su linaje, viendo que el rey Nembrot que hacía obras a deservicio de Dios, no quiso y morar, y fue poblar a Nínive, una gran ciudad que había andadura de tres días, y la cual quiso Dios que fuese destruida por la maldad dellos. Y destruyola Nabucodonosor y una compaña de gentiles que amaban el saber y las ciencias ya llegábanse todavía a estudiar en uno. Y apartáronse ribera de un río que es allende de Babilonia, y hubieron su consejo de pasar aquel río y poblar allende y vivir todos en uno. Y según dicen los sabios antiguos, que cuando puso nombre Noé a las mares y a los ríos, puso nombre a aquel río Indias, y por el nombre que le puso pusieron nombre a aquellos que fincaron poblar allende, de indios. Y pusieron nombre a la provincia de este pueblo India, por el nombre de los pobladores.

Y después que fueron asosegados, pugnaron de estudiar y de aprender y de certificar; onde dijo Abuit, un sabio de las Indias antiguas que fueron los primeros sabios que certificaron el sol y los planetas después del diluvio. Y por vivir en paz y haber por quien se asegurasen, es leyeron y alzaron rey sobre sí un sabio a quien dicen Albarheme el Mayor, ca había y otro sabio que le decían así. Yeste fue el primero que hubieron las Indias, que hizo el esfera y las figuras de los signos y de los planetas. Y los gentiles de India fueron gran pueblo, y todos los reyes del mundo y todos los sabioslos conocieron mejoría en el seso y en nobleza y en saber.

Y dicen los reyes de Cin que los reyes del mundo son cinco, y todos los otros andan en su rastro dellos: y son estos los reyes de Cin y los reyes de India y los reyes de los turcos y los reyes persianos y los reyes cristianos. Y dicen que el rey de Cin es rey de los hombres, porque los hombres de Cinson más obedientes y mejor mandados que otros hombres a sus reyes y a sus señores. Al rey de India dícenle el rey de los leones, porque son muy fuertes hombres y muy esforzados y muy atrevidos en sus lides. Al rey de los persianos dicen el rey de los reyes, porque fueron siempre muy grandes y de muy gran guisa y de gran poder; ca con su poder y su saber y su seso poblaron la mitad del mundo, y no se lo pudo ninguno contradecir, maguer no eran de su partición ni de su derecho. Y el rey de los cristianos dícenle el rey de los barraganes, muy esforzados y más apersonados y más apuestos en su cabalgar que otros hombres.

Ciertamente de antigüedad fue India fuente y manera de ciencia, y fueron hombres de gran mesura y de buen seso, maguer son loros, que tiran cuanto a los negros cuanto en la color, porque con ellos, Dios nos guarde de las maneras de ellos y de su torpedad, y dioles mesura y bondad en manera y en seso, más que a muchos blancos. Y algunos de los astrólogos dicen que los indios hubieron estas bondades porque la provincia de India ha y por natural partición Saturno y Mercurio mezclado con Saturno. Y sus reyes fueron siempre de buenas costumbres y estudiaron todavía en la divinidad. Y por eso son hombres de buena fe y de buena creencia, y creen todos en Dios muy bien, fuera ende pocos de ellos que han la creencia de Saba, que adoran las planetas y las estrellas. Y esto todo de las Indias que fue leído y fue puesto en esta historia, porque no se halla en escritura ninguna que otro rey hubiese en la India mal acostumbrado sino el rey Tared, onde vino el caballero Zifar, como quiera que este caballero fue bien acostumbrado en todas cosas, y ganó muy gran prez y gran honra por costumbres y por caballería, así como adelante oiréis en la historia.

Dice el cuento que el caballero Zifar y la buena

dueña su mujer vendieron aquello poco que habían y compraron dos palafrenes en que fuesen, y unas casas que habían, hicieron de ellas un hospital y dejaron toda su ropa en que *yoguiesen* los pobres, y fuéronse. Y llevaba en el caballo en pos de sí el un hijuelo, y la dueña el otro. Y anduvieron en diez días que salieron del reino onde eran naturales y entraron en el onceno; en la mañana, habiendo cabalgado para andar su camino, muriósele el caballo, de que recibió la dueña muy gran pesar, y dejose caer en tierra llorando de los ojos y diciéndole así: "Amigo señor, no toméis cuidado grande, ca Dios os ayudará, y subid en este palafrén y llevaréis estos dos hijuelos con gusto, ca bien podré yo andar la jornada, con la merced de Dios». «Por Dios, señora», dijo el caballero, «no puede ser, ca sería cosa desaguisada y muy sin razón ir yo de caballo y vos de pie; ca según natura y razón mejor puede el varón sufrir el afán del camino que no la mujer; y por ende tengo por bien que subáis en vuestro palafrén y toméis vuestros hijuelos el uno delante y el otro de pos». Y hízolo así, y anduvieron su jornada ese día. Y otro día fueron hacer su oración a la iglesia y oyeron misa, que así lo hacían cada día antes que cabalgasen. Y después que hubieron oído misa tomaron su camino, que iba a una villa que decían Galapia, donde estaba una dueña viuda que había nombre Grima, cuya era aquella villa, que había guerra con un gran hombre su vecino, de mayor poder que ella; y era señor de las tierras de Éfeso, que es muy gran tierra y muy rica; y él había nombre Rodán. Y cuando llegaron a aquella villa hallaron las puertas cerradas y bien guardadas, con recelo de sus enemigos. Y demandaron la entrada, y el portero les dijo que iría antes preguntarlo a la señora de la villa, y el caballero y la dueña, estando a la puerta esperando la respuesta de la villa, he vos aquí un caballero armado donde venía contra la villa en su caballo armado. Y llegose a ellos y dijo así: «Dueña, ¿qué hacéis aquí vos y este hombre que es aquí convusco[3]? Partíos ende e idos vuestra vía, y no entréis a la villa, ca no quiere mío señor, que ha guerra con la señora de la villa de este lugar, que entre ninguno allá, mayormente de caballo». Y el caballero Zifar le dijo: «Caballero, nos somos de tierra extraña, y acaecimos por nuestra ventura en este lugar, y vinimos muy cansados es muy tarde, hora de vísperas, y no habremos otro lugar poblado donde fuésemos albergar.

Plégaos que finquemos aquí esta noche si nos acogieren, y luego en la mañana nos iremos donde Dios nos guiare». «Ciertas», dijo el caballero, «no fincaréis aquí, ca yo no he que ver en vuestro cansancio; mas partíos ende, si no, mataré a vos y levaré a la vuestra dueña y haré de ella a *mitalante*». Y cuando el caballero oyó estas palabras tan fuertes, pesole de corazón y díjole: «Ciertas, sivos caballero sois, no haréis mal a otro hidalgo, así no desafiar, mayormente no os haciendo tuerto».

«¿Cómo?», dijo el otro, «¿cuidáis escapar por caballero, siendo rapaz de esta dueña? Si caballero sois, subid en ese caballo de esa dueña, y defendedla». Cuando esto oyó el caballero Zifar, plúgole de corazón porque tamaño vagar le daba de cabalgar. Y subió en el palafrén de que la dueña descendiera. Y un velador que estaba en la torre sobre la puerta, doliéndose del caballero y de la dueña, echole una lanza que tenía muy buena, y díjole: «Amigo, tomad esta lanza y ayúdeos Dios».

---

[3] Convusco, en desuso: con vos o con vosotros.

Y el caballero Zifar tomó la lanza, ca él traía su espada muy buena, y dijo al otro caballero que estaba muy airado: «Ruégoos por amor de Dios que nos dejemos en paz, y que queráis que holguemos aquí esta noche. Y hágoos pleito y homenaje que nos vayamos cras, si Dios quisiere».

«Ciertas», dijo el caballero, «ir os conviene, y defendeos». Y el caballero Zifar dijo: «Defiéndanos Dios, que puede». «¿Pues de tan vagar está Dios», dijo el otro, «que no ha que hacer sino de nos venir a defender?». «Ciertas», dijo el caballero Zifar, «a Dios no es ninguna cosa grave, y siempre ha vagar para bien hacer, y aquel es ayudado y acorrido y defendido aquel a quien quiere él ayudar ya correr y defender». Y dijo el caballero: «¿Por palabras me queréis detener?» E hincó las espuelas al caballo y dejose venir para él, y el caballero Zifar para el otro. Y tal fue la ventura del caballero armado que erró de la lanza al caballero Zifar, y él fue herido muy mal, de guisa que cayó en tierra muerto. Y el caballero Zifar fue tomar el caballo del muerto por la rienda, y trájolo de la rienda a la dueña, que estaba cuitada, pero rogando a Dios que guardase a su marido de mal.

Y ellos estando en esto, he vos el portero y un caballero donde venían, a quien mandaba la señora dela villa que tomasen *hombrenaje* del caballero que no viniese ningún mal por ellos a la villa y que los acogiesen. Y el portero abrió la puerta, y el caballero con él y dijo al caballero Zifar: «Amigo, ¿queréis entrar?» «Queremos», dijo el caballero Zifar, «si a vos pluguiese». Y el caballero le dijo: "Amigo, ¿sois hidalgo?» «Ciertas sí soy», dijo el caballero Zifar. «¿Y sois caballero?» «Sí», dijo él.

«¿Y aquellos dos mozos? ¿Y esta dueña, quién es?» «Mi mujer», dijo él, «y aquellos dos mozos son nuestros hijuelos». «¿Pues haceisme hombrenaje», dijo el otro, «así como sois hidalgo, que por vos ni por vuestro consejo, no venga mal ninguno a esta villa ni a ninguno de los que y moran?» «No", dijo el caballero, «mas para en todo tiempo». Y el caballero Zifar le dijo que no lo haría, ca no sabía que le había de acaecer con alguno de la villa en algún tiempo. «Ciertas pues, no entraréis acá», dijo el caballero, «si este hombrenaje no me hacéis». Y ellos estando en esta porfía, dijo el velador que estaba en la torre, el que le diera la lanza al caballero Zifar: «Entraos en bien, ca cien caballeros salen de aquel monte y vienen cuanto pueden de aquí allá». Y sobre esto estando, dijo el caballero de la villa: «Amigo, ¿queréis hacer este hombrenaje que os demando?; y si no, entraré y cerraré la puerta».

Y entonces el caballero Zifar dijo que hacía el hombrenaje de guardar la villa y los que y eran si no le hiciesen porque no lo debiese guardar. «Amigo», dijo el caballero, «aquí no os harán sino todo placer». «Y yo os hago el hombrenaje», dijo el caballero, «como vos demandáis, si así fuere». Y así acogieron a él y a la dueña y a sus hijos, y cerraron la puerta de la villa.

Y en cabalgando y queriéndose ir a la posada, llegaron los cien caballeros y demandaron al velador: "Di, amigo, ¿entró acá un caballero armado?» «¿Y quién sois vos», dijo el velador, «que lo demandáis?». «Ciertas», dijo el uno de ellos, «conocernos debíais, que muchas malas sonochadas y malas matinadas habéis de nos recibidas en este lugar». «Verdad es», dijo el velador, «mas cierto soy que a mal iréis de aquí esta vegada». «Villano traidor», dijo el caballero, «¿cómo podría ser eso? ¿Expresó el caballero que acá vino, por quien nos demandamos?». «Ciertas no es preso», dijo el velador, "más es muerto. Y catadlo donde yace en ese barranco, y lo hallaréis muerto». «¿Y quién lo mató?", dijo el caballero. «Su soberbia», dijo el velador. «¿Pero quién?», dijo el caballero. «Ciertas», dijo, "un caballero viandante que ahora llegó aquí con su mujer». Los caballeros fueron al barranco halláronlo muerto. Y el caballero muerto era sobrino de aquel que había guerra con la señora de la villa, y comenzaron a hacer el mayor duelo que podría ser hecho por ningún hombre. Y tomaron el caballero muerto y fueron haciendo muy gran duelo.

Y la señora de la villa cuando oyó este ruido y tan gran llanto que hacían, maravillose qué podría ser, y andaba demandando que le dijesen que qué era. Y en esto entró el caballero que había enviado que recibiese el hombrenaje de aquel que lo vio, ca luego que oyó el ruido subió a los andamios con la otra gente que allá subía para defenderse. Y contole cómo este caballero que entrara en la villa había muerto aquel sobrino de su enemigo; el caballero más atrevido que él había, y el más soberbio, el que mayor daño había hecho aquella villa, por quien se levantara aquella guerra entre su tío y la señora de la villa, porque no quería casar con este sobrino de aquel gran señor. La señora de aquella villa, cuando lo oyó plúgole de corazón, y tuvo que Dios adujera a aquel caballero extraño a aquel lugar por afinamiento de la su guerra. Y mandó a ese su caballero que le hiciese dar muy buena posada, y que le hiciese mucha honra; y el caballero hízolo así.

Y otro día en la mañana después de las misas, el

caballero Zifar y su mujer, queriendo cabalgar pararse, llegó mandado de la señora de la villa que se fuese para allá y que quería hablar con ellos. Y el caballero Zifar pesole porque se habían a detener, que perdían su jornada; pero fuéronse allá para la señora de la villa, y ella preguntó en cuál manera eran allá venidos. Y el caballero le dijo que eran salidos de su tierra, no por maleficios que tuviesen hechos, mas con gran pobredad en que cayeran, y que habían vergüenza de vivir entre sus parientes, y que por eso salieran de su tierra a buscar vida en otro lugar donde no los conociesen.

Y la señora de la villa pagose del buen razonar y del buen seso y del buen sosiego del buen caballero de la dueña, y dijo: «Caballero, si vos con esta vuestra dueña quisierais aquí morar, os daría yo un hijo mío pequeño que criéis, y os haría estos vuestros hijos con el mío». «Señora», dijo el caballero, "no me semeja que lo pudiese hacer, y no querría cosa comenzar a que no pudiese dar cabo». Y la señora de la villa le dijo: «Esperad aquí hoy, y tras pensad en ello más; y me responderéis». Y el caballero Zifar pesole mucho, pero húboselo de otorgar.

Y estos dos días recibieron mucha honra y mucho placer de la señora de la villa, y todos los caballeros y los hombres buenos venían ver y a solazar con el caballero Zifar, y todas las dueñas con su mujer, y hacíanles sus presentes muy granadamente. Y tan gran alegría y tan gran *conhorte* tomaban con aquel caballero que les semejaba que de toda la guerra y de toda la premia en que estaban eran ya librados con la andanza buena que Dios diera aquel caballero en matar aquel sobrino de aquel gran señor su enemigo.

Y en esto la señora de la villa envió por la dueña,

mujer del caballero Zifar, y rogole muy ahincadamente que trabase con el caballero su marido que fincase y con ella, y que partiría con ellos muy de buenamente lo que hubiesen. Y tan grande fue el afincamiento que le hizo, que lo hubo de otorgar que trabajaría con su marido que lo hiciese. Y cuando la mujer del caballero fue en su posada, habló luego con su marido y preguntole que le semejaba de la fincada que la señora de la villa les demandaba. «Ciertas», dijo él, «no sé y escoger lo mejor, ca ya veo que habemos mester bien hecho de señores por la nuestra pobredad en que somos; y de la otra parte, la fincada de que veo es muy peligrosa y con muy gran trabajo; ca la guerra que esta dueña que hubo hasta aquí con aquel gran señor, de aquí adelante será muy ahincadamente entre ellos por la muerte de aquel caballero su sobrino que yo maté por la su desventura». «Amigo señor», dijo ella, «nos venimos cansados de este luengo camino y traemos nuestros hijuelos muy flacos; y si por bien lo tuvieseis, tendría que sería bien que holgásemos aquí algún día». «Ciertas», dijo el caballero Zifar, «si a vos place, a mí hace pro; quiera Dios por la su merced que nos recuda a bien esta fincada». «Amén», dijo la dueña.

Y ellos estando en esto, entró un caballero de la villa por la puerta, y díjoles así: «Caballero, a vos ya la vuestra buena dueña envía decir la señora de la villa que os vengáis luego para allá, y que os lo agradecerá». Y ellos hiciéronlo así. Y cuando llegaron y donde la señora de la villa estaba hablando con todos los caballeros y los hombres buenos y las dueñas de aquel lugar, la señora de la villa se levantó a ellos y recibiolos muy bien y dijo así: «Caballero, no me quería poner a cosa que no supiese ni pudiese hacer». Un caballero de los de la villa, y de los muy poderosos, levantose entre los otros y díjole: «Caballero extraño, yo no sé quién vos sois, mas por cuanto yo entiendo en vos, creo que sois de buen lugar y de buen entendimiento; y porque soy cierto que vos haréis mucho bien en este lugar por vos, me placería ya mucho que fincaseis aquí con nuestra señora y dos hijuelos, y os daría la tercia parte de todo cuanto yo he para vos y vuestra dueña con que os mantuvieseis». «Muchas gracias», dijo el caballero Zifar, «de vuestro buen talante». Y la señora de la villa dijo: «Caballero bueno, ¿no os asemeja que es bien de hacer aquello que os decía aquel caballero? Es de los más poderosos y de mejor lugar, y más rico de esta tierra». «Señora», dijo la mujer del caballero Zifar, «decidle que finque aquí convusco un mes, y entretanto hablaremos lo que tuviereis por bien». «Por Dios, señora», dijo la señora de la villa, «muy bien dijiste. Y caballero, ruégoos que lo queráis así hacer».

«Ciertas», dijo el Caballero, «hacerlo he, pues a mi mujer place, comoquiera que me pluguiera que menos tiempo tomase para esta holgura».

Todos los que estaban en aquel palacio recibían gran placer con la fincada de este caballero, y la señora de la villa dijo entonces: «Caballero bueno, pues esta gracia habéis hecho a mí y a los de este lugar, y ruégoos que en aquello que entendiereis guiar y enderezar nuestros hechos, que lo hagáis». Y el caballero Zifar respondió que así lo haría muy de grado, en cuanto pudiese. Y entonces mandó la señora de la villa que pensasen de él, y que le diesen todas aquellas cosas que le fuesen mester.

Al tercer día después de esto, en la gran mañana antes del alba, fueron en derredor de la villa tres mil caballeros muy bien *aguisados*, y muy gran poder de peones y de ballesteros de los enemigos de la señora de la villa, y comenzaron a hincar las tiendas en derredor de la villa a gran prisa. Y cuando los veladores lo sintieron comenzaron a decir: «¡Armas, armas!» El ruido fue tan grande a la vuelta perla villa, cuidando que se la querían entrar, y fueron todos corriendo a los andamios de los muros, y si no fueran y llegados perdiérase la villa, tan recio se llegaban los de fuera a las puertas. Y desde que fueron arredrando de día divisáronlo mejor, y fuéronlos arredrando de la villa los ballesteros; ca tenían muchos garatos y muchas ballestas de torno *biriculas* para defenderse, así como aquellos que estaban apercibidos para tal hecho. Y el caballero Zifar en estando en su cama, preguntó al huésped qué gente podría ser, y díjole que de tres mil caballeros arriba y muy gran gente de pie. Y preguntoles que cuántos caballeros podrían ser en la villa; y dijo que hasta ciento de buenos.

«Ciertas», dijo el caballero Zifar, «con ciento de buenos cuidaría acometer con la merced de Dios mil caballeros de no tan buenos». «Y si vos», dijo el huésped, «a corazón lo habéis de proeza, asaz habéis aquí de buenos caballeros con quien lo hacer; y maravíllome siendo tan buen caballero como dicen que sois, cómo os sufre el corazón de os estar aquí en la cama a tal prisa como esta».

«¿Cómo?, dijo el caballero, «¿quieren los de aquí salir a lidiar con los otros?». Dijo el huésped: «¿No semejaría gran locura en lidiar ciento con mil?» «¿Y pues así estarán siempre encerrados?», dijo el caballero, «¿y no harán ninguna cosa?» «No sé», dio el huésped, «mas tengo que haríais mesura y cordura en llegar aquel consejo en que están los caballeros ahora». «Ciertas», dijo el caballero, «no lo haré, ca sería gran locura de allegar a consejo antes que sea llamado.» «Por Dios, caballero», dijo el huésped, «seméjame que vos excusaríais de buenamente de lidiar; y tengo que seríais mejor para predicador que no para lidiador». «Ciertas», dijo el caballero Zifar, «verdad es; que más de ligero se dicen las cosas que no se hacen». Cuando esto oyó el huésped, bajó la cabeza y salió de la cámara diciendo: «Algo nos tenemos aquí guardado, estando los otros en el peligro que están, y él muy sin cuidado».

Y fuese para la señora de la villa, con quien estaban los caballeros y la gente habiendo su acuerdo cómo harían. Y cuando la señora de la villa lo vio, preguntole y díjole: «¿Qué es de tu huésped?» Y él le dijo: «Señora, yace en su cama sin cuidado desto en que vos estáis». «Ciertas», dijo la señora dela villa, y los otros que y eran con ella, «maravillámosnos mucho de tal caballero como él es, y de tal entendimiento, en así errarlo. «¿Y él qué te decía», dijo la señora de la villa, «de esta prisa en que estamos?» «Señora, yo le preguntaba que cómo no venía a este acuerdo en que estabais. Y él díjome que sería locura en llegar a consejo de ninguno, antes que fuese llamado». «¡Por Dios!», dijeron todos, «dijo como hombre sabio». «¿Y díjote más?», dijo la señora de la villa. «Ciertas, señora, yo le dije que me semejaba más para predicador que no para lidiador, y él díjome que decía verdad, ca más de ligero se pueden decir las cosas que no hacerse. Y aún preguntome más: cuántos caballeros se podrían haber aquí en la villa; y yo díjele que ciento de buenos; y él díjome que con cien caballeros de buenos podría hombre acometer mil de no tan buenos». Y esta palabra plugo algunos y pesó a los otros; ca bien entendieron que si guiar se hubiesen por este caballero, que los metería en lugar donde las manos hubiesen mester.

«Ciertas», dijo la señora de la villa, «no es menester de detenernos de no enviar por él». Y mandó a dos caballeros de los mejores que fuesen luego por él, y que lo acompañasen. Y ellos llegaron a él, halláronlo que oía misa con muy gran devoción, y su mujer con él. Y después que fue acabada lamosa, dijéronle los caballeros que le enviaba rogar la señora de la villa que se fuese para allá. «Muy de grado», dijo el caballero, y fuese con ellos. Y yendo en uno preguntole un hombre bueno de la villa: «Caballero, ¿qué os semeja de cómo estamos con estos nuestros enemigos?» «Ciertas», dijo, "amigo, seméjame que os tienen en estrechura, si Dios no os ayuda y el vuestro buen esfuerzo; ca todo es y mester».

Y cuando llegaron al palacio levantose la señora de la villa a él, y todos cuantos eran con ella, y díjole así: «Caballero bueno, ¿no veis cuán apremiados nos tienen estos nuestros enemigos?» «Ciertas», dijo, «señora, seméjame que os tienen en estrechura, si Dios no os ayuda y el vuestro buen esfuerzo; ca todo es y mester» «Ciertas, señora», dijo él, «oí decir que vinieron combatir hasta las puertas de la villa». Y la señora de la villa le dijo: «Pues, caballero, ¿os esforzaréis», dijo la señora de la villa, «de hacer algo contra estos nuestros enemigos?». «Señora», dijo él, «con esfuerzo de Dios y de esta buena gente». «Pues mando yo», dijo la señora de la villa, «que todos cuantos son aquí en la villa, que se guíen por vos y hagan vuestro mandado. Y esto mando yo con consentimiento y con placer de todos ellos». Y dijo la señora de la villa a los suyos: «¿Es así como yo digo?"

Respondieron ellos todos: «Sí, señora». «Señora», dijo el caballero, «mandad a todos los caballeros hijosdalgo ayuntar, y a los otros que estén guisados de caballos y de armas». Y la señora de la villa mandolo así hacer, y ellos luego se apartaron. Y de sí el caballero tomó de ellos hombrenaje que le siguiesen e hiciesen por él y que no le desamparasen en el lugar donde hubiese mester su ayuda. Y ellos hiciéronlo así. «Ahora, señora», dijo el caballero, «mandadles que hagan alarde cras en la mañana, lo mejor que cada uno pudiere, tan bien caballeros como escuderos y ballesteros y peones; y si algún aguisamiento tenéis de caballero, mandádmelo prestar». «Ciertas», dijo ella, «muy de grado; ca os daré el aguisamiento de mi marido, que es muy bueno». «Señora», dijo el caballero, «no lo quiero donado mas prestado; ca heredamiento es de vuestro hijo, y por ende vos no lo podéis dar a ninguno».

Y otro día en la mañana salieron a su alarde muy bien aguisados, y hallaron que había, de caballeros hijosdalgo buenos, ciento y diez caballeros; y de escuderos hijosdalgo cincuenta, comoquiera que no habían lorigas de caballo. Y los otros ruanos de la villa hallaron y aguisados sesenta. Y así fueron por todos doscientos y veinte. «Ciertas», dijo el caballero Zifar, «gente hay aquí para defender su tierra, con merced de Dios». La señora de la villa dio al caballero el aguisamiento que le prometiera, muy rico y muy hermoso, y probolo ante todos y enderezolo donde entendió que era mester. Y mandó a los otros que lo hiciesen así a los sus aguisamientos, y bien daba a entender que algún tiempo anduviera en hecho de caballería; ca muy bien sabía enderezar sus guarniciones, y entre todos los otros parecía bien armado y muy hermoso y muy valiente.

Esta señora de la villa estaba en los andamios de su alcázar, y paró mientes en lo que hacía cada uno, y vio el caballero Zifar cómo andaba requiriendo los otros, y castigándolos, y plúgole mucho.

Y de sí mandoles el caballero Zifar que se fuesen cada uno a sus posadas y comiesen, y a hora de nona que recudiesen todos a aquella plaza; e hiciéronlo así. El caballero Zifar paró mientes en aquel caballo que había ganado del caballero que había muerto a la puerta de la villa, y hallolo que era bueno y muy enfrenado y muy valiente, y plúgole mucho con él. Y a la hora de nona llegaron todos en la plaza según les había mandado, y díjoles así: «Amigos, a los que tienen en prisa y en premia, no se deben dar vagar, mas deben hacer cuanto pudieren por salir de aquella premia y prisa; ca natural cosa es del que está en premia querer salir de ella así como el siervo de la servidumbre; y por ende ha mester que antes que aquellos de aquella hueste se carguen y se fortalezcan, que les hagamos algún rebate de mañana». Y ellos dijeron que de como él mandase, que ellos así harían. «Pues aparejaos», dijo el caballero Zifar, «en manera que antes que el alba quiebre, seamos con ellos».

Dijeron ellos que lo harían de buenamente. Y dijo el caballero Zifar: «Vayamos a andar por los andamios del muro, y veremos cómo están asentados». Y el caballero Zifar vio dos portillos grandes en la cerca que no estaba y gente ninguna, y preguntó: «¿Qué es aquel espacio que está y vacío?» «Ciertas», dijeron ellos, «la cerca de la villa es grande, y no la pueden todos cercar». Y vio un lugar donde estaban tiendas hincadas, y díjole un caballero de la villa: «El señor de la hueste está allá».

«¿Y onde lo sabéis vos?» dijo el caballero. «Ciertas», dijo él, «uno de los nuestros barruntes que vino de allá». E hizo llamar a aquel barrunte, y preguntole el caballero Zifar: «Di, amigo, ¿el señor de la hueste posa en aquellas tiendas?» «Sí», dijo él, «yo lo vi cabalgar el otro día; semejome que podrían ser hasta tres mil y quinientos caballeros entre buenos y malos». «¿Y hay gran gente de hijosdalgo?», dijo el caballero. «Ciertas», dijo, «no creo que sean de doscientos caballeros arriba». «¿Y todos estos caballeros hijosdalgo están con el señor de la hueste en el su real?» «Ciertas no», dijo él, «ca apartólos caballeros hijosdalgo por la hueste, porque no fiaba en los otros; ca son ruanos y no vinieron de buenamente a esta hueste». «Mucho me place», dijo el caballero Zifar, «ca semeja que Dios nos quiere hacer merced». Y dijo a otro caballero: «Si más bien habemos a hacer y, en la cabeza abemos a herir primeramente». «Por Dios», dijo el otro caballero, «decís muy bien, y nos así lo haremos; ca si lo de más fuerte nos les vencemos, lo más flaco no se nos puede bien defender». «¿Y por dónde podríamos haber entrada», dijo el caballero Zifar, «por qué los saliésemos a las espaldas, que no lo sintiesen?». «Yo lo sé bien», dijo el otro caballero. «Pues comencemos», dijo el Caballero Zifar, «en el nombre de Dios, cras en la mañana, y vos guiadnos y por donde vos sabéis que está la entrada mejor». Y el caballero dijo que él lo haría de buenamente.

Y ellos estando en esto, he vos donde venían seiscientos caballeros y gran gente de pie. Y los de lavilla preguntaron al caballero Zifar si saldrían a ellos, y él les dijo que no, mas que defendiesen su villa; ca mejor era que los de fuera no supiesen cuánta gente era en la villa, y que por esta razón no se apercibirían, cuidando que eran menos, y que no los acometieran. Y llegaron los otros cerca de los muros de la villa, tirando de piedras y de fondas y de saetas, y haciendo gran ruido; pero el que se llegaba a las puertas o al muro no se partía ende sano, de cantos y de saetas que les tiraban de la villa.

Y así fueron muchos muertos y heridos esa noche de esta guisa. Y entre ellos andaba un caballero grande armado de unas armas muy divisadas, el campo de oro y dos leones de azul. «Amigos», dijo el caballero Zifar, «¿quién es aquel que aquellas armas trae?». Y dijéronle que el señor de la hueste, y el caballero Zifar calló y no quiso más preguntar, pero que paró mientes en las armas de aquel señor de la hueste y divisolas muy bien, y dijo a los otros: «Amigos, id a buenas noches, y holgad hasta cras en la gran mañana, que oigáis el cuerno; y ha mester que seáis apercibidos y que os arméis muy bien, y que salgáis a la plaza, en manera que podamos ir allá donde Dios nos guiare». Y cada uno de ellos derramaron y fueron para sus casas y posadas, y el caballero Zifar para la iglesia. Y rogó al clérigo que otro día antes de maitines que fuesen en la plaza, y que armase su altar para decir lamosa. Y el clérigo la dijo muy bien y muy aína, en manera que todos vieron el cuerpo de Dios y se acomendaron a él. De sí el caballero Zifar cabalgó y díjoles así: «Amigos, los cien caballeros hijosdalgo y los cincuenta escuderos de caballo y doscientos escuderos de pie vayámosnos todos lo más escondidamente que pudiéremos por este val ayuso[4] donde no posan ningunos de los de la hueste, antes estaban arredrados. Y guiábalos un caballero que dijeron antenoche que los

---

[4] Ayuso, en castellano antiguo: abajo o debajo.

guiaría. Y cuando fueron allende de la hueste, parose el caballero que guiaba, y dijo al caballero Zifar: «Ya somos arredrados de la hueste bien dos trechos de ballesta». «¿Pues por dónde iremos», dijo el caballero Zifar, «al real del señor de la hueste?». «Yo os guiaré», dijo el caballero. «Guiadnos», dijo el caballero Zifar, «ca me semeja que quiere quebrar el alba; y llegad cuanto pudiereis al real, y cuando fuereis cerca tocad este cuerno y nos moveremos luego e iremos herir en ellos. Todos tengamos ojo por el señor de la hueste, ca si y nos hace Dios merced todo lo habremos desbaratado».

Y un cuerno que traía al cuello fuelo dar al caballero, con que hiciese la señal, y movieron luego muy paso, y fueron yendo contra el real. Y tanta merced les hizo Dios que no hubo y caballo que relinchase; antes fueron muy asosegados hasta que llegaron muy cerca de la hueste. Y el caballero que los guiaba comenzó a tocar el cuerno, ca entendió que las velas lo barruntarían. Y luego el caballero Zifar movió contra la otra gente y fueron herir en la hueste muy de recio, llamando: «Galapia, por la señora de la villa». Los de la hueste fueron muy espantados de este arrebato tan a deshora, y no se pudieron acorrer de sus caballos ni de sus armas; y estos otros mataban tan bien los caballos como hombres cuantos hallaban, y no paraban mientes por prender, mas por matar, y los que escapaban de ellos íbanse para las tiendas del señor de la hueste.

Y así se barrearon *aderredor* de escudos y de todas las cosas que pudieron haber, que los no pudieron entrar con el embargo de las tiendas. Y ellos que se defendían muy de recio, así que el Caballero Zifar iba recibiendo muy gran daño en los sus caballeros, y tornose a los suyos y díjoles: «Amigos, ya de día es, y veo grandes polvos por la hueste, y semejaba que se alborotaban para venir a nos; y vayámonos, que asaz habemos hecho y cumple para la primera vegada». Y fuéronse tornando su paso contra la villa.

El señor de la hueste armose muy *toste* en la tienda y salió en su caballo, y su hijo con él, y seis caballeros que se aviaron a correr de armar, y movieron contra la villa. Y el caballero Zifar cuando los vio, mandó a los suyos que anduviesen más, antes que los de la hueste llegasen, ca no es vergüenza de ponerse hombre a salvo cuando ve mejoría grande en los otros, mayormente habiendo caudillo de mayor estado. Y el caballero Zifar iba en la zaga diciéndoles que anduviesen cuanto pudiesen, ca muy cerca les venían, comoquiera que venían muy derramados, unos en pos otros. Y el señor de la hueste vio las armas que fueron del señor de Galapia. «Ciertas si vivo es, cierto soy que él haría tal hecho como este, ca siempre fue buen caballero de armas, pero no podría ser, ca yo me acerté en su muerte y a su enterramiento. Y él no dejó sino un hijo muy pequeño, más bien cuido que dieron las armas porque se guiasen los otros.» Y tan cerca venían ya de los de la villa, que se podían entender unos a otros lo que se decían. El caballero Zifar volvió la cabeza y violos venir cerca de sí y conoció en las armas al señor de la hueste, las que viera antenoche. Y venía en los delanteros y no venía con él sino un hijo y otro caballero, y eran muy cerca de alcantarilla donde tenía la otra gente el caballero Zifar. Y dio una voz a la su compaña e dijo: «Atendedme». Y volviose de rostro contra el señor de la hueste y puso la lanza so el sobaco y dijo así: «Caballero, defendeos». «¿Y quién eres tú»,

dijo el señor de la hueste, «que a tanto te atreves?».
«Ciertas», dijo el caballero Zifar, «ahora lo veréis». E
hincó las espuelas al caballo y fuelo herir, y diole una
gran lanzada por el costado que le paso las guarniciones,
y metiose por el costado la lanza bien dos palmos, y dio
con él en tierra. La su gente, como iban viniendo, iban
hiriendo sobre él y trabajábanse mucho de lo disponer
del caballo.

Y entretanto el caballero Zifar tornose con su gente y pasaron la alcantarilla en salvo. Y más merced hizo
Dios al caballero Zifar y a su gente; que el hijo del señor
de la hueste, cuando vio que el su padre era derribado,
hincó las espuelas al caballo y fue herir un caballero de
los de la villa; pero que no lo empeció, y metiose en la
espesura de la gente y apresáronle, y así lo llevaron preso a la villa.

Y el duelo fue muy grande en la hueste, cuidando
que su señor era muerto. Y después que lo llevaron a las
tiendas del real y lo desnudaron, hallaron que tenía una
gran herida en el costado. Y cuando demandaron por su
hijo y no lo hallaron, tuviéronse por mal andantes más
de cuanto eran; ca tuvieron que era muerto o preso. Y
cuando entró en su acuerdo el señor de la hueste, vinieron los cirujanos a catarlo, y dijeron que lo guarecerían
muy bien con merced de Dios. Y él se conhortó cuanto
pudo y demandó por su hijo, y ellos le dijeron que era
ido a andar por la hueste por asosegar su gente, y plúgole mucho y dijo que lo hacía muy bien. Los caballeros de
la hueste enviaron luego un caballero de la hueste a la
villa a saber del hijo de su señor si era muerto o vivo o
preso.

Y el caballero cuando llegó cerca de la puerta de

la villa, hincó la lanza en tierra y dijo que no tirasen saetas, que no venía sino para saber una pregunta. Y el velador que estaba sobre la puerta le dijo: "Caballero, ¿qué demandáis?» «Amigo», dijo el caballero, «decidme qué sabéis del hijo del señor dela hueste, si es preso o muerto». «Preso es», dijo el velador. «Ciertas», dijo el caballero, «muy mal escapamos nos de esta cabalgada». Y con tanto se tornó para los de la hueste y díjoles en cómo su hijo del señor de la hueste era preso y sin herida ninguna.

Y cuando fue en la tarde acerca de vísperas, llamó el señor de la hueste aquellos hombres buenos que solía llamar a su consejo, y preguntoles qué les semejaba de este hecho. Y los unos le decían que no diese nada por ello, que Dios le daría mucho aína venganza; y los otros le decían que tales cosas como estas siempre acaecían en las batallas; y los otros le decían que parase mientes si en esta demanda que hacía contra aquella dueña, si tenía derecho, y si no, que se dejase de ello, siquiera por lo que aconteciera en este día en él y en su hijo. «¿Cómo?», dijo el señor de la hueste, «¿es muerto el mi hijo?». «No», dijeron los otros, «mas es preso sin herida ninguna». «¿Y cómo fue preso?», dijo el señor de la hueste. «Ciertas», dijeron, «cuando a vos hirieron, fue hincar las espuelas al caballo, y fue herir en aquellos, y metiose en un tropel y desapoderáronle». «¡Bendito sea Dios!», dijo el padre, "pues que vivo es mío hijo y sano. Y amigos y parientes, quiéroos decir una cosa: que si el sobrino me mataron en este lugar, y el mío hijo tienen preso y a mí hirieron, creo que Dios que quiere ayudara ellos y empecer a nos; ca yo tengo a la dueña tuerto grande, y le he hecho muchos males en este lugar, ella no mereciéndolo;

porque ha mester que conozcamos nuestro yerro y nos arrepintamos de él y hagamos a Dios y a la dueña enmienda; ca si no, bien creo que Dios nos lo querrá *acaloñar*[5] más ciertamente».

Levantose un caballero su vasallo, hombre de Dios y de muy buen consejo, y fuele besar las manos, y díjole así: «Señor, agradezco mucho a Dios cuanta merced ha hecho a vos y a nos hoy en este día, en os querer poner en corazón de conocer vos que tenéis tuerto a esta dueña: lo que nunca quisiste conocer hasta ahora, siendo manifiesto a todas las gentes que era así. Y por ende, señor, cobrad vuestro hijo y demandad perdón a la dueña del mal que le hiciste, y aseguradla de aquí adelante quede nos no reciba mal; y yo os seré fiador sobre la mi cabeza que Dios os ayudará en todas las cosas que comenzareis con derecho, así como a esta dueña contra vos, y las acabaréis a vuestra voluntad».

«Ciertas, mío vasallo bueno y leal», dijo el señor de la hueste, «pláceme con lo que decís, ca me aconsejáis muy bien, a honra y a pro del cuerpo y del alma en llevarlo delante en aquella manera que entendiereis que mejor será; pero querría saber quién fue aquel que me hirió.» «¿Cómo?», dijo el caballero, «¿lo queréis acaloñar?» «No», dijo el señor de la hueste, «mas querría conocerlo por hacerle honra doquier que lo hallase; ca bien os digo que nunca un caballero vi que tan apuestamente cabalgase ni tan apoderado ni tan bien hiciese de armas como aqueste.» «Ahora, señor», dijo el caballero, «holgad esta noche y nosotros andaremos en este pleito.» «En el nombre de Dios», dijo el señor de la hueste.

La señora de la villa, antes de maitines, cuando

---

[5] Acaloñar en castellano antiguo: imponer una pena.

oyó el cuerno tocar en la villa para quererse ir los suyos contra los de la hueste, luego fue levantada y envió por la mujer del caballero Zifar, y siempre estuvieron en oración, rogando a Dios que guardase los suyos de mal, como aquella que tenía que si por sus pecados los suyos fuesen vencidos, que la villa luego sería perdida y ella y su hijo cautivos y desheredados para siempre. Mas Dios poderoso y guardador y defendedor de las viudas y de los huérfanos, viendo cuanto tuerto y cuanta soberbia había recibido hasta aquel día, no quiso que recibiese mayor quebranto, mas quiso que recibiese honra y placer en este hecho. Y cuando los sus caballeros se estaban combatiendo en el real con los de la hueste, envió una doncella a los andamios, que parase mientes en cómo hacían. Y la doncella tornose y dijo: «Señora, en las tiendas del real del señor de la hueste hay tan grandes polvos que en los cielos contienen, en manera que no podíamos ver quién hacía aquel polvo; y porque arraya ahora el sol, hace aquel polvo tan bermejo que semejaba sangre; pero que vemos que todos los otros que estaban en derredor de la villa se armaban cuanto podían y van corriendo contra las tiendas del señor de la hueste donde son aquellos polvos».

Y cuando la señora de la villa oyó estas palabras, cuidando que los suyos no podrían sufrir aquella gente contraria, que era muy grande, y que serían vencidos, teniendo su hijuelo en los brazos, comenzó a pensar en ello y dio una gran voz como mujer salida de seso, y dijo: «¡Santa María valga!», y dejose caer en tierra transida, de guisa que su hijuelo se hubiera a herir muy mal sino que lo recibió en los brazos la mujer del caballero Zifar. Así que todas cuantas dueñas y eran cuidaron que era muerta; de guisa que ni por agua que la echasen, ni por otras cosas que le hiciesen no la podían meter en acuerdo. Y el duelo y las voces de las doncellas y dueñas que había en la villa todas eran y con ella; ca las unas tenían sus maridos en la hueste, y las otras sus hermanos y las otras sus parientes y sus padres y sus hijos, de que estaban con muy gran recelo.

Los que estaban en los andamios vieron salir un tropel de caballeros de aquel polvo mucho espeso, y enderezaban contra la villa y vinieron luego a la señora de la villa y dijeron por la conhortar: «Señora, he aquí los vuestros caballeros donde vienen sanos y alegres, loado sea Dios, y conhortaos». Pero de ella no podían haber respuesta ninguna; antes semejaba a todos que era muerta.

Y después que los caballeros pasados la alcantarilla, y entraron en la villa y les dijeron estas nuevas de cómo la señora de la villa era muerta, pesoles muy de corazón, y la gran alegría tornóseles en gran pesar; y así como lo oyeron dejáronse caer todos de los caballos en tierra, dando muy grandes voces, y haciendo muy gran llanto.

Y el caballero Zifar estaba muy cuitado y llamolos a todos y díjoles así: «Dios nunca fue desigual en sus hechos, y pues Él tan gran buena andanza nos dio hoy en este día, por razón de ella no creo que nos quisiese dar tan gran quebranto otrosí por ella; ca semejaría contrario a sí mismo en querer que el su comienzo fuese bueno y malo el acabamiento; ca Él siempre suele comenzar bien y acabar mejor, y acrecentar bien en sus bienes y en sus dones, mayormente a aquellos que se tienen con Él. Y vayamos a saber cómo murió, ca yo no puedo creer que así sea; y por ventura nos mintieron».

Las dueñas, estando en derredor de su señora, llorando y haciendo gran llanto, oyeron una voz en la capilla donde estaba su señora, que dijo así: «Amiga de Dios, levántate, que tu gente está desconhortada y tienen que cuanta merced les hizo Dios mío hijo el Salvador del mundo hoy en este día, que se les es tornada en contrario por esta tu muerte; y creí que voluntad es de mío hijo de enderezar este tu hecho a tu voluntad y a tu talante». Todas las dueñas que y estaban fueron muy espantadas y maravilláronse dónde fuera esta voz que y oyeran tan clara y tan dulce. Y tan grande fue la claridad entonces en la capilla que les *tolliera*[6] la lumbre de los ojos, de guisa que no podían ver una a otra. Y a poca de hora vieron a su señora que abrió los ojos y alzó las manos ayuntadas contra el cielo y dijo así: «¡Señora, Virgen Santa María, abogada de los pecadores y consoladora de los tristes, y guiadora de los errados y defendedora de las viudas y de los huérfanos que mal no merecen! ¡Bendito sea el hijo de Dios que por el Espíritu Santo que en ti encarnó, *bendicho* sea el fruto que de ti salió y nació! Ca me tornaste por la tu santa piedad de muerte a vida, y me sacaste de gran tristeza en que estaba y me trajiste a gran placer». Todos los que y estaban oyeron muy bien lo que decía, y enviaron mandado a los caballeros de cómo su señora era viva. Así que todos tomaron gran placer y se fueron para allá, salvo ende el caballero Zifar, que se fue para su posada. Y cuando llegaron allá halláronla en su estrado asentada, llorando de los ojos con gran placer que había porque veía todos los de su compaña sanos y alegres. Y preguntoles

---

[6] *Tolliera*, del verbo *tollar*: quitar, arrancar, sustraer o despojar.

y díjoles: «¿Qué es del buen caballero Zifar qu convusco fue?» Y ellos le dijeron: «Señora, fuese para su posada». «¿Y qué vos semeja de él?», dijo ella, «Señora», dijo un caballero antiguo, «seméjame que mejor caballero sea en todo el mundo enarmas y en todas buenas costumbres que este caballero». «¿Y ayudoos bien?», dijo ella. «Por Dios, señora», dijo el caballero, «él comenzó el real del señor de la hueste muy de recio y muy sin miedo, conhortándonos y dándonos muy gran esfuerzo para hacer lo mejor. Y señora, no me semeja que palabra de ningún hombre tan virtuosa fue del mundo para conhortar y para esforzar su gente como la de aqueste caballero. Y creed ciertamente que hombre es de gran lugar y de gran hecho». La señora de la villa alzó las manos a Dios y agradeciole cuanta merced le hiciera en aquel día, y mandoles que fuesen para sus posadas. Y de sí desarmáronse todos y fueron comer y a holgar. La mujer del caballero Zifar se quería ir para su marido, y ella no la dejó, ca trabó con ella mucho ahincadamente que comiese con ella, y ella húbolo de hacer. Y la señora de la villa la asentó consigo a la su tabla, e hízole mucha honra y diciendo así ante todos: «Dueña de buen lugar y bien acostumbrada y sierva de Dios, ¿cuándo podré yo galardonar a vuestro marido y a vos cuanta mercedme ha hecho Dios hoy en este día por él y por vos? Ciertas, yo no os lo podría agradecer; mas Dios, que es poderoso y galardonador de todos hechos, Él os dé el galardón que merecéis; ca si no por vos el mío hijuelo muerto fuera, sino que lo recibiste en los brazos cuando yo me iba derribar con él delos andamios como mujer salida de entendimiento. Ciertas yo no sé dónde me caí, ca me semejó quede derecho en derecho que me iba para los andamios a derribar, con cuita y con recelo que tenía en mi corazón de ser vencidos aquellos caballeros que por mí fueron contra los de la hueste, y yo ser presa y cautiva y mío hijuelo eso mismo; mas Dios por la su merced quiso que por el buen entendimiento y la buena caballería y la buena ventura de vuestro marido fuésemos librados de este mal y de este peligro en que éramos». Y de sí comenzaron a comer y a beber y haber solas. Y cuantos manjares enviaban a la señora de la villa, todos los enviaba al caballero Zifar, agradeciéndole cuanta merced le había Dios hecho.

Y cuando fue hora de nona envió por todos caballeros de la villa y por el caballero Zifar que viniese antes ella. Y llorando de los ojos dijo así: «Amigos y parientes y vasallos buenos y leales, ruégoos que me ayudéis a agradecer a este caballero cuanto ha hecho por nos, ca yo no se lo podría agradecer ni sabría, porque bien me semeja que Dios por la su merced le quiso a esta tierra guiar por afinamiento de esta guerra; pero que estoy con muy gran recelo que sea la guerra más ahincada por razón del señor de la hueste que es herido, y de su hijo que tenemos aquí preso. Ca él es mucho emparentado y de grandes hombres y muy poderosos, y luego que sepan estas nuevas serán con él y con todo su poderío para vengarle». «Señora», dijo el caballero Zifar, «tomad buen esfuerzo y buen conhorte en Dios; ca Él que os defendió hasta el día de hoy y os hace mucha merced, Él os sacará de este gran cuidado que tenéis, mucho a vuestra honra». «Caballero bueno», dijo ella, «sí fuera con el vuestro buen esfuerzo y con vuestro entendimiento». «Ciertas, señora», dijo él, «yo haré y lo que yo pudiere con la merced de Dios». La señora de la villa preguntole si sería bien enviar por el hijo del señor de la hueste para hablar con él. Respondieron todos que sí, ca por aventura alguna carrera cataría para afinamiento de esta guerra; y luego enviaron por él, y él vino muy *humildosamente* e hincó los hinojos ante ella.

«Amigo», dijo ella, «mucho me place convusco, sábelo Dios». «Ciertas, señora», dijo él, «bien lo creo, que cuanto place a vos, tanto pesa a mi padre». «¿Cómo?», dijo ella, «¿no os place de ser aquí conmigo vivo, antes que muerto?». «Ciertas», dijo él, «sí, si mi padre es vivo, ca cierto soy que hará y tanto porque yo salga de esta prisión; y si muerto es, yo no querría ser vivo». «¿Y vuestro padre", dijo ella, «herido fue?». «Ciertas, señora», dijo él. «¿Y quién lo hirió?», dijo ella. «Un caballero", dijo él, «lo hirió que andaba muy ahincadamente en aquel hecho, y bien me semejó que nunca vi caballero que tan bien usara de sus armas como aquel». «¿Y lo conoceréis?», dijo ella. Sonriose un poco y díjole: «Amigo señor, sabéis vos que yo no tengo tuerto a vuestro padre, y hame hecho grandes daños y grandes males, y no sé por cuál razón. Pero amigo, decidme si podría ser por alguna carrera que se partiese esta guerra y este mal que es entre nos». «Ciertas, señora, no lo y sé», dijo él, "sino una». «¿Y cuál es?», dijo ella. «Que caséis conmigo», dijo él. Y ella hincó los ojos en él y comenzolo a catar, y no le dijo más; pero que el caballero era mancebo y mucho apuesto y muy bien razonado y de muy gran lugar, y además que su padre no había otro hijo sino este. La señora de la villa mandó que se fuesen todos, y que fincase el caballero Zifar y aquellos que eran de su consejo, y díjoles así: «Amigos, ¿qué os semeja de este hecho?» Callaron todos, que no y hubo ninguno que res-

71

pondiese. Y el caballero Zifar, cuando vio que ninguno no respondía, dijo así: «Señora, quien poco seso ha, aínalo expende, y ese poco de entendimiento que en mí es, quiérooslo decir cuánto esta razón, so enmienda de estos hombres buenos que aquí son. Señora», dijo el caballero Zifar, «veo que Dios quiere guiar a toda vuestra honra, no con daño ni con deshonra de vuestro hijo; ca por os casar con este caballero hijo del señor de la hueste, tengo que es vuestra honra y gran bando de vuestro hijo. Ca esta villa y los otros castillos que fueron de vuestro marido, todos fincarán a vuestro hijo, y vos seréis honrada y bienandante con este caballero». Y los caballeros y los hombres buenos que eran con ella otorgaron lo que el caballero Zifar decía, y dijeron que lo catara muy bien, como hombre de buen entendimiento. «Amigos», dijo la señora de la villa, «pues vos por bien lo tenéis, yo no he de salir de vuestro consejo. Catadlo y ordenadlo en aquella guisa que entendéis que es más a servicio de Dios ya pro y a honra de mí y de mi hijo». Y el caballero Zifar dijo que fincase este pleito hasta en la mañana, que hablasen con el hijo del señor de la hueste. Y fuéronse cada uno para sus posadas a holgar.

Y otro día en la mañana, vinieron seis caballeros del señor de la hueste, muy bien vestidos en sus palafrenes y sin armas ningunas, a la puerta de la villa. Y los que estaban en las torres dijeron que se tirasen afuera, y si no, que los harían ende arredrar. «Amigo», dijo un caballero de ellos, «no hagáis, ca nos vinimos con buen mandado». «Pues ¿qué queréis?», dijo el de la torre. «Queremos», dijo el caballero, «hablar con la señora de la villa». «¿Y queríais», dijo el de la torre, «que se lo hiciese saber?». «Sí», dijo el caballero. Y díjole este mandado, de cómo seis caballeros honrados de la hueste estaban a la puerta y querían hablar con ella, y que le dijeron que venían con buenos mandados. «Dios lo quiera», dijo ella, «por su merced». Y luego envió por el caballero Zifar y por los otros hombres de la villa y díjoles de cómo aquellos caballeros estaban a las puertas desde gran mañana, y si tenían por bien que entrasen, y que fuesen allá algunos hombres buenos de la villa que los acompañasen. Y ellos escogieron entre sí veinte caballeros de los más ancianos y de los más honrados y enviáronlos allá. Y ellos abrieron las puertas de la villa y llegaron y donde estaban los seis caballeros, y dijéronles que si querían entrar, y ellos dijeron que sí, para hablar con la señora dela villa. «Pues hacednos hombrenaje», dijo el caballero Zifar, «que por vos ni por vuestro consejo no venga daño a la villa ni a ninguno de los que y son». «Ciertas», dijeron los caballeros, «nos así lo hacemos. ¿Y vos nos aseguráis», dijeron los caballeros. «Sí», dijeron los de la villa, «que recibáis honra y placer y no otra cosa ninguna que contraria sea». Y así entraron en la villa y fuéronse para la señora de la villa, que los estaba atendiendo. Y cuando los vio entrar, levantose a ellos, y todos los otros que y eran con ella, y recibiéronlos muy bien. Y ellos dijeron que se asentasen todos y que dirían su mandado, e hiciéronlo así y estuvieron muy asosegados. «Señora», dijo un caballero de los que vinieron de la hueste, «ca ciertos somos que querría vuestra honra y la vuestra salud; y no dudes, ca más bien hay de cuanto vos cuidáis». «¡Dios lo quiera!», dijo ella. «Señora», dijo el caballero, «nuestro señor os envía decir así, que si Dios le da algunos embargos en este mundo, y algunos enojos, y lo trae a algunos peligros dañosos, que se lo hace porque es pecador entre los pecadores, y señaladamente por el yerro que a vos tiene, vos no se lo mereciendo, ni le haciendo por qué, ni el vuestro marido, señor que fue de este lugar; antes dice que fue mucho su amigo en toda su vida, y que él que os ha hecho guerra y mucho daño y mucho mal en aquesta vuestra tierra. Y por ende tiene que si mayores embargos le diese y mayores deshonras de cuantas le ha hecho hasta el día de hoy, con gran derecho se lo haría. Onde os envía rogar que le queráis perdonar, y él que será vuestro amigo y se tendrá convusco contra todos aquellos que mal os quisieren hacer. Y esto todo sin ninguna infinta y sin ningún entredicho; pero antes os envía a decir que si os pluguiere, que mucho placería a él que el su hijo casase convusco; porque vos sabéis que él no ha otro hijo heredero sino aquel que vos aquí tenéis en vuestro poder, y que luego en la su vida le daría estas dos villas grandes que son aquí cerca de vos, y ocho castillos de los mejores que fueren aquí cerca en derredor».

«Caballeros», dijo la señora de la villa, «yo no os podría responder a menos que yo hablase con estos hombres buenos de mío consejo. Y tiraos allá, y hablaré con ellos». «Ciertas», dijeron ellos, «mucho nos place». E hiciéronlo así.

La señora de la villa estando con aquellos hombres buenos no decía ninguna cosa y estaba como *vergoñosa* y embargada; y los hombres buenos estaban maravillados entre sí, y teniendo que era mal en tardar la respuesta, ca no era cosa en que tan gran acuerdo hubiese haber, haciéndoles Dios tanta merced como les hacía. Y ellos estando en esto, levantose un caballero anciano, tío de la señora de la villa, y dijo así: «Señora, tarde es bueno a las vegadas, y malo otrosí; ca es bueno cuando hombre asma[7] de hacer algún mal hecho de que puede nacer algún peligro, de tardarlo, y en tardando lo que puede hacer aína, puédele acaecer alguna cosa que lo dejaría todo o la mayor parte de ello. Y eso mismo del que quiere hacer alguna cosa arrebatadamente de que después hubiese a arrepentir, débelo tardar; ca lo debe primero cuidar en cuál guisa lo debe mejor hacer, y desde que lo hubiese cuidado y enmendado, puede más ir enderezadamente al hecho. Y eso mismo cuando hubiese *camiados*[8] el tiempo de bien en mal, de manera que los hechos no se hiciesen así como conviene; ca en tal sazón como esta deben los hombres sufrirse y dar pasada a las cosas que tornen los tiempos a lo que deben; ca más vale desviarse de la carrera mala y medrosa, ca quien bien va, no tuerce maguer que tarde; más quien hubiese buen tiempo para hacer las cosas, siendo buenas, y tuviese aguisado de cumplirlo, esto no lo debe tardar por ninguna manera, así como este buen propósito en que estamos, ca se puede perder por aventura de una hora o de un día. Mas *endrécese*[9] y hágase luego sin tardanza ninguna; ca a las vegadas quien tiempo ha y tiempo atiende, tiempo viene que tiempo pierde». «Ciertas», dijo la señora de la villa, «en vuestro poder soy. Ordenad la mi hacienda como mejor viereis». Y ellos entonces hicieron llamar aquellos seis caballeros del señor de la hueste, y preguntáronles que qué poder traían para afirmar estas cosas que ellos demandaban. Y ellos dijeron que traían procuratorios muy cumplidos que por cuanto ellos hicie-

---

[7] Asma, en castellano antiguo: ahogo, jadeo.
[8] *Camiados*, participio pasado del verbo *camiar*, forma arcaica de cambiar.
[9] Forma antigua de la conjugación del actual verbo enderezar.

sen fincaría su señor, y demás que traían el su sello para afirmar las cosas que se e hiciesen.

Y el tío de la señora de la villa les dijo: «Amigos, todas las cosas que demandáis vos son otorgadas, y háganse en el nombre de Dios». Y un caballero de los del señor de la hueste dijo así: «Señora, ¿perdonáis al señor de la hueste de cuanto mal y de cuánto daño y enojo os hizo hasta el día de hoy, y perdéis querella de él ante estos hombres buenos que aquí son?» «Sí perdono», dijo ella, «y pierdo toda querella de él, si me guardare lo que vos aquí dijiste». «Y yo os hago pleito y *hombrenaje*[10]», dijo el caballero, «con estos caballeros que son aquí conmigo, y yo con ellos, por el señor de la hueste, que él que os cumpla todo lo que aquí dijimos, y que se atenga convusco contra todos aquellos que contra vos fueren. Y por mayor firmeza firmarlo hemos con el sello de nuestro señor.

Pero, señora», dijo el caballero, «¿qué me decís de lo que envía rogar el señor de la hueste sobre el casamiento de su hijo?». Y ella calló y no le respondió ninguna cosa; y preguntóselo otra vegada y calló. Y los otros, viendo que ella no quería responder a esta demanda, dijo el tío de la señora de la villa: «Caballero, yo os hago seguro en esta demanda que vos hacéis de este casamiento, que cuando el señor de la hueste se viere con mi sobrina, que se haga de todo en todo, y se cumplirá lo que él quisiere en esta razón, cumpliendo a su hijo aquello que vos dijiste y de su parte». «¿Asegúrasme vos?», dijo el caballero. Y luego fue ende hecho un instrumento público.

Y luego los caballeros se despidieron de la señora

---

[10] Homenaje.

de la villa y de los otros que y eran, muy alegres y muy pagados, y cabalgaron en sus palafrenes y fuéronse para el señor de la hueste; e iban rezando este salmo a alta voz: beati *inmaculati in via qui ambulant in lege domini*. Ciertas dicen bien, ca bienaventurados son los que andan y deben ser los que andan en buenas obras a servicio de Dios.

Los de la hueste estaban esperando, y maravillábanse mucho de la tardanza que hacían; ca *desdegran*[11] mañana que fueron, no tornaron hasta hora de nona, tanto duró el tratado. Y cuando llegaron a su señor, los vio luego, les preguntó y les dijo: «Amigos, ¿venisme con paz?». «Ciertas, señor", dijeron ellos, «esforzaos muy bien, que Dios lo ha traído a vuestra voluntad». «¿Cómo?», dijo él, «¿y soy perdonado de la señora de la villa?». «Ciertas», dijeron ellos, «sí». «Ahora», dijo él, «soy guarido en el cuerpo y en el alma; bendito sea Dios por ende». «Pues aún más traemos», dijeron ellos, «y sabemos que es cosa que os placerá mucho, ca traemos aseguramiento del tío de la señora de la villa, que cuando vos viereis con ella, que se haga el casamiento de vuestro hijo. «Ciertas», dijo él, «mucho me place; y envía decir a la señora de la villa que el domingo de gran mañana, a hora deprima, seré con ella, si Dios quisiere, y no como guerrero, mas como buen amigo de su honra y de su pro». Y luego mandó que toda la gente otro día en la mañana que descercasen la villa y se fuesen todos para sus lugares. Y retuvo en sí dos caballeros de la mejor caballería que había, y mandoles que enviasen las lorigas y las armas, y que retuviesen consigo los sus paños de vestir, que el domingo cuidaban hacer bodas a su hijo,

---

[11] Desagradan.

con la merced de Dios, con la señora de la villa. Y todos los de la hueste fueron muy alegres y agradeciéronlo mucho a Dios, ca tenían que salía de yerro y de pecado.

Y cuando fue el domingo en la gran mañana, levantose el señor de la hueste y oyó su misa, y eso mismo la señora de la villa, ca apercibidos estaban y sabían que el señor de la hueste había de ser esa mañana, y todos estaban muy alegres, mayormente de que vieron derramar la hueste e irse.

Cuando llegó el señor de la hueste a las puertas de la villa, mandáronselas abrir y dijéronle que entrase cuando quisiese. Y todas las plazas de la villa y las calles eran de estrados de juncos. Y todos los caballeros le salieron a recibir muy apuestamente. Y las dueñas y las doncellas de la villa hacían sus alegrías y sus danzas por la gran merced que Dios les hiciera en librarlos de aquel embargo en que estaban. Y el señor de la hueste llegó a la señora de la villa y saludola, y ella se levantó a él y dijo: «Dios os dé la su bendición». Y asentáronse amos a dos en el su estrado y todos los caballeros en derredor, y él comenzó a decir palabras de solaz y de placer, y preguntole: «Hija señora, ¿perdonástesme de corazón?» «Ciertas», dijo ella, «sí, si vos verdaderamente me guardareis lo que me enviaste prometer». «Cierto soy», dijo él, «que por el tuerto que yo a vos tenía, me veía en muchos embargos, y nunca cosa quería comenzar que la pudiese acabar; antes salía ende con daño y con deshonra. Y bien creo que esto me hacía las vuestras plegarias que hacíais a Dios». «Bien creed», dijo ella, «que yo siempre rogué a Dios que os diese embargos porque no me viniese mal de vos, mas desde aquí adelante rogaré a

Dios que os *endrece*[12] los vuestros hechos con bien y en honra».

«Agradézcaoslo Dios», dijo él. «E hija señora, ¿qué será de lo que os envié rogar con mis caballeros en razón del casamiento de mío hijo?» Y ella calló y no le respondió ninguna cosa. El señor de la hueste fincó engañado; tuvo que a ella no debiera hacer esta demanda». Llamó a uno de aquellos caballeros que vinieron con el mandado: «¿Quién es aquel caballero que os aseguró del casamiento?» «Señor», dijo, «es aquel que está y». Entonces fue el señor de la hueste y tomolo por la mano y sacolo aparte y díjole: «Caballero, ¿qué será de este casamiento? ¿Puédese hacer luego?» «Sí», dijo él, «si vos quisiereis». «Pues endrezadlo», dijo el señor de la hueste, «si Dios endrece todos los vuestros hechos» «Pláceme», dijo el caballero. Y fue a la señora de la villa y díjole que este casamiento de todo en todo que se delibrase. Dijo ella que lo hiciese como quisiese, que todo lo ponía en él.

El caballero fue luego traer al hijo del señor de la hueste que tenía preso. Y cuando llegaron antes la señora de la villa dijo el caballero al señor de la hueste: «Demandad lo que quisiereis a mí y os responderé.» «Demándoos», dijo el señor de la hueste, «a esta señora de la villa por mujer para mío hijo». «Yo os lo otorgo», dijo el caballero. «Y yo os otorgo el mío hijo para la dueña, comoquiera que no sea en mío poder; ca no es casamiento sin él y ella otorgar». Y otorgáronse por marido y por mujer; empero dijo el señor de la hueste: «Si mesura valiese, suelto debía ser el mío hijo sobre tales palabras como estas, pues paz habemos hecho». «Cier-

---

[12] Enderece.

tas», dijo la señora de la villa, «esto no entró en la pleitesía, y mío preso es y yo lo debo soltar cuando yo me quisiere; y no querría que se me saliese de manos por alguna maestría». «Ciertas», dijo el señor de la hueste riendo mucho, «me place que le hayáis siempre en vuestro poder». Y enviaron por el capellán, y preguntó al hijo del señor dela hueste si recibía a la señora de la villa que estaba y delante por mujer como manda santa iglesia. Él dijo que sí recibía. Y preguntó a ella si recibía a él por marido, y ella dijo que sí. Cuando esto ella vio, demandó la llave de la prisión que él tenía; y la prisión era de una cinta de hierro con un candado. Y cayose la prisión en tierra. Y dijo el capellán: «Caballero, ¿sois en vuestro poder y sin ninguna presión?» «Sí», dijo él. «¿Pues recibís esta dueña como santa iglesia manda?» Dijo él: «Sí recibo». Allí se tomaron por las manos y fueron oír misa a la capilla, y de sí a yantar. Y después que fueron los caballeros a bohordar y a lanzar y a hacer sus demandas y a correr toros y a hacer grandes alegrías. Allí fueron dados muchos paños y muchas joyas a juglares y a caballeros y a pobres.

El señor de la hueste estaba encima de una torre, parando mientes como hacían cada uno, y vio un caballero mancebo hacer mejor que cuantos y eran; y preguntó al tío de la señora de la villa: «¿Quiénes aquel caballero que anda entre aquellos otros que los vence en lanzar y en bohordar y en todos los otros trebejos de armas y en todas las otras aposturas?». «Un caballero extraño», dijo el tío de la señora de la villa. «Ciertas», dijo el señor de la hueste, «aquel me semeja el que me hirió». El tío dela señora de la villa envió por el caballero Zifar. Y él cuando lo supo que el señor de la hueste enviaba por él, temiose de haber alguna afrenta; pero con todo eso fuese para allá muy paso y de buen continente. Y preguntole el señor de la hueste: «Caballero, ¿dónde sois?» «De aquí», dijo el caballero Zifar. «¿Natural?», dijo el señor de la hueste. «Ciertas», dijo el caballero Zifar, «no, *massoy*[13] del reino de Tarta, que es muy lejos de aquí». «¿Pues cómo viniste a esta tierra?», dijo el señor de la hueste. «Así como quiso la mi ventura», dijo el caballero Zifar. Y si vos sois el que me heriste, yo os perdono, y si quisiereis fincar aquí en esta tierra, os heredaré muy bien, y partiré con vos lo que hubiere». «Grandes mercedes», dijo el caballero Zifar, «de todo cuanto aquí me dijiste, más adelante es el mío camino que he comenzado, y no podría fincar si no hasta aquel tiempo que puse con la señora de la villa». «Cabalguemos», dijo el señor de la hueste. «Pláceme», dijo el caballero Zifar.

Cabalgaron y fueron andar fuera de la villa donde andaban los otros trebejando y haciendo sus alegrías. Y andando el señor de la hueste hablando con el caballero Zifar, preguntole dónde era y cómo fuera la su venida y otras cosas muchas de que tomaba placer. Era ya contra la tarde y cumplíanse los diez días que hubiera ganado el caballo cuando mató al sobrino del señor de la hueste. Y ellos estando así hablando, dejose el caballo caer muerto en tierra. El caballero Zifar se salió de él y parose a una parte. «¿Qué es esto?», dijo el señor de la hueste. «Lo que suele ser siempre en mí, ca tal ventura me quiso Dios dar que nunca de diez días arriba me dura caballo ni bestia; que yo por eso ando así apremiado de pobre».

---

[13] En castellano antiguo, *massoy* no es una palabra única, sino una combinación de dos términos que aparecen pegados en los manuscritos medievales: mas y soy

Dijo el señor de la hueste: «Fuerte ventura es para caballero, mas tanto os haría que, si por bien tuvieseis, que os cumpliría de caballos y de armas y de las otras cosas, si aquí quisiereis fincar». «Muchas gracias», dijo el caballero Zifar, «no lo queráis, ca os sería muy gran costa, y a vos no cumplía la mi fincada; ca, loado sea Dios, no habéis guerra en esta vuestra tierra». «¿Cómo?», dijo el señor de la hueste, «¿el caballero no es para otro sino para guerra?» «Sí», dijo el caballero Zifar, «para ser bien acostumbrado y para dar buen consejo en hecho de armas y en otras cosas cuando acaecieren; ca las armas no tienen pro al hombre si antes no ha buen consejo de cómo hubiese de usar de ellas». El señor de la hueste envió por un su caballo que tenía muy hermoso, y diolo al caballero Zifar y mandolo subir en el caballo, y díjole: «Tomadese caballo y haced de él como de vuestro». «Muchas gracias», dijo el caballero Zifar, «ca mucho era mester». Y de sí viniéronse para el palacio donde estaba la señora de la villa, y despidiéronse de ella y fuéronse para sus posadas. Y otro día en la mañana vino el señor de la hueste con toda su gente para la señora de la villa y fue entregado su hijo de las villas y de los castillos que había prometido. Y cada una de aquellas dos villas eran muy mayores y más ricas que no Galapia. Y acomendó a Dios su hijo y a la señora de la villa y fuese para su tierra.

El caballero Zifar estuvo y aquel tiempo que había prometido a la señora de la villa; y el caballo que le diera el señor de la hueste muriósele a cabo de tres días, y no tenía caballo en que ir. Cuando la señora de la villa oyó que se quería ir, pesole mucho y envió él y dijo así: «Caballero bueno, ¿os queréis ir?» «Señora,» dijo él, «cumplido he el mes que os prometí.» «¿Y por cosa que vos hombre dijese fincaríais?», dijo ella. «Ciertas», dijo él, «no, ca puesto he de ir más adelante». «Pésame», dijo ella, «tan buen caballero como vos, por quien nos hizo Dios tanta merced, en salir de la mi tierra; pero no puedo y al hacer, pues vuestra voluntad es. Y tomad aquel mi palafrén, que es muy bueno, yos den cuanto quisiereis largamente para despender, y guíeos Dios». Y él se despidió de la señora dela villa luego y la su mujer eso mismo, llorando la señora de la villa muy fuertemente porque no podía con él que fincase. El tío de la señora de la villa le mandó dar el palafrén y le mandó dar muy gran haber. Y salieron con él todos cuantos caballeros había en la villa, trabando con él y rogándole que fincase, y que todos le harían y servirían y catarían por él así como por su señor. Pero que de él palabra nunca pudieron haber que fincaría; antes les decía que su intención era de irse de todo en todo. Y cuando fueron arredrados todos de la villa una gran pieza, partiose el caballero Zifar y díjoles así: «Amigos, acomiéndoos a Dios, ca hora es de tornaros». «Dios os guíe», dijeron los otros; pero con gran pesar tornaron, llorando de los ojos.

Y cuando se cumplieron los diez días después que salieron de Galapia, muriose el caballo que le diera la señora de la villa, de guisa que hubo de andar bien tres días de pie. Y llegaron un día a horade tercia cerca de un montecillo, y hallaron una fuente muy hermosa y clara, y buen prado en derredor de ella. Y la dueña, habiendo gran piedad de su marido que venía de pie, díjole: «Amigo señor, descendamos a esta fuente y comamos esta fiambre que tenemos». «Pláceme», dijo el caballero; y estuvieron cerca de aquella fuente y comieron de su vagar, ca cerca habían la jornada hasta una ciudad que estaba cerca de la mar, que le decían Mella. Y después que hubieron comido, acostose el caballero un poco en el regazo de su mujer, y ella espulgándole, durmiose. Y sus hijuelos andaban trebejando por aquel prado, y fuéronse llegando contra el montecillo. Y salió una leona del montecillo y tomó en la boca el mayor. Y a las voces que daba el otro hijuelo que venía huyendo, volvió la cabeza la dueña y vio cómo la leona llevaba el un hijuelo, y comenzó a dar voces. El caballero despertó y dijo: «¿Qué habéis?» «El vuestro hijuelo mayor», dijo ella, «lleva una bestia, y no sé si es león o leona, y es entrado en aquel monte». Y entrando en aquel monte, pero que no halló ningún recaudo de ello. Y tornose muy cuitado y muy triste y dijo a la dueña: «Vayámosnos para esta ciudad que está aquí cerca; ca al no podemos aquí hacer si no agradecer a Dios cuanto nos haces, y tenérselo por merced».

Y llegaron a la ciudad a hora de vísperas, y posaron en las primeras casas de la alberguería que hallaron. Y dijo el caballero a la dueña: «Iré buscar qué comamos y yerba para este palafrén». Y ella andando por casa hablando con la huéspeda, saliole el palafrén de la casa, y ella hubo de salir en pos de él, diciendo a los que encontraba que se lo tornasen. Y el su hijuelo cuando vio que no era su madreen casa, salió en pos ella llamándola, y tomó otra calle y fuese perder por la ciudad. Y cuando tornóla madre para su posada, no halló su hijuelo, y dijo a la huéspeda: «Amiga, ¿qué se hizo mío hijuelo que dejé aquí?» «En pos vos salió», dijo ella, «llamando madre señora». Y el caballero Zifar cuando llegó y halló a la dueña muy triste y muy cuitada, y preguntole qué había, y ella dijo que Dios que la quería hacer mucho mal, porque ya el otro hijuelo perdido lo había. Y él le preguntó cómo se perdiera, y ella se lo contó. «Ciertas», dijo el caballero, «Nuestro Señor Dios derramarnos quiere; y sea bendito su nombre por ende». Pero que dieron algo a hombres que lo fuesen buscar por la ciudad, y ellos anduvieron por la ciudad toda la noche y otro día hasta hora de tercia, y nunca pudieron hallar recaudo de él, salvo ende una buena mujer que les dijo: «Ciertas, anoche después de vísperas, pasó por aquí dando voces, llamando a su madre; y yo habiendo duelo de él llamelo y preguntele qué había, y no me quiso responder, y volvió la cabeza y fuese la calle ayuso». Y cuando llegaron con este mandado al caballero y a su madre, pesoles muy de corazón, señaladamente a la madre, que hizo muy gran duelo por él, de guisa que toda la vecindad fue y llegada. Y cuando lo oyó decir que en aquel día mismo le había llevado la leona el otro hijo, tomaban gran pesar en sus corazones y gran piedad de la dueña y del caballero que tan gran pérdida habían hecho en un día. Y así era la dueña salida de seso que andaba como loca entre todas las otras, diciendo sus palabras muy extrañas con gran pesar que tenía de sus hijos; pero que las otras dueñas la conhortaban lo mejor que podían.

Y otro día en la mañana fue el caballero Zifar a la ribera del mar; y andando por y vio una nave que se quería ir para el reino de Orbín, donde decían que había un rey muy justiciero y de muy buenavida. Y preguntole el caballero Zifar a los de la nave si le quería pasar allá a él y a su mujer, y ellos dijéronle que si les algo diese. Y él pleiteó con ellos y fuese para la posada y díjole a su mujer cómo había pleiteado con los marineros para que los llevasen a aquel reino donde era aquel buen rey. A la dueña plugo mucho, y preguntole que cuándo irían. «Ciertas», dijo luego, «cras en la mañana, si Dios quisiere». La dueña dijo: «Vayamos en buen punto, y salgamos de esta tierra donde Dios nos dio tantos embargos e hizo y quiere hacer». «¿Cómo?», dijo el caballero Zifar, «¿por salir de un reino e irnos a otro, cuidáis huir del poder de Dios? Ciertas no puede ser, porque él es señor de los cielos y de la tierra y del mar y de las arenas, y ninguna cosa no puede salir de su poder. Ca así como aconteció a un emperador de Roma que cuidó huir del poder de Dios; y aconteciole como ahora oiréis decir».

«Dice el cuento que un emperador hubo en Roma que había muy gran miedo de los truenos y de los relámpagos, y recelándose del rayo del cielo que caía y con miedo del rayo mandó hacer una casa sotierra, labrada con muy grandes cantos y muchas bóvedas de yuso[14], y mientras nublado hacía, nunca de y salía. Y un día vinieron a él en la mañana pieza de caballeros sus vasallos, y dijéronle de cómo hacía muy claro día y muy hermoso, y que fuesen fuera de la villa a caza a tomar placer. Y el Emperador cabalgó y fuese con los caballeros fuera de la villa. Y él siendo fuera cuanto un mijero vio una nubecilla en el cielo, pequeña, y cabalgó en un caballo muy corredor para irse a aquella casa muy fuerte que hiciera so tierra. Y antes que allá llegase, siendo muy cerca de ella, húbose extendidola nube por el cielo, e hizo truenos y relámpagos, y cayó muerto en tierra, y está enterrado en una torre de la su casa fuerte, y no pudo huir del poder de Dios. Y ninguno no debe decir: "No quiero fincar en este lugar donde Dios tanto mal me hizo; ca ese

___
[14] Abajo o debajo.

mismo Dios es en un lugar que en otro, y ninguno no puede huir de su poder. Y por ende le debemos tener en merced que quiere que acaezca de bien o de mejor, ca él es el que puede dar después de tristeza alegría, y después de pesar placer; y esforcémonos en la su merced. Y cierto soy que en este desconhorte nos ha de venir gran conhorte".

"¡Así lo mande Dios!", dijo ella .

»Y otro día en la mañana después que oyeron misa, fuéronse para la ribera de la mar para irse. Y los marineros no atendían sino viento con que moviesen. Y desde que vieron la dueña estar con el caballero en la ribera, el diablo, que no queda de poner pensamientos malos en los corazones de los hombres, puso en los corazones de los señores de la nave que metiesen a la dueña en la nave, y el caballero que lo dejasen de fuera en la ribera; e hiciéronlo así. "Amigo", dijeron al caballero, "atendednos aquí con vuestro caballo en la ribera, que no cabremos todos en el batel, y tornaremos luego por vos y por otras cosas que habemos de meter en la nave". "Pláceme", dijo el caballero, "ya comiéndoos esta dueña que la guardéis de mal". "Ciertas, así lo haremos", dijeron los otros. Y desde que tuvieron la dueña en la nave y les hizo un poco de viento, alzaron la vela y comenzaron de ir.

»Y el caballero andando pensando por la ribera, no paró en ellos mientes ni vio cuándo movieron la nave. Y a poco de tiempo vio la nave muy lejos y preguntó a los otros que andaban por la ribera: "Amigos, ¿aquella nave que se va, es la que va al reino de Orbín?" "Ciertas", dijeron los otros, "sí".

"¿Y por mí habían de tornar?", dijo él. "No de esta

vegada", dijeron los otros. "¿Veis, amigos", dijo el caballero, "qué gran falsedad me han hecho? Diciendo que tornarían por mí mintiéronme y llevaron mi mujer". Cuando esto oyeron los otros fueron mucho espantados de tan gran enemiga como habían aquellos marineros hecho, y si pudieran y poner consejo, hiciéranlo de muy buenamente. Mas tan lejos iba la nave y tan buen viento había, que no se atrevieron a ir en pos de ella.

Cuando el buen caballero Zifar se vio así desamparado de las cosas de este mundo que él más quería, con gran cuita dijo así: "Señor Dios, bendito sea el tu nombre por cuanta merced me haces, pero Señor, si te enojas de mí en este mundo, sácame de él; ca ya me enoja la vida, y no puedo sufrir bien con paciencia así como solía. Y, señor Dios, poderoso sobre todos los poderosos, lleno de misericordia y de piedad, tú que eres poderoso entre todas las cosas, y que ayudas y das conhorte a los tus siervos en las sus tribulaciones y ayudas los que bien quieres que derramas por las desventuras de este mundo: así como ayudaste los tus siervos bienaventurados Eustaquio y Teospita, su mujer. y a sus hijos Agapito y Teospito, y te plega a la tu misericordia de ayudar a mí y a mi mujer a mis hijos que somos derramados por semejante. Y no cates a los mis pecados, mas cata a la gran esperanza que hube siempre en la tu merced y en la tu misericordia; pero si aún te place que mayores trabajos pase en este mundo, haz de mí a tu voluntad; ca aparejado estoy de sufrir que quiere que me venga".

»Mas Nuestro Señor Dios, viendo la paciencia y la bondad de este buen caballero, enviole una voz del cielo, la cual oyeron todos los que y eran en derredor de él, conhortándole lo mejor que podía, la cual voz le dijo así: "Caballero bueno", dijo la voz del cielo, "no te desconhortes por cuantas desventuras te avinieron que te vendrán muchos placeres y muchas alegrías y muchas honras. Y no temas que has perdido la mujer y los hijos, porque todo lo habrás a toda tu voluntad". "Señor", dijo el caballero, "todo es en tu poder, y haz como tuvieres por bien". Pero que el caballero fincó muy conhortado con estas palabras que oía; y los otros que estaban por la ribera que oyeron esto fueron maravillados y dijeron: "Ciertas este hombre bueno de Dios es, y pecado hizo quien le puso en este gran pesar". Y trabaron con él que fincase y en la villa, y que le darían todas las cosas del mundo que hubiese mester. "Ciertas", dijo el caballero, "no podría fincar donde tantos pesares he recibido; ya comiéndoos a Dios". Cabalgó en su caballo y fuese por una senda que iba ribera de la mar. Y la gente toda se maravillaban de estas desventuras que acontecieran a este caballero en aquella ciudad; ca por esta razón unos decían de cómo lloraba los hijos, diciendo que la leona le llevara el uno cerca de la fuente, y el otro en cómo le perdiera en la villa; los otros decían de cómo aquellos falsos de la nave llevaron su mujer con gran traición y con gran enemiga.

El rey de Mentón

Dice el cuento que demandaron luego capellán, fue y venido luego, y tomoles las juras, y el Caballero de Dios recibió a la Infante por su mujer y la Infante al caballero por su marido. Y bien creed que no y hubo ninguno que contradijese; mas todos los del reino que y eran lo recibieron por señor y por rey después de los días de su señor el Rey; pero que lo hubo atender dos años, ca así lo tuvo por bien el Rey, porque era pequeña de días. Por este caballero fueron cobradas muchas villas y muchos castillos que eran perdidos en tiempo del Rey su suegro, e hizo mucha justicia en la tierra y puso muchas justicias y muchas costumbres buenas, en manera que todos los de la tierra, grandes y pequeños, lo querían gran bien. El Rey su suegro antes de los dos años fue muerto, y él fincó rey y señor del reino, muy justiciero y muy defendedor de su tierra, de guisa que cada uno había su derecho y vivían en paz.

Este rey, estando un día holgando en su cama, vínosele en mente de cómo fuera casado con otra mujer y hubiera hijos en ella, y cómo perdiera los hijos y la mujer; otrosí le vino en mente las palabras que le dijera su mujer cuando él lo contara lo que le acaeciera con su abuelo. Estando en este pensamiento, comenzó a llorar porque la su mujer que no vería placer de esto en que él era, y que según la ley que no podía haber dos mujeres sino una y que así venía en pecado mortal. Y él estando en esto sobredicho, vino la Reina y violo todo lloroso y más triste, y díjole así: «Ay, señor, ¿qué es esto? ¿Por qué lloráis o qué es el cuidado que habéis? Decídmelo». «Ciertas, Reina», dijo él, queriendo encubrir su pensamiento, «lo que pensaba es esto. Yo hice muy gran yerro a Nuestro Señor Dios, de que no le hice enmienda ninguna, ni cumplí la penitencia que me dieron por razón de este yerro». «¿Y puede ser enmendado?», dijo la Reina. «Sí puede», dijo él, «con gran premia». «¿Y tenéis que esta penitencia podríais pasar y sufrir?» «Sí», dijo él, «con la merced de Dios». «Pues partámosla», dijo ella. «Tomad vos la mitad y tomaré la otra mitad, y cumplámoslo». «No lo quiera Dios», dijo el Rey, «lazren[15] justos por pecadores, mas el que yerro hizo sufra la penitencia, ca esto es derecho». «¿Cómo?», dijo la Reina, «¿no somos amos a dos hechos una carne del día que casemos aquí, según las palabras de santa iglesia? Ciertas no podéis vos haber pesar en que yo no haya yo mi parte, ni placer que no haya eso mismo. Y si en la uña del pie os dolierais, dolerme yo en el corazón; ca toda es una carne, y un cuerpo somos amos a dos. Y así no podéis vos haber ni sentir ninguna cosa en este mundo que por mi parte no haya». «Verdad es», dijo el Rey, «mas no quiero que hagáis ahora esta penitencia vos ni yo». «Pues estáis en pecado mortal», dijo la Reina, «y sabed que conmigo no podéis haber placer hasta que hagáis enmienda a Dios y salgáis de este pecado». «Pues así es», dijo el Rey, «conviene que sepáis la penitencia que yo he de hacer. El yerro», dijo el Rey, «fue tan grande que hice a Nuestro Señor Dios, que no puede ser enmendado a menos de mantenerme dos años en castidad». «¡Cómo!», dijo la Reina, «¿por esto lo dejabais de

---

[15] Tercera persona del plural (ellos/ellas/ustedes) del presente del subjuntivo o del imperativo del verbo lazrar (sufrir, padecer o trabajar con afán).

hacer, por hacerme a mí placer? Por Dios, aquello me placiera a mi pesar a par de muerte, y aquesto me semeja placer y pro y honra al cuerpo y al alma; y ahora os habría yo por pecador y enemigo de Dios, y entonces os habré sin pecado y amigo de Dios; y pues otros dos años atendiste vos a mí, debo yo atender estos dos por amor de vos». «Y muchas gracias», dijo el Rey, «que tan gran sabor habéis de tornarme al amor de Dios».

El Rey fincó muy bien ledo y muy pagado con estas palabras, y la Reina eso mismo, y mantuviéronse muy bien y muy castamente. Y el Rey lo agradeció mucho a Dios ca así se *endrezó* la su intención por bondad de esta reina; ca la su intención fue por atender algún tiempo por saber si era muerta o viva su mujer.

Según cuenta la historia suya de esta buena dueña, así como ya oísteis, ella andaba como viuda, y venía en una nave que guiaba Nuestro Señor Jesucristo, por la su merced. Y tanto anduvieron que hubieron a aportar a un puerto de la tierra del rey de Ester. Y la buena dueña preguntó a los de la ribera qué tierra era aquella, si era tierra de justicia donde los hombres pudiesen vivir. Y vino a la dueña un hombre bueno que se iba de la tierra con toda su compaña, y díjole: «Señora, demandáis si es esta tierra de justicia. Dígoos que no, ca no ha en él buen comienzo». «¿Y cómo no?», dijo la dueña. «Porque no ha buen gobernador», dijo el hombre bueno, «y el buen comienzo del castillo o dela villa o del reino es el buen gobernador, que lo mantiene en justicia y en verdad, y no las piedras ni las torres, maguer sean labradas de buenos muros y fuertes. Antes hay aquí un rey muy soberbio y muy crudo y muy sin piedad, y que deshereda muy de grado a los que son bien heredados, y despecha sus pueblos sin razón so color de hacer algún bien con ello. Y, ¡mal pecado!, no lo hace, y mata los hombres sin ser oídos, y hace otros muchos males que serían luengos de contar. Y si el hombre fuese de buen entendimiento, ya se debería escarmentar de hacer estos males, siquiera por cuanto pesar le mostró Dios en dos de sus hijos, que no había más». «¿Y cómo fue?», dijo la dueña.

«Yo te lo diré», dijo el hombre bueno.

«Poco tiempo ha que este rey de Ester había cercado con muy gran soberbia al rey de Mentón. Era muy buen hombre, mas era viejo, que no podía bien mandar, y por esto se atrevió esto a cometer mucho mal; y había jurado de nunca partirse de aquella cerca hasta que tomase al Rey por la barba.

Mas los hombres proponen de hacer y Dios ordena los hechos mejor que los hombres cuidan. Y así que en dos días le mató un caballero solo dos sus hijos delante de los sus ojos, y a un sobrino hijo de su hermano, y después al otro día fue arrancado donde estaba, en manera que vinieron en alcance en pos él muy gran tierra, matando toda la gente. Y perdió todo el tesoro que tenía muy grande, ca a mal de su grado lo hubo a dejar. Ciertas gran derecho fue, ca de mala parte lo hubo; y por ende dicen que cuando de mala parte viene la oveja, allá va la pelleja. Y aún el mezquino por todas estas cosas no se quiere escarmentar, antes hace ahora peor que no solía. Mas Dios, que es poderoso, que le dio estos majamientos en los hijos, le dará majamiento en la persona, de guisa que le quedarán los sus males y holgará la tierra. Y por mío acuerdo tú te irás a morar a aquel reino de Mentón, donde hay un rey de virtud, que tenemos los hombres que fue enviado de Dios; ca mantiene su tierra en paz y en justicia, y es muy buen caballero de sus armas y de buen entendimiento, y defense muy bien de aquellos que le quieren mal hacer. Y este es el que mató los dos hijos del rey de Ester y a su sobrino, y desbarató al Rey y le arrancó de aquella cerca en que estaba, y por eso le dieron a la Infante, hija del rey de Mentón, su suegro; fincó el rey y señor del reino. Y por las bondades que ya dije de él, yo y esta mi compaña nos vamos a morar allá so la su merced».

La buena dueña pensó mucho en esto que le había dicho aquel hombre bueno. «Amigo, téngome por bien aconsejada de vos; y vayámosnos en la mañana en el nombre de Dios para aquel reino donde vos decís». «¡Por Dios!», dijo el hombre bueno, «si lo haces hacerlo has muy bien, ca aquellos que vos veis en la ribera todos vestidos a mitad de un paño, son del Rey, y están esperando cuando fueres descargar esta nave, y si te hallaren algunas cosas nobles, te las tomarían y las llevarían al Rey, socolor de las comprar, y no te pagarían ende ninguna cosa. Y así lo hacen a los otros. Dios nos guarde de malas manos de aquí adelante».

Y otro día mañana *endrezaron* su vela y fueron su vía. Y así los quiso Dios guardar y *endrezar*, que lo que hubieron a andar en cinco días anduvieron en dos, de guisa que llegaron a un puerto del rey de Mentón, donde había una ciudad muy buena y muy rica a que decían Bellid. Y descendieron y descargaron la nave de todas las sus cosas que y tenían, y pusiéronlas en un hospital que el rey de Mentón había hecho nuevamente. Y había y un hombre bueno que el Rey y pusiera, y recibía los huéspedes que ahí venían y les hacía mucho algo. Y así lo hizo a esta buena dueña y a todos los otros que con ella vinieron, y a la buena dueña dio sus cámaras donde él moraba, y a la otra compaña dioles otro lugar apartado. A la buena dueña semejó que no era bueno de tener consigo aquella compaña que con ella viniera, y dioles gran algo de lo que traía en la nave, que le diera el Rey su señor, que hiciese su pro de ello; y así se partieron de ella ricos y bien andantes, y se fueron para sus tierras. Y dijo el uno de ellos a los otros: «Amigos, verdadero es el proverbio antiguo que quien a buen señor sirve con servicio leal, buena soldada prende y no al. Y nos guardamos a esta buena dueña y servímosla lo mejor que podíamos, y ella dionos buen galardón más de cuanto nos merecíamos. Y Dios la deje acabar en este mundo y en el otro aquellas cosas que ella codicia.» Y respondieron los otros: «Amén, por la su merced.» Y metiéronse en la nave y fueron su vía.

La dueña, que estaba en el hospital, preguntó a aquel hombre bueno que era por el rey de Mentón, qué hombre era y qué vida hacía, y dónde moraba siempre lo más. Y él le dijo que era muy buen hombre y de Dios, y que parecía en las cosas que Dios hacía por él; ca nunca los de aquel reino tan ricos ni tan amparados fueron como después que él fue señor del reino. Ca lo mantenía en justicia y en paz y en concordia, y que cada uno era señor de lo que había, y no dejaba de parecer con ello muy honradamente y hacer su pro de lo suyo, y a paladinas sin miedo. Y ninguno, por poderoso ni por honrado que fuese, no osaría tomar a otro hombre ninguno de lo suyo, sin su placer, valía de un dinero. Y si se lo tomase perdería la cabeza; ca el establecimiento era puesto en aquel reino que este fuero se guardaba en los mayores como en los menores, de que pesaba mucho a los poderosos, que solían hacer muchas *malfetrías*[16] en la tierra. Pero que tan crudamente lo hizo aguardar el Rey por todo el reino, que todos comunalmente se hicieron a ello; y plúgoles con el buen fuero, ca fueron siempre más ricos de lo que habían; y por ende dicen que más vale ser el hombre bueno *amidos*[17] quemalo de grado. Y ciertamente cual uso usa el hombre, por tal se quiere ir toda vía; y si mal uso usare, las sus obras no pueden ser buenas; y si pierde el amor de Dios primeramente, el amor del señor de la tierra, y no es seguro del cuerpo ni de lo que ha, salvo ende si el señor no castiga los malos, porque los buenos a encoger y a recelar. «Y decirte he más: este rey hizo muy buena vida y muy santa; también ha un año y más que él y la Reina mantienen castidad, comoquiera que se ama uno a otro muy verdaderamente, siendo una de las más hermosas y de las más *endrezadas* de toda la tierra, y el Rey en la mayor edad que podría ser; de lo cual se maravillaban mucho todos los del reino. Y este rey mora lo más en una ciudad muy noble y muy viciosa, a la cual dicen Glambeque, donde han todas las cosas del mundo que son mester. Y por la gran bondad de la tierra, y justicia, y paz, y concordia que es en ella, toma y muy poco trabajo él ni sus jueces de oír pleitos, ca de leve no les viene ninguno, así como podréis ver en esta ciudad donde estáis, si quisiereis; ca pasa un mes que no vendrá ante los jueces un pleito. Y así el Rey no se trabaja de otra cosa sino de hacer leer ante sí muchos libros buenos y de muchas buenas histo-

---

[16] La palabra malfetría, aunque hoy en desuso, evoca un aura de acciones reprobables y oscuras intenciones.

[17] *Amidos* en castellano antiguo es un adverbio desusado, que significa «de mala gana», «a la fuerza» o «involuntariamente».

rias y buenas hazañas, salvo ende cuando va a monteo a caza, donde lo hacen los condes y todos los de la tierra mucho servicio y placer en sus lugares; cano les toma ninguna cosa de lo que han, ni les pasa contra sus fueros ni sus buenas costumbres; antes se las confirma y les hace gracias a aquellos que entiende que puede hacer sin daño de su señorío. Y por todas estas razones sobredichas se puebla toda la tierra mucho; ca de todos los otros señoríos vienen poblar a este reino de guisa que me semeja que aína no podremos en él caber».

La buena dueña se comenzó a reír y dijo: «Por Dios, hombre bueno, la bondad más debe caber que la maldad, y la bondad largamente recibe los hombres, mantiénese en espacio y en vicio, así como en el paraíso las buenas almas; y la maldad recibe los hombres estrechamente y mantiénelos en estrechura y en tormento, así como el infierno las almas de los malos. Y por ende debéis creer que la bondad de este reino según vos habéis aquí dicho, contra todos los de este mundo si viniesen morar, ca la su bondad alargará en su reino, ganando más de sus vecinos malos de en derredor. Y sabe Dios que me habéis guarido por cuantos bienes me habéis dicho de este rey y del reino, y desde aquí propongo de yacer toda mi vida en este reino mientras justicia fuere y guardada, que es raíz de todos los bienes y guarda y amparamiento de todos los de la tierra. Y bienaventurado fue el señor que en su tierra justicia quiere guardar; así le será guardada ante Nuestro Señor Dios. Y quiérome ir para aquella ciudad donde es el Rey, y haré y un hospital donde posen todos los hijosdalgo que y acaecieren. Y ruégoos, hombre bueno, que me guardéis todas estas cosas que tengo en aquesta cámara, hasta que yo venga o envíe por ellas». «Muy de grado», dijo el hombre bueno, «y sed bien cierta que así os las guardaré como a mis ojos». «Y ruégoos», dijo la buena dueña, «que me catéis unas dos mujeres buenas que vayan conmigo, y yo darles he bestias en que vayan conmigo, y de vestir, y lo que hubieren mester». «Ciertas», dijo el hombre bueno, «aquí en el hospital ha tales dos mujeres como vos habríais mester, y dároslas he que vayan convusco y os sirvan». La buena dueña hizo comprar bestias para sí y para aquellas ordenadamente.

Y cabalgaron y fuéronse para aquella ciudad donde estaba el Rey, y no hubieron mester quien les guardase las bestias, ca doquier que llegaban las recibían muy bien y hallaban quien pensase de ellas, y no recelaban que se las hurtasen ni que se las llevasen por fuerza, así como suele acaecer las más vegadas donde no hay justicia ni la quiera guardar. Y mal día fue de la tierra donde no hay justicia; ca por mengua de ella se destruyen y se despueblan, y así fincan los señores pobres y menguados, no sin culpa de ellos; ca si no han gente no hay quien los sirva.

Otro día en la mañana después que llegó la buena dueña a la ciudad donde era el Rey, fue oír misa a una iglesia donde estaba la Reina; y la misa habíanla comenzada. E hincó los hinojos y comenzó derogar a Dios que la *endrezase* y la ayudase a su servicio. Y la Reina paró mientes y vio aquella dueña extraña que hacía su oración muy apuestamente y con gran devoción, y pensó en su corazón quién podría ser; ca la veía vestida de vestiduras extrañas, a ella y a las otras dos mujeres que con ella venían. Y después que fue dicha la misa hízola llamar y preguntole quién era y de cuáles tierras y a que viniera. Y ella le dijo: «Señora, yo soy de tierras extrañas.» «¿Y dónde?», dijo la Reina. «De las Indias», dijo ella, «donde predicó San Bartolomé después de la muerte de Jesucristo». «¿Sois dueña, hijadalgo?», dijo la Reina. «Ciertas, señora», dijo ella, «sí soy, y vengo aquí vivir so la vuestra merced, y querría hacer aquí un hospital, si a vos pluguiese, donde recibiese los hijosdalgo viandantes cuando y acaeciesen». «¡Y cómo!», dijo la Reina, «¿en vuestra tierra no le podíais hacer si habíais de qué?» «No», dijo ella, «ca habíamos un rey muy codicioso que desheredaba y tomaba lo que habían a los vasallos, porque lo había mester por grandes guerras que había con sus vecinos y con grandes hombres de la su tierra. Y por ende hube a vender cuantos heredamientos había, y llegué cuanto haber pude y víneme para acá a vivir en este vuestro señorío, por cuantos bienes oí decir del Rey y de vos, y señaladamente por la justicia que es aquí guardada y mantenida». «¡Por Dios!», dijo la Reina, «dueña, mucho me place convusco, y seáis vos bienvenida; y yo hablaré con el Rey sobre esto, y guisar cómo os dé lugar donde hagáis este hospital a servicio de Dios, y yo ayudaros he a ello.

Y mándoos que hoy en adelante comáis cada día conmigo». «Señora», dijo ella, «deos Dios vida por cuanta merced me hacéis y me prometéis; pero pídoos por merced que queráis que acabe antes esta obra que he propuesto en mi corazón de hacer». «Mucho me place», dijo la Reina.

Y la buena dueña fuese luego para su posada. Y el Rey vino ver la Reina así como solía hacer todavía, y la Reina contole lo que le acaeciera con aquella buena dueña. Y el Rey preguntole que dónde era, y ella le dijo que de las tierras de India donde predicara San Bartolomé, según que la dueña le dijera. Y el Rey, por las señales que oyó de ella, dudó si era aquella su mujer, y comenzó a sonreírse. «Señor», dijo la Reina, ¿de qué os reís?» «Río de aquella dueña», dijo el Rey, «que de tan luengas tierras es venida». «Señor», dijo la Reina, «mandadle dar un solar donde haga un hospital a servicio de Dios». «Mucho me place», dijo el Rey, «y venga después y mandársele he dar donde quisiere».

La Reina envió por aquella buena dueña y díjole de cómo había hablado con el Rey. Y ellas estando en esta habla entró el Rey por la puerta. Y así como la vio luego la conoció que era su mujer. Y ella dudó en él, porque la palabra había cambiada, y no hablaba el lenguaje que solía, y demás que era más gordo que solía y que le había crecido mucho la barba. Y si le conoció o no, como buena dueña no se quiso descubrir, porque él no perdiese la honra en que estaba. Y el Rey mandole que escogiese un solar cual ella quisiese en la ciudad. «Señor», dijo ella, «¿si hallase casas hechas a comprar, tenéis por bien que las compre?». «Mucho me place», dijo el Rey, «y yo ayudaros he a ello». «Y yo haré", dijo la Reina. «Pues», dijo el Rey, «buena dueña, cumplid vuestro prometimiento».

La dueña se fue andar por la villa a catar algún lugar si hallara a comprar, y halló un monasterio desamparado que dejaron unos monjes por mudarse a otro lugar, y comprolo de ellos, e hizo y su hospital muy bueno, y puso y mucha ropa, e hizo y muchos lechos honrados para los hombres buenos cuando y acaeciesen, y compró muchos heredamientos para adobar aquel hospital. Y cuando acaecían los hijosdalgo, recibíanlos muy bien y dábanles lo que era mester. Y la buena dueña estabalo más del día con la Reina, ca ni quería oír misa ni comer hasta que ella viniese. Y en la noche íbase para su hospital, y todo lo más estaba en oración en una capilla que había, y rogaba a Dios que antes que muriese que le dejase ver a alguno de sus hijos, y señaladamente al que perdiera en aquella ciudad ribera de la mar; ca el otro, que llevara la leona, no había fucia ninguna de cobrarlo, teniendo que lo había comido.

Dice el cuento que estos dos hijuelos fueron criados de aquel burgués y de aquella burguesa de Mela, y porhijados así como ya oísteis, y fueron tan bien nutridos y tan bien acostumbrados que ningunos de la su edad no lo podrían ser mejor; ca ellos bohordaban muy bien y lanzaban, y ninguno no lo sabían mejor hacer que ellos, ni juego de tablas ni de ajedrez, y retenían muy bien que quiera que les dijesen, y sabíanlo mejor repetir con mejores palabras y más afeitadas que aquel que lo decía. Y eran de buen recaudo y de gran corazón; y mostráronlo cuando aquel su padre que los criaba llevaban los golfines, andando a caza en aquel monte donde llevó la leona al mayor de ellos; ca ellos amos a dos, armados en sus caballos, fueron en pos de los malhechores y alcanzáronlos y mataron e hirieron de ellos, y sacaron a su padre y a otros tres que eran con él de poder de los ladrones, y viniéronse con ellos para la ciudad. Todos se maravillaban mucho de este atrevimiento que estos mozos cometieron, teniendo que otros de mayor edad que no ellos no lo osarían cometer, y seméjales que de natura y desangre les venía este esfuerzo y estas buenas costumbres que en ellos había. Y muchas vegadas dijeron a su padre que los criaba, que les hiciesen hacer caballeros, ca según las señales que Dios en ellos mostrara, hombres buenos habían a ser.

El padre y la madre pensaron mucho en ello, y semejábales bien de hacerlo. Y oyeron decir del rey de Mentón que era muy buen caballero y muy buen rey y muy esforzado en armas y de santa vida, y comoquiera que era lejos tuvieron por aguisado de enviar estos dos sus criados a este rey que les hiciese caballeros. Y enviáronlos muy bien aguisados de caballos y de armas, y muy bien acompañados, y diéronles muy gran algo. Y fuéronse para aquella ciudad donde el rey de Mentón era y pusieron en el camino un mes, ca no pudieron llegar y más aína, tan lejos era. Y ellos entraron por la ciudad y fueron a las alquerías, y preguntoles un hombre bueno si eran hijosdalgo, y ellos dijeron que sí. «Amigos», dijo el hombre bueno, «pues idos para aquel hospital que es entrante la villa, que hizo una dueña para los hijosdalgo viandantes; ca y os recibirán muy bien, y os darán lo que fuere mester». Y ellos se fueron para el hospital, y hallaron y muchas mujeres que lo guardaban, y preguntaron si los acogerían. Y ellas dijeron que si eran hijosdalgo, y ellos respondieron que lo eran, y así los acogieron muy de grado y mandaron guisar de yantar.

Y una manceba que estaba en el hospital paró en ellos mientes, y porque oyó decir muchas vegadas a su señora que hubiera dos hijuelos, el uno que llevara la leona y el otro que perdiera, y violos cómo se pararon a la puerta de una casa donde estaba un león, y que dijera el uno al otro: «Hermano, malhaces en pararte y, ca escarmentado debías ser de la leona que te llevó en la boca y hubieras a ser comido de ella si no por los canes de mi padre que te acorrieron, porque te hubo a dejar, y aún las señales de las dentelladas traes en las espaldas, y ciertas, quien de una vegada no se escarmienta, muchas vegadas se arrepiente»; la manceba cuando esto oyó fuese luego para su señora y dijo cómodos donceles eran venidos al su hospital, los más apuestos que nunca viera, y los más mejora guisados, que según cuidaba aquellos eran sus hijos que ella perdiera; ca oyó decir al uno, cuando llegó a la casa donde estaba el león, que se guardase, ca escarmentado debía ser de la leona que lo llevaba en la boca cuando era pequeño.

La dueña cuando lo oyó no se quiso detener, y vínose para el hospital. Y cuando vio los donceles, plúgole mucho con ellos, e hízoles lavar las cabezas y los pies, e hizo pensar luego bien de ellos. Y después que hubieron comido, preguntoles dónde eran y a qué vinieran. Y ellos le dijeron que eran de una ciudad que decían Mella, en el reino de Falit, y que su padre y su madre que los criaron, que los enviaron al rey de Mentón que los hiciese caballeros. «¿Cómo, hijo?», dijo la dueña, «¿decís que vuestro padre y vuestra madre que os criaron? Bien sé yo que los padres y las madres crían sus hijos y los dan a criar». «Señora», dijo el uno de ellos, «por eso os decimos que nos criaron, porque no son nuestros padres naturales; antes nos hubieron por aventura; y porque no habían hijos ningunos, *porhijáronnos*[18]. Y la ventura fue buena para nos, ca a mí llevaba la leona en la boca, que me tomar acerca de una fuente, estando y nuestro padre y nuestra madre, y me metió en un monte, y aquel que

---

[18] *Porhijáronnos* es una forma válida y gramatical del castellano antiguo, aunque hoy en día se considera un arcaísmo. Es la forma antigua del verbo prohijar, que significa adoptar a alguien como hijo.

nos porhijó andaba entonces por el monte buscando los venados; y los canes cuando vieron la leona, fueron en pos ella, y tanto la ahincaron que me hubo a dejar luego y tomaron la leona, e hízome a un escudero tomar antes sí en el caballo, y trajéronme a la ciudad, y aún tengo en las espaldas las señales de las dentelladuras de la leona. Y este otro mi hermano, no sé por cuál desventura se perdió y la buena dueña mujer de aquel burgués que a mí ganó, con piedad que hubo de este mi hermano, hízolo meter a su posada, y prohijáronle el burgués y su mujer así como hicieron a mí».

La buena dueña, cuando estas palabras oyó, dejose caer en tierra como mujer salida de seso y de entendimiento. Y maravilláronse los donceles muchos, y preguntaron a las mujeres qué podría ser aquello, y ellas les dijeron que no sabían, salvo ende que veían a su señora transida, y que les amaneciera mal día por la su venida. «¡Ay, señora!», dijo uno de ellos, «¿y por qué nos amaneció mal día por la nuestra venida? Que sabe Dios que no cuidamos que hiciésemos enojo ninguno a vuestra señora ni a vos, ni somos venidos a esta tierra por hacer enojo a ninguno; antes nos pesó muy de corazón por esto que acaeció a vuestra señora, y que quisiese Dios que no hubiésemos venido a esta posada, comoquiera que mucho placer y mucha honra hayamos recibido de vos y de vuestra señora».

Y ellos estando en esto, entró en acuerdo la buena dueña, y abrió los ojos, y levantose como mujer muy lasa y muy quebrantada. Y fue para su cámara y mandó que pensasen de ellos muy bien y holgasen. Y después que hubieron dormido apartose con ellos y díjoles que supiesen por cierto que era su madre, y contoles todo el hecho en cómo pasara, y de cómo había perdido su marido, y cuál manera pasara la vida hasta aquel día. Y Nuestro Señor queriéndolos guardar de yerro, y porque conociesen aquello que era derecho y razón, no quiso que dudasen en cosa de lo que su madre les decía; y antes lo creyeron de todo en todo que era así, y fuéronla besar las manos y conociéronla por madre. Y Garfín el hijo mayor le dijo así: «Señora, ¿nunca supiste de nuestro padre algunas nuevas?». «Ciertas», dijo ella, «míos hijos, no; mas fío por la merced de Nuestro Señor Dios que, pues que tuvo por bien que cobrase a vos, de lo que era ya desesperada, y señaladamente de Garfín què llevó la leona, que Él por la su santa piedad, doliéndose de nos, que tendrá por bien de nos hacer cobrar a vuestro padre y mío marido, y tomaremos algún placer con él, y que olvidemos los pesares y los trabajos que habemos habido hasta aquí». «¡Así lo quiera Dios por la su merced!», dijo Garfín. Yen la noche, mandoles hacer su cama muy grande y muy buena a amos a dos, y mandoles dar a comer muy bien. Y ella comió con ellos, ca no había comido aún en aquel día, con placer que había recibido.

Y cuando hubieron comido, fuéronse a dormir, y ella echose entre ellos, como entre sus hijos que había perdidos y cobrado nuevamente, ca no se hartaba de hablar con ellos ni se podía de ellos partir.

Y tanto habló con ellos y ellos con ella, que fincaron muy cansados y durmieron hasta otro día a horade tercia. La Reina no quería oír misa hasta que aquella dueña llegase, así como lo solía hacer, y envió por ella a un su portero. Y el portero cuando llegó a la posada de la dueña, halló las puertas abiertas y entró hasta la cama donde yacía la buena dueña con sus hijos. Y fue mucho espantado dela gran maldad que vio «en aquella dueña de que vos fiabais.» «¡Calla, mal hombre!», dijo la Reina, «y no digas tales cosas como estas, ca no podría ser que tú tal maldad vieses ninguna en aquella buena dueña». «Ciertas, señora, yo vi tanto en ella, de que recibí yo muy gran pesar por la gran fucia que vos en ella habíais, porque cuidabais que era mejor de cuanto es.» «Mal hombre», dijo la Reina, "qué es lo que tú viste?». «Señora», dijo el portero, «vos me mandaste que fuese para aquella dueña que viniese a oír misa convusco, y hállola que está en una gran cama en medio de dos escuderos muy grandes y mucho apuestos, durmiendo, y un cobertor de veros sobre ellos». «No podría ser esto», dijo la Reina, «por cosa que en todo el mundo fuese, y mientes como alevoso, o en tan gran maldad que en ti ha, quisiste poner en mal precio aquella buena dueña». «Señora», dijo el portero, «enviad luego allá, y si así no hallareis esto que es verdad que os dije, mandadme matar por ello, como aquel que dice falsedad y mentira a su señor».

Aquestas palabras sobrevino el Rey, y vio a la Reina muy demudada y muy triste, y preguntole porqué estaba así. «Señor», dijo ella, «si verdad es lo que este mal hombre me dijo, yo me tengo por mujer de fuerte ventura en fiar en mala cosa y tan errada como aquella buena dueña, lo que yo no creo que no pudiese ser en ninguna manera». El portero lo contó todo el hecho así como lo vio, y el Rey cuando lo oyó fue muy espantado, como aquel a que atañía la deshonra de esta dueña. Y envió allá al su alguacil, y mandole que si los hallase en aquella manera que el portero decía, que los prendiese a

ellos y a ella, y que los trajese delante de él. Y el alguacil se fue a casa de la dueña, y bien así como el portero
lo dijo al Rey, así lo halló; y dio una gran voz como salido de seso, y dijo: «Oh dueña desventurada, ¿cómo
fuiste perder el tu buen prez y la tu buena fama que habías entre todas las dueñas de esta tierra? Y los donceles, a las voces que daban y a lo que decía el alguacil,
despertaron y levantáronse muy aprisa como hombres
espantados, y quisieron meter mano a las espadas, mas
no les dieron vagar, ca luego fueron recaudados y la
dueña eso mismo, en saya y en pellote, así como se había echado entre ellos. Y el Rey, con gran saña y como
salido fuera de sentido, no sabía qué decirse, y no quiso
más preguntar de su hacienda; y mandó que la fuesen
quemar luego, comoquiera que se doliese mucho de ella,
ca sabía que aquella era su mujer. Y antes que la dueña
llevasen, preguntó el Rey a los donceles y díjoles: «Amigos, ¿dónde sois o qué fue la razón por que viniste a esta
tierra, que en tan mala prez pusiste a esta dueña, por su
desventura?» «Señor», dijo Garfín, «nos somos de Mella,
una ciudad del reino de Fallid, y aquellos que nos criaron enviáronnos aquí a la tu merced que nos hicieses
caballeros, ca oyeran decir que eras buen rey y de justicia. Y ayer, cuando lleguemos a la casa de aquella buena
dueña, por las palabras que nos dijimos y por las que
ella dijo a nos, hallamos verdaderamente que nos éramos sus hijos y ella nuestra madre; ca nos había perdidos niños muy pequeños. Y Dios por la su merced quiso
que nos cobrásemos a ella y ella a nos». «¿Y cómo os
perdió?», dijo el Rey.

«Señor», dijo Garfín, «nuestro padre y ella, andando su camino, como hombres cansados, asentáronse

a comer cerca de una fuente clara que estaba en unos prados muy hermosos. Y después que hubieron comido, nuestro padre puso la cabeza en el regazo de nuestra madre, y ella, espulgándole él, durmiose. Y yo y este mi hermano, como niños que no habíamos entendimiento, andando trebejando por el prado, salió una leona de un montecillo que estaba en un collado y cerca, y llegó y donde nos estábamos trebejando, y tomome en la boca y llevome al monte. Y aquel que nos crio salió a caza con su gente y sus hombres, y plugo a nuestro Dios que, entrando conmigo la leona en el monte, recudieron los canes de aquel burgués con ella, y al ruido de los canes que iban latiendo por el rastro de la leona, llegó el burgués con su gente y sacáronme de su poder. Y nuestro padre y esta dueña nuestra madre, estando en la posada muy triste porque me había perdido, soltose el palafrén y salió de casa, y ella fue en pos él. Y este mío hermano, como niño sin entendimiento salió en pos de su madre llorando. Y ella había tomado una calle y él tomó otra, y comoquiera que le llamasen muchos hombres buenos y muchas buenas dueñas, habiendo piedad de él porque andaba perdido, nunca quiso catar por ninguno sino por una dueña que estaba sobre las puertas de las sus casas, que tenía a mí en brazos halagándome porque estaba llorando, ca me sentía de las mordeduras de la leona. Y mandó a una sirviente descender por él. Y así como nos vimos amos a dos, comenzámosnos abrazar y a besar y a hacer alegría como los mozos que se conocen y se crían en uno. Y el burgués y aquella buena dueña porhijáronnos y criáronnos e hiciéronnos mucho bien, y enviáronnos a la tu merced que nos hicieses caballeros, y traémoste sus cartas en que te lo envía pedir por mer-

ced; porque nos pedimos por merced, señor, por la gran
virtud que dicen que Dios puso en ti de pagarte de verdad y de justicia, que no mandes matar esta dueña nuestra madre; ca no hizo porque deba morir; y que nos
quieras hacer caballeros y servirte de nos en lo que tuvieres por bien».

El Rey, cuando estas cosas oyó, agradeciolo mucho a Dios y tuvo que le había hecho gran merced, lo
uno por haber cobrados sus hijos, y lo otro porque no se
cumplió lo que él mandaba hacer con saña a aquella
dueña su mujer, y envió mandar que no la matasen. Y
por ende dicen que aquel es guardado el que Dios quiere
guardar. Y el Rey recibiolos por sus vasallos e hízolos
caballeros con muy grandes alegrías, según el uso de
aquella tierra. Y desde que el Rey hubo hechos caballeros aquellos y fueron bien criados, trabajábanse de ser-
virle bien y verdaderamente y sin regatería ninguna; ca
cuando veían ellos que era mester hecho de armas, luego, antes que fuesen llamados, cabalgaban con toda su
gente e íbanse para aquel lugar donde ellos entendían
que más cumplía el su servicio al Rey, y hacían muchas
buenas caballerías y tan señalados golpes, que todos se
maravillaban y juzgábanlos por muy buenos caballeros,
diciendo que nunca dos caballeros tan mancebos hubiera
que tantas buenas caballerías hiciesen ni tan esforzada-
mente ni tan sin miedo se parasen a los hechos muy
grandes. Y cuando todos venían de la hueste, algunos
habían sabor de contar al Rey las buenas caballerías de
estos dos caballeros mancebos, y placía al Rey muy de
corazón de oírlo, y sonriose y decía: «Ciertas creo que
estos dos caballeros mancebos querrán ser hombres
buenos, ca buen comienzo han.» Y por los bienes que la

Reina oyó decir de ellos y por las grandes aposturas y enseñamientos que en ellos había, queríalos muy gran bien y hacíales todas honras y las ayudas que ella podía. Y ellos cuanto más los honraban y los loaban por sus buenas costumbres, tanto pugnaban de hacerlo siempre mejor; ca los hombres de buena sangre y de buen entendimiento, cuanto más dicen de ellos loando las sus buenas costumbres y los sus buenos hechos, tanto más se esfuerzan a hacerlo mejor con humildad; y los de vil lugar y mal acostumbrados, cuanto más los loan, si algún bien por ventura hacen, tanto más orgullecen con soberbia, no queriendo ni agradeciendo a Dios la virtud que les hace; así como hizo el conde Nasón contra el rey de Mentón.

Dice el cuento que este conde Nasón era un vasallo del rey de Mentón, y alzose con el su condado contra el Rey con mil caballeros de sus parientes y de sus vasallos, y corríale la tierra y hacíale mucho mal en ella. Y los mandaderos llegaban al Rey unos en pos otros a mostrarle el mal que el conde Nasón hacía en su tierra. Y mientras el Rey enviaba por sus vasallos para ir contra el Conde, estos dos caballeros mancebos Garfín y Roboán aguisaron a sí y a su gente muy bien; ca ellos habían trescientos caballeros por vasallos de muy buena caballería, que les escogiera el Rey de su mesnada cuando los puso tierra y se los dio por vasallos, y entre los cuales era el ribaldo que vino con el Rey ala hueste de Mentón cuando se partió del ermitaño, el cual avino en armas muy bien e hizo muchas caballerías buenas por que tuvo el Rey por aguisado del hacer caballero y del heredar y de casarlo muy bien, y decíanle caballero Amigo.

Y movieron y fuéronse contra el conde Nasón de guisa que ellos, entrando en su condado cuanto una jornada, el sol puesto, vieron fuegos muy grandes en un campo donde albergaba el conde Nasón con quinientos caballeros. Y los que iban delante paráronse, de guisa que se llegaron todos en uno e hiciéronse un tropel. Y Roboán, el hermano menor, dijo así: «Amigos, no semeja que según los fuegos que parecen que gran gente y haya, y creo que nos Dios haría bien contra ellos, ca ellos tienen tuerto y nos derecho; ca el Rey nuestro señor les hizo muchas mercedes y nunca les hizo cosa que a mala *estanza* fuese, y nos tenemos verdad por rey nuestro señor y ellos mentira, y fío por la merced de Dios que los venceremos esta noche».

El caballero Amigo, que era muy atrevido, dijo: «Señor Roboán, vos sois muy mancebo, y no habéis probado las cosas, comoquiera que Dios os hizo mucha merced en hecho de armas y donde vos acaecistes, y por ende no debéis llevar todas las cosas con fuerza de corazón; ca ciertos somos que tan esforzado sois que no dudaríais de acometer muchos más que vos, pero que debéis pensar en cuál manera, y más a vuestra guisa, y más a vuestra honra. Y si por bien lo tenéis, iré allá yo esta noche, y sabré cuántos son o por cuál parte habréis la entrada mejor. Y yo tengo muy buen caballo y muy corredor, que si mester fuere que me vendré muy toste para apercibiros.» Y Garfín y todos los otros acordaron en que el caballero Amigo dijo, y comoquiera que pesaba a Roboán porque no los iban luego acometer. El caballero Amigo se fue luego después que hubo cenado, y llegó a la hueste del Conde lo más que él pudo, de guisa que a las vegadas andaba entre vuelto con los veladores;

así que diez vegadas anduvo por la hueste en derredor esa noche, en guisa que *asmó* bien cuántos podrían ser, y en cuál guisa los podrían mejor entrar. Y él estando por partirse de la hueste y venirse para los suyos, oyó tocar el cuerno tres vegadas en la tienda del Conde. Y maravillose ende mucho, y atendió hasta que supiese por qué era tocado aquel cuerno, y vio los rapaces que se levantaban a ensillar y armar los caballos. Y él entretanto andaba entre las rondas como si fuese uno de ellos, y oyó decir aun rapaz que llamaba a otro denostándolo: «Lévate, hijo de mujer traviesa, y ensilla y arma el caballo de tu señor.» «Ciertas», dijo otro, «no lo haré; antes quiero dormir y holgar, ca el nuestro señor no es de los ciento y cincuenta caballeros que son dados para correr el campo de Vuesa esta mañana». Y el caballero Amigo cuando esto oyó plúgole muy de corazón y dijo: «Bendito sea el nombre de Dios, que de esta hueste ciento y cincuenta caballeros habemos ganado sin golpe y sin herida.» Y de guisa que atendió hasta que estos ciento y cincuenta caballeros fueron movidos, y fue en pos ellos al paso que ellos iban. Y habían de ir a correr a una legua donde estaba Garfín y Roboán con su gente; y cuando el caballero vio que *endrezaban* su camino para y donde habían a ir, endrezó él para los suyos. Y cuando se fue partido de ellos cuanto un mijero, el caballo comenzó a relinchar muy fuerte, y después que se vio apartado de los otros. Y los ciento y cincuenta caballeros cuando oyeron aquel relincho de aquel caballo maravilláronse mucho, y los más decían que era gente del Rey, y los otros decían que era algún caballero que era entre ellos, a que llamaban Gamel, muy atrevido, díjoles que si ellos quisiesen, que iría saber nuevas de aquel caballo en cómo andaba, y recudiría a ellos en la mañana o a aquel lugar donde ellos iban, y ellos tuviéronlo por bien. El caballero se fue derechamente al relincho del caballo, y cuando fue cerca de él comenzó a relinchar el suyo, y tan oscura noche hacía que no se podían ver. El caballero Amigo comenzose de ir cuanto pudo, cuidando que era mayor gente, y el caballero Gamel cuidó que el caballo iba suelto, y comenzó a llamar y a silbarle según uso de aquella tierra. Y el caballero Amigo cuidando que era alguna fantasma que le quería meter miedo, atendió y no vio estruendo más de un caballo, y puso la lanza so el sobaco y fue herir al caballero, de guisa que le derribó del caballo mal herido, y tomó su caballo y fuese para los suyos. Y asmó que podría ser alguno de los ciento y cincuenta. Y cuando llegó a los suyos preguntáronle cómo venía, y él dijo que de ciento y cincuenta caballeros que se partieron de la hueste que había ganado el uno, y que estaba herido cerca de ellos y que enviasen por él si querían saber toda la verdad de la hueste del Conde; pero que les contó en cómo pasara, y aquellos caballeros que venían a correr a una legua de ellos, y que no fincaban con el Conde de trescientos y cincuenta caballeros arriba.

Y ellos hubieron su acuerdo si irían antes a los ciento y cincuenta que a los trescientos y cincuenta, y los unos decían que mejor era de ir a aquellos que tenían apartados y no consentirles que hiciesen daño en la tierra, que no a los trescientos y cincuenta donde era el Conde, que era muy caballero y muy esforzado. Y los otros decían que mejor era ir a la albergada del Conde, y señaladamente Roboán que lo ahincaba mucho, diciendo que si la cabeza quebrantasen, que en los otros poco esfuerzo fincaría; de guisa que acordaron en lo que Roboán dijo, y cabalgaron, y fuéronse para la hueste del Conde. Y encontraron al caballero herido y preguntáronle qué gente tenía el Conde y donde estaba, y él les dijo que hasta trescientos y cincuenta caballeros, y ciento y cincuenta que había enviado a correr. «Ciertas», dijo el caballero Amigo, «ciento y cincuenta menos uno son».

«Verdad», dijo el caballero Gamel. Y relinchando el caballo del caballero Amigo, dijo: «¡Ay, caballero, creo que vos sois el que me heriste!» El caballero Amigo le dijo: «¿Que queríais el mío caballo, que nunca vierais ni conocierais, y veníais silbando? Y bien os digo que cuando oí el estruendo de vuestro caballo que venía en pos mí, y vos silbando el mío caballo como si lo hubierais criado, que yo me maravillé mucho que cosa podría ser, y fui muy espantado, cuidando que era el diablo que me quería espantar; ca la noche tan oscura que no os podía divisar. Y dígoos que si os herí, que más lo hice con miedo que con gran esfuerzo.» «Ca cuando cuerdo estuviese no me debiera partir de la gente, que éramos dados todos para un hecho. Mas quien de locura enfermó, tarde sana; y no es esta la primera locura que yo acometí de que me no halle bien». «Caballero», dijo Roboán, «¿aquella gente en quien vos ibais, ha de durar mucho en la tierra del Rey corriendo?» «Dos días», dijo el caballero, «y no más, y luego se han de tornar para el Conde». «Ciertas, amigo», dijo Roboán, «muy bien nos va con la merced de Dios, ca estos caballeros no pueden ser en ayuda de su señor; y si Dios bien nos ha de hacer esta noche y mañana, será librado nuestro hecho y del Conde». Y queriéndose ir, dijo el caballero Gamel: «¡Ay, amigos!, ruégoos que si Dios victoria os diere, que no me dejéis aquí morir, ca muy mal herido soy; y por ende digo que si Dios victoria os diere, porque cierto soy que si vencidos fuereis que cada uno habrá que ver en si en huir o en defender. ¿Cómo?», dijo Roboán, «¿cuidas que seremos vencidos en este hecho?». «Dios lo sabe», dijo el caballero, «ca después que en el campo fuereis, en Dios será el juicio». «Según mío entendimiento Dios por nos será». «¿Cómo eso?», dijo el caballero. Dijo Roboán: «Yo te lo diré. Ca sabes que el Conde tiene gran tuerto al Rey y el Rey ninguno a él, y él tiene mentira y nos verdad, que tenemos la parte del Rey». «Ciertas», dijo el caballero, «así es como vos decís; idos en el nombre de Dios, ca la verdad os ha de ayudar».

El caballero Amigo descabalgó y fuelo desarmar porque le hacían mal las armaduras, y atole la llaga lo mejor que él pudo, y prometiole de venir por él si Dios le diese tiempo en que lo pudiese hacer. Y tomó las sus armas y armó un su escudero e hízole cabalgar en el caballo del caballero, y fueron en pos de los otros. Y cuando los alcanzaron díjoles el caballero Amigo: «Por aquí habéis a ir, y ha mester que me sigáis, y cuando diere una voz y dijere "heridlos", que aguijéis muy de recio a las tiendas, que y está el Conde. Ca ellos no tienen escuchas porque están en su tierra y no han recelo ninguno. Y tan cerca os pondré yo de ellos que cuando yo la voz diere en pequeño paso seáis con ellos». Y cuando fueron en un cabezo y vio el Conde que estaba con su gente, dio una voz el caballero Amigo, y dijo: «Heridlos, caballeros, que ahora es el hora.» Garfín y Roboán llevaban consigo bien trescientos escuderos hijosdalgo, y pusieron delante sí, y fuéronse cuanto más pudieron para las tiendas del Conde, y comenzaron a herir y a matar cuantos hallaban ante sí. Y cuando llegaron a las tiendas del Conde, no se pudo vestir sino un gambax, y tomó su escudo ante pechos y púsose ante las puertas de la tienda, y unos pocos de escuderos que se acertaron con él, pero no se pudieron parar contra los otros, en manera que los hubieron a herir y a matar y vencer. Y pues que el conde Nasón vio que era desamparado, y que ningún caballero de los suyos no recudía, y él tenía que eran todos muertos y heridos, y tornose y metiose por las álabes de la tienda con su escudo, y salió a la otra parte, donde estaban muchas tiendas y muchos tendejones llegantes a la suya, y hallaba los suyos muertos y heridos y maltrechos en las tiendas, de guisa que no hallaba ninguno de los suyos que le acompañasen, sino un caballero herido que iba con él aconsejándole que guareciese, ca todos los suyos eran heridos y muertos. Y ellos yendo un barranco ayuso, dijo un escudero que estaba con su señor, que estaba muy mal herido: «Señor, y va el Conde de pie con otro compañero y no más». Garfín, que andaba en su demanda del Conde, oyolo e hirió de las espuelas al caballo y fue en pos él.

Y cuando llegó a él, díjole: «Preso o muerto, cual más quisiereis.» «¿Y quién sois vos», dijo el Conde, «que queréis que sea vuestro preso?» «Soy un caballero cual vos veis», dijo Garfín. «¿Y por vos ser caballero», dijo el Conde, «tendríais por aguisado que fuese vuestro preso? Ca ciertas muchos son caballeros que no lo son por linaje, mas sus buenas costumbres por servicio que hacen asus señores. Y si vos hijo de rey no sois, o de mayor linaje que yo, os digo que no quiero ser vuestro preso». «Por Dios», dijo Garfín, «mejor os sería ser mío preso que no tomar aquí la muerte».

«Ciertas», dijo el Conde, «más vale buena muerte que vida deshonrada». «Pues encubríos de ese escudo», dijo Garfín, «ca yo librarme quiero de esta demanda si pudiere». «Bien dijiste», dijo el Conde, «"si pudiereis"; ca del decir al hacer mucho hay». Y metió mano al espada y cubriose del escudo, y Garfín se dejó venir y diole una gran lanzada a sobremano por el escudo, de guisa que le falsó el escudo y quebrantó la lanza en él, pero que no le hizo mal ninguno; ca tenía el brazo el Conde en el escudo arredrado del cuerpo. Y el Conde hirió del espada un gran golpe al caballo de Garfín en la espalda, de guisa que el caballo no se podía tener ni mover. Cuando esto vio Garfín, dejose caer del caballo y metió mano al espada, y fuese para el Conde, y diole un gran golpe, así que le tajó todo el *catel*[19] del escudo. E hirió el Conde a Garfín de guisa que le hendió el escudo todo encima hasta hondón, y cortole un poco en el brazo. «¡Oh, caballero», dijo el Conde, «cuán pequeña es la mejoría de la una parte a la otra, pero que sois vos armado y yo desarmado!». «Ciertas», dijo Garfín, «porque vos fallesciste de la verdad, mas muy grande, cuán grande de la verdad a la mentira; ca vos tenéis mentira y yo verdad». «¿Cómo así?», dijo el Conde. «Ciertas», dijo Garfín, «porque vos fallesciste de la verdad al rey de Mentón mi señor, y mentístele en el servicio que le habíais a hacer, siendo su vasallo, y no os desnaturando de él, ni os falleciendo; que le corríais la tierra, y por ende moriréis como aquel que mengua en su verdad y en su lealtad». «Mientes», dijo el Conde, «como caballero malo; ca yo me envié despedir del Rey y besarle las manos por mí». «Ciertas»,

19 Mantelete, elemento ornamental que cuelga del yelmo y cubre la parte superior del escudo, comúnmente forrado de otro color.

dijo Garfín, «no es excusa de buen caballero, ca por despedirse y correr la tierra sin hacerle el señor porqué, y creo que haríais mejor en daros a prisión, y yo llevaros he al Rey, y le pediría merced por vos». «Prométoos, caballero», dijo el Conde, «que vos no me llevéis preso esta vegada, si mayor esfuerzo no os acrece». «¿Y cómo?», dijo Garfín, «¿por tan descorazonado me tenéis? Yo fío por la merced de Dios que aún conoceréis la mi fuerza antes que de aquí partáis». Y fuéronse uno contra otro esgrimiendo las espadas, ca sabían mucho de esgrima, y dábanse muy grandes golpes en los escudos, de guisa que todos los hicieron pedazos. El conde Nasón dejó correr el estoque y fue dar en la mejilla a Garfín muy gran herida, y díjole: «Ciertas, caballero, mejor vos fuera fincar con la ganancia que vos Dios diera en el campo, que no lo querer todo; por ende dicen: "Quien todo lo quiere todo lo pierde». «¿Cómo?», dijo Garfín, «¿cuidáis ser libre de este pleito por esto que me habéis hecho? No querrá Dios que el diablo, que es mantenedor de la mentira, venza al que es mantenedor de la verdad». «Ciertas», dijo el Conde, «todo es mester cuanto sabéis, y bien veis vos que si no me siguierais tan ahincadamente no llevarais esta *prestojada*[20] que llevaste; y por ende dicen: "Sigue el lobo mas no hasta la mata". Y bien tengo que haríais mejor y más a vuestro pro de tornaros para los vuestros y a mí dejarme andar en paz». El Conde, teniendo alzado el brazo con el espada, y Garfín estando en gran saña, diole un muy gran golpe

---

[20] Prestojada es utilizada, en este caso, para humillar al oponente, indicando que ha recibido una lección o un castigo físico contundente.

que le cortó la manga del gambax[21] con el puño, de guisa que le cayó la mano en tierra con el espada. Y tan de recio envió aquel golpe Garfín, que le cortó del anca una gran pieza, y los dedos del pie, en manera que no se pudo tener el Conde y cayó en tierra. «Ea, conde», dijo Garfín, «¿no os fuera mejor ir de grado en la mi prisión, y sano, que no ir sin vuestro grado a mi prisión, manco y cojo?». «Mal grado haya», dijo el Conde, «quien vos tan gran fuerza dio, ca ciertamente no erais vos hombre para vencerme ni tan maltraerme». «¿Ya desesperáis?», dijo Garfín, «Ciertas esta descreencia mala que en vos es os trajo a este lugar».

Mientras estaban en esto, Roboán y toda la otra gente andaban buscando a Garfín, ca no sabían de él si era muerto o vivo, y no sabían qué se hiciesen, y estaban muy cuitados, que ni eran buenos de tornarse con aquella ganancia que Dios les diera, y no eran buenos de fincar; y cuidaron que el Conde que era ido por ventura para venir sobre ellos con gran gente. Garfín, viendo que no podía sacar el Conde de aquel val y llevarlo a la hueste, subió en un cabezo donde parecían todos los de la hueste, y comenzó a tocar un cuerno que traía. Roboán cuando lo oyó, dijo a los otros: «Ciertas, Garfín es aquel. Yo lo conozco en el tocar del cuerno; y vayámosnos para él, que de pie está.» Un caballero anciano le dijo: «Roboán, señor, fincad aquí con aquella gente, e iremos allá unos cien caballeros y sabremos qué es.» Y Roboán túvolo por bien. Y cuando a él llegaron, conociéronlo y dejáronse caer de los caballos y preguntáronle

---

[21] un gambax era una prenda de vestir acolchada, generalmente un jubón de lienzo o seda, que los caballeros y soldados utilizaban debajo de la armadura o la loriga.

dónde era su caballo. Y él les dijo que le falleciera de manera que no se podía de él ayudar, y que estaba el Conde herido en aquel val, y que fuesen por él y llevarlo habían al Rey. Y cabalgó en un caballo Garfín que le dieron. Los otros con él fueron para aquel val donde estaba el Conde, muy flaco por la mucha sangre que le salía, y pusiéronle en una bestia y lleváronlo para la hueste. Y cuando Roboán y los otros vieron que traían preso al Conde, agradeciéronlo mucho a Dios y fueron muy ledos y muy pagados porque vieron vivo a Garfín, comoquiera que era muy mal herido en la mejilla y tenía hinchada la cara; pero que le *amelecinaron*[22] muy bien, de guisa que a pocos días fue guarido, y ataron las llagas al Conde. Y a la media noche cabalgaron e íbanse para el Rey con aquella ganancia que Dios les diera. Y a los escuderos hijosdalgo que llevaban consigo diéronles caballos y armas de aquello que y ganaron, e hiciéronlos caballeros. Y de trescientos que eran primero, hiciéronse quinientos y cincuenta; y por este bien Garfín y Roboán, que hicieron a estos escuderos hijosdalgo, todos los escuderos de la tierra se venían para ellos, y no sin razón, ca tenían que como aquellos hicieran merced por el servicio que de ellos había recibido, que así lo harían a ellos por servicio que les hiciesen.

Ciertas mucho se deben esforzar señores en dar buen galardón a aquellos que lo merecen, ca so esta esperanza todos los otros se esforzarán siempre de servir y de hacer siempre lo mejor. Y ellos yendo por el camino encontráronse con los ciento y cincuenta caballeros de los del Conde que eran idos acorrer la tierra del Rey. E hicieron pregonar por toda la tierra que viniese cada uno

---

[22] Acobardarse, amedrentarse o perder el ánimo.

a conocer lo suyo, y que se lo darían. Y no quisieron retener ninguna cosa ende para sí, como aquellos que eran y que no habían sabor de tomar ninguna cosa de lo ajeno, así como algunos hacen, que si los enemigos llevan algún robo de la tierra y van algunos en pos ellos y les tiran la presa, dicen que suya debe ser.

Ciertas muy sin razón es, ca pues de un señorío son y de un lugar, unos deben ser de un corazón en servicio de su señor en guardar y defender unos a otros, que no reciban daño. Y si algún enemigo les llevase lo suyo, débenlos ayudar y pararse con ellos o sin ellos a cobrarlo si pudieren, ca de otra guisa puédese decir lo que dijo el hombre bueno a su compadre, a quien llevaba el lobo su carnero.

El compadre fue en pos el lobo y siguiole y tomó el carnero y comióselo. Y cuando el hombre bueno vio su compadre, díjole así: «Compadre, dijéronme que ibais en pos el lobo que llevaba mi carnero. Decid que le hiciste». «Yo os lo diré», dijo él. «Yo fui con mis canes en pos el lobo y tomámoselo». «Por Dios, compadre», dijo el hombre bueno, «mucho me place, y agradézcooslo mucho. ¿Y qué es del carnero?», dijo el hombre bueno. «Comímoslo», dijo el compadre. «¡Comísteslo!», dijo el hombre bueno; «ciertas, compadre, vos y el lobo uno me semeja, que tan robado fue yo de vos como del lobo».

Y estos tales que toman la presa de los enemigos de la tierra, por tan robadores se dan como los enemigos, si no la tornan a aquellos cuya es; y comoquiera que en algunos lugares ha por costumbre que la presa que toman los de la tierra a los enemigos que la tienen, porque dicen que cuando los enemigos la llevan y trasnochan con ella, que ya no era de aquel cuya fuera, y que

haber es de los enemigos que ganaron, y tienen que debe
fincar con la presa, ciertas de derecho no es así; mas los
señores lo consintieron que fuese así, porque los hombres hubiesen más a corazón de ir en pos los enemigos
por la ganancia que cuidaban y hacer. Ca tuvieron que
mejor era que se prestasen de ello los de la tierra que lo
cobraban, que no los enemigos. Y esto es por mengua de
verdad que es en los hombres, que no quieren guardar
unos a otros tan bien las personas como los algos, pues
de una tierra y de un señorío son. Y por ende Garfín y
Roboán, como caballeros buenos y sin codicia, queriendo
dar buen ejemplo de sí, hicieron dar aquella presa a
aquellos cuya era, y de sí fueron derechamente para el
Rey.

Y el Rey era ya salido con su hueste muy grande y
estaban en unos prados muy hermosos que decían de
Val de Paraíso. Y maravillábase de Garfín y de Roboán
que no venían y con él, y demandaban muy ahincadamente por ellos y no hallaban quien dijese recaudo de
ellos, salvo ende que le decían que había quince días que
salieran con toda su gente de aquella ciudad donde estaban, y que no sabían donde fueran. Y el Rey con recelo
que tomasen algún empecimiento en algún lugar, estaba
muy cuidadoso y no podía holgar ni sosegar. Y ciertas, si
al Rey pesaba porque no eran y con él, así lo hacía a
cuantos eran y en la hueste; ca los querían gran bien
porque eran muy buenos caballeros y bien acostumbrados y aprobaban bien en armas. Y ellos estando en esto,
he os un caballero de Roboán donde entró por las tiendas del Rey. Y este era el caballero Amigo, que hizo el
Rey caballero y le dio por vasallo a Roboán. Y fue hincar los hinojos ante el Rey y besole la mano y díjole así:

«Señor, Garfín y Roboán tus vasallos leales te envían besar las manos y encomendarse en la tu gracia, y envíate pedir por merced que no muevas de aquí, ca cras en la mañana, si Dios quisiere, serán aquí contigo y te dirán muy buenas nuevas con que recibas muy gran placer.» «¡Ay, caballero Amigo!», dijo el Rey, «por aquella fe que tú me debes, que me digas si son vivos y sanos».

«Ciertas», dijo el caballero Amigo, «yo te digo, señor, que vivos». «¿Pero si son sanos?», dijo el Rey. El caballero Amigo no se lo quería decir, ca le fue defendido de su señor Roboán que no lo dijese que fuera herido Garfín su hermano, ni que traían al Conde preso, más que le dijese que sería con él otro día en la mañana. El Rey ahincaba mucho al caballero Amigo que le dijese si eran sanos, y el caballero Amigo le dijo: «Señor, no me ahinquéis, ca no te lo diré, ca defendido me fue; pero tanto quiero que sepas porque asosiegue el tu corazón, que tan es correchamente andan y cabalgan como yo.» «¡Y tú seas bienvenido!», dijo el Rey.

Y otro día en la mañana llegaron al Rey Garfín y Roboán con toda su gente, salvo ende cincuenta caballeros que dejaron que trajesen al Conde preso, y venían lejos de ellos cuanto un mijero y nomás, porque los hubiesen siempre a ojo, porque si algún rebate acaeciese, que recudiesen luego a ellos. Y cuando llegaron al Rey fueron hincar los hinojos ante él y besáronle las manos, y el Rey se levantó a ellos y recibiolos muy bien, como aquellos que amaba de corazón. Y él catando a Garfín, viole un velo que traía en la mejilla diestra sobre la llaga de la herida, y el Rey le preguntó si era herido. «Señor», dijo Garfín, «no, más fue una nacencia que nació y». «Ciertas», dijo el Rey, «no podía ser tan gran nacencia en aquel lugar. Y mala nacencia nazca en cuanto bien quiere aquel que os lo hizo». «Señor», dijo Roboán, «creo que sois adivino, ca así le aconteció; que no le podría peor nacencia nacer a aquel que se la hizo, ni en peor estado de cuanto está». «Ciertas, algún atrevimiento fue», dijo el Rey, «que comenzó Garfín». «No fue», dijo Roboán, «atrevimiento, mas fue buen esfuerzo». «¿Y cómo fue eso?», dijo el Rey. «Señor», dijo Garfín, «dejemos esto ahora estar, ca quien no lucha no cae; y conviene a los caballeros mancebos de probar alguna cosa de caballería, ca por eso lo recibieron. Y ciertas ninguno no puede ser dicho caballero si primeramente no se probare en el campo». «Verdad es», dijo el Rey, «si en él finca el campo». «Y yo así lo entiendo», dijo Garfín. Y aquí quedó el Rey de hacer más preguntas sobre esta razón.

«Señor», dijo Garfín, y Roboán con él, «con estos caballeros buenos vuestros vasallos que vos mediste, y con la vuestra ventura buena y con la merced de Nuestro Señor Dios, os traemos aquí preso el conde Nasón, pero que viene herido». «¿Y quién lo hirió?», dijo el Rey. «Su atrevimiento y su desventura», dijo Garfín, «y la mala verdad que traía». «Por Dios, Garfín y Roboán», dijo el Rey, «vos me traéis muy buena dona, y agradézcooslo mucho; ca por aquí habremos todas las fortalezas que él había, ca el hijo ninguno no ha, ni se lo dé Dios, ca esa esperanza habríamos de él que del padre». Y mandoles que se lo trajesen delante. Y ellos hiciéronlo así traer, asentado en un escaño, acostado en unos cabezales, ca no se podía tener en pies. Cuando el Rey lo vio, la mano corta y todos los dedos de un pie, y herido en el anca muy mal, díjole así: «Conde, no creo que con esa mano derecha me amenacéis de aquí adelante.» «Ciertas», dijo el Conde, «ni con la otra haré, ca de todo el cuerpo soy tullido». «Bendito sea el nombre de Dios», dijo el Rey, «que da a cada uno el galardón que merece. Conde», dijo el Rey, «de vagar estaba el que así dolaba por vos, tantos golpes os dio en ese cuerpo». «Señor», dijo el Conde, «no fue más de un golpe aqueste que veis». «¿No?», dijo el Rey, «muy templada creo que era el espada y el caballero muy recio y muy ligero, que tan fuerte golpe hacía. Decid, conde, ¿quién fue aquel que os hirió?». «Señor», dijo el Conde, «ese caballero mancebo que está ahí cerca de vos a vuestros pies, a que llaman Garfín». «Por Dios», dijo el Rey, «bien comenzó su mancebía, y bien creo que querrá ir con tales obras como estas adelante; y Dios selo endrece por la su merced». «Amén», dijo Roboán. «Ciertas», dijo el Conde, «no comenzó bien para mí, y pésame porque tan adelante fue con su buena andanza». «Conde», dijo el Rey, «bien sé que os pesa, pero conocerle habéis esta vegada mejoría». «Ciertas», dijo el Conde, «y aun para siempre; ca en tal estado me dejó que no le pude empecer en ninguna cosa». Todos cuantos y estabanse maravillaron de aquel golpe tan esquivo, y tuvieron que recudiría Garfín a ser buen caballero y muy esmerado entre todos los otros hombres, ca aún mancebo era y entonces le apuntaban las barbas.

Y otro día mañana hubo el Rey acuerdo con todos los condes y los ricos hombres que con él eran, si iría con su hueste a cobrar la tierra del Conde, o si enviaría algunos en su lugar. Y los que no habían sabor que tan aína se tomase la tierra del Conde, le aconsejaban que fincase él y que enviase y aquellos que él tuviese por bien; y los otros que habían sabor de servir al Rey, entendiendo que se libraría el hecho más aína por él, aconsejáronle que fuese y por su cuerpo. Él túvose por bien aconsejado, y movió con toda su hueste para la tierra del Conde.

Mas un sobrino del conde Nasón, hijo de su hermana, muy buen caballero de armas, que dejó el Conde en su lugar con quinientos caballeros y con trescientos que se fueron de la albergada del Conde cuando el desbarato, con los que fueron de los que traían la presa de la tierra del Rey, querán por todos ochocientos caballeros allegados así, y juráronse de pararse a defender la tierra del Conde. Y el algara del Rey entroles por la tierra del Conde a correr y a quemar y estragar todo cuanto hallaban. El sobrino del Conde estando en una villa muy bien cercada con cuatrocientos caballeros, vio los fuegos muy grandes que daban en las alquerías, y el estragamiento grande que en la tierra hacían, y habló con los caballeros y díjoles: «Amigos, ya veis el mal que los del Rey hacen por la tierra, y creo que el primer lugar que querrán venir a combatir que este será en que nos estamos. Y tengo que será bien que salieseis allá y que dejemos estos escuderos hijosdalgo y esta gente que tenemos a pie, que guardasen la villa con los ciudadanos de aquí. Y por ventura que nos encontraremos de guisa que no entrarían tan atrevidamente como entraron por la tierra.» Los caballeros le respondieron que mandase lo que tuviese por bien, ca ellos prestos eran para ir donde él quisiese y acaloñar la deshonra del Conde; ca mejor les era morir en el campo haciendo bien, que haber a estar encerrados. El sobrino del Conde mandó que otro día en la mañana que fuesen todos armados fuera de la villa, y ellos hiciéronlo así.

Garfín y Roboán venían con el Rey por el camino departiendo muchas cosas y preguntándoles el Rey cómo les aconteciera en el desbarato del Conde. Y cuando le contaban de cómo les acaeciera, tomaba en ello gran placer. Y él iba castigándolos y aconsejándolos todavía en cómo hiciesen cuando acaeciesen en alguna lid campal, y que no quisiesen que los sus enemigos acometiesen a ellos primeramente, mas que ellos acometiesen a los otros, y el miedo que los otros les habían de poner, que ellos que lo pusiesen a los otros; ca ciertamente en mayor miedo están los acometidos que no los acometedores, que vienen *derrabiadamente*[23] y con gran esfuerzo contra ellos. Roboán cuando estas cosas oyó al Rey decir, túvoselo en merced señalada, y fuele besar las manos, y díjole así: «Señor, que Garfín ni yo no os podríamos servir cuantas mercedes nos habéis hecho y nos hacéis cada día, más que a ningunos de vuestro señorío, ca no solamente nos mandáis como señor, mas castigaisnos como padre a hijos». Respondió el Rey muy alegremente y dijo: «Roboán amigo, vos haciendo bien en como lo hacéis, y creo que hagáis mejor todavía, fío por Dios que me conoceréis que os amo verdaderamente, como padre a sus hijos. Y no me dé Dios honra en este mundo si para vos no codicio.» Allí se dejaron caer a los sus pies Garfín y Roboán, y besáronle las manos muchas vegadas, teniendo que les hacía grande y muy señalada merced en les decir tan altas palabras y de tan de corazón. Y pidiéronle por merced que quisiese que fuesen adelante con los algareros para hacer algún bien. «Garfín», dijo el Rey, «no quiero que vayáis allá, que aún no sois bien

---

[23] Rabiosamente, furiosamente o con gran saña.

sano de la herida que tenéis». «Señor», dijo Garfín, «no tengo herida por que me deba excusar de ir hacer bien».

«Garfín», dijo Roboán, «y muy bien os dice el Rey que holguéis y guarezcáis, ca de pequeña centella se levanta gran fuego si hombre no pone y consejo. Y comoquiera que esa vuestra herida no sea muy grande, si no y ponéis mayor cura de cuanta hacéis, os podríais ver en peligro; mas si tuviereis por bien, iré con vuestra gente y con la mía con aquellos algareros a ganar alguna buena señal de caballería». «¿Y qué señal?», dijo el Rey. «Señor», dijo Roboán, «tal cual la ganó mi hermano Garfín; ca no pudiera mejor señal ganar que aquella que ganó, ca la ganó a gran prez y a gran honra de sí, y por aquella señal sabrán y conocerán los hombres el buen hecho que hizo, preguntando cómo lo hubo, y bien verán y entenderán que no la ganó huyendo».

El Rey fue más pagado de cuanto le oyó decir, y díjole así: «Mío hijo bienaventurado, deos Dios la su bendición, y yo os doy la mía, e id en el nombre de Dios, ca fío por la su merced que acabaréis todo cuanto quisiereis.» Roboán cabalgó y tomó la gente de su hermano y la suya, así que eran trescientos y cincuenta caballeros, y entraron por la tierra del Conde guardando todavía los labradores de daño, y de mal en cuanto ellos podían, salvo ende lo que tomaban para comer, ca así selo mandaba Roboán, teniendo que los labradores no habían culpa en la mala verdad del Conde.

Ciertas, si Roboán se tenía con Dios en hacer siempre lo mejor, bien lo demostraba Dios que se tenía con él en todos sus hechos; así que un día en la mañana, saliendo de un montecillo, vieron venir el sobrino del Conde con cuatrocientos hombres de caballo, pero que venían muy lejos de ellos bien seis mijeros. «Amigos», dijo Roboán, «¿podremos oír misa en este campo antes que lleguen aquellos caballeros? Ca en todos los nuestros hechos debemos anteponer a Dios». «Señor», dijo un capellán, «muy bien la podéis oír, ca yo os diré misa privada». Y luego fue parado el altar en el campo muyaína[24] y el capellán revestido, y dijo su misa muy bien, ca era hombre bueno y de buena vida.

Cuando hubieron oído la misa, vieron que los otros caballeros venían cerca, pero que ellos dudaban y estaban parados. Y dijo Roboán: «Amigos, los miedos partidos son, según me semeja, y vayámoslos acometer, que no ha cinco días que me castigaron que el miedo que los enemigos nos habían a poner en acometiéndonos, que se lo pusiésemos nos primero hiriéndolos muy derrabiadamente y sin duda». Los caballeros, como hombres de buen esfuerzo y como aquellos que habían sabor de bien hacer, dijeron que decía muy bien, e hiciéronlo así y fueron su paso hasta que llegaron cerca de los otros.

Entonces mandó Roboán que moviesen y fuéronles herir de recio. Los otros se tuvieron muy bien, a guisa de muy buenos caballeros, y volviéronse, hiriéndose muy de recio los unos a los otros. Allí veríais muchos caballeros derribados y los caballos sin señores andar por el campo. Y a los primeros golpes quebrantaron las lanzas de la una parte y de la otra, y metieron mano a las espadas, y grande era la prisa de herirse los unos a los otros; y tan espesos andaban que no se podían bien conocer, salvo ende cuando nombraban cada uno de su parte. Roboán andaba en aquel hecho a guisa de muy

---

[24] Muchedumbre, multitud o tropa numerosa.

buen caballero y muy esforzado, llamando «¡Mentón por su señor el Rey!», y ellos llamando «¡Tures por el conde Nasón!». Pero el que se encontraba con Roboán no había mester cirujano, que luego iba a tierra o muerto o mal herido; ca hacía muy esquivos golpes del espada y mucho espantables, de guisa que a un caballero fue dar por cima del yelmo un golpe que le cortó la mitad de la cabeza, y cayó la mitad en el hombro y la otra mitad iba enhiesta, y así anduvo entre ellos muy gran pieza por el campo, de que se maravillaban mucho los que lo veían, y fincaban espantados de aquel golpe tan esquivo y extraño. Y no quería caer del caballo, y andaba enhiesto y llevaba la espada en la mano, espoloneando el caballo entre ellos.

Roboán vio al sobrino del conde Nasón y endrezó para él y díjole así: «Sobrino del malo, defiéndete, ca yo contigo soy. Y cierto seas que los pecados de tu tío el Conde te han ha empecer.» «Mientes», dijo el sobrino del Conde, «que no soy sobrino del malo; ca nunca mejor caballero fue en todo el reino de Mentón que él». De sí dejáronse venir uno contra otro y diéronse muy grandes golpes de las espadas, pero que no se podían empecer por las armaduras que traían muy buenas, y de sí hicieron otra vuelta y vinieron uno a otro y diéronse muy grandes golpes, de guisa que el sobrino del Conde hirió a Roboán del estoque en la mejilla, así que le hubiera a hacer perder los dientes. Y Roboán hirió al sobrino del Conde del espada en el rayo que tenía antes los ojos de travieso, en manera que le cortó el rayo y entrole el espada por la cara y quebrantole ambos ojos. Y tan grande y tan fuerte fue la herida que no se pudo tener en el caballo, y cayó en tierra. Y de sí Roboán a los suyos a esforzarlos, diciéndoles: «Heridlos, que muerto es el sobrino del Conde.» Y los de la otra parte del Conde que lo oyeron salíanse del campo e íbanse, y así que fincó el campo en Roboán y en los suyos.

Y no escaparon de los del Conde más de cincuenta caballeros, ca todos los otros fueron muertos y presos; pero que de la compaña de Roboán fueron muertos y mal heridos ciento y cincuenta caballeros, ca de la otra parte y de la otra lidiaron a guisa de buenos caballeros, como aquellos que habían sabor de vencer los unos a los otros.

Y entonces mandó Roboán que los caballeros de su parte que eran heridos que les *amelecinasen* y les catasen las llagas y los pusiesen en los caballos, y de sí tornó y donde yacía el sobrino del Conde e hízolo desarmar, y hallaron que tenía los ojos quebrados de la herida que le dio Roboán. Y pusiéronlo en una bestia y viniéronse luego para el Rey. El caballero Amigo, pero que era herido dedos golpes, fue al Rey adelante con estas nuevas, y cuando se las contó llamó el Rey a todos los hombres buenos de la hueste y díjoles: «Amigos, si Garfín trajo buen presente para ser más cumplido, Roboán nos trae lo que menguaba, y este es el sobrino del Conde, que mantenía toda la su gente y se cuidaba parar a defendernos la tierra, pero que trae ambos los ojos quebrados como os contará el caballero Amigo.» El Rey paró mientes al caballero Amigo y viole herido de dos golpes, y díjole: «Caballero Amigo, creo que hallaste quien os crismase.» «Ciertas, señor», dijo el caballero Amigo, «hallamos; ca no se vio el rey Artur en mejor prisa y en mayor peligro con el gato Paul que nos vimos con aquellos maldichos; ca si los rascábamos, tan de recio nos rascaban que apenas lo podíamos sufrir. Ca bien creed, señor, que de nuestra parte en duda fue un rato la batalla, tan fuertemente nos ahincaban, así que de la nuestra parte bien hubo muertos y heridos hasta ciento cincuenta caballeros». «¿Y de la otra parte?», dijo el Rey. «Ciertas, señor», dijo el caballero Amigo, «de cuatrocientos caballeros que eran no fincaron más de cincuenta, que todos los otros fueron muertos y presos». «Ciertas», dijo el Rey, «muy herida fue la batalla donde fueron tantos muertos».

«Bien creed, señor», dijo el caballero Amigo, «que no me acuerdo que me acertase en lugar de tan gran afrenta como aquella batalla fue». «¡Ay, caballero Amigo!», dijo Garfín, «¿Roboán mi hermano viene sano?». «Ciertas tan sano como vos», dijo él. «¿Cómo?», dijo Garfín, «¿es ya señalado como yo?». «Ciertas», dijo el caballero Amigo, «sí». «¿En qué lugar tiene la herida?», dijo Garfín. «So la boca», dijo el caballero Amigo, «y bien creed que si no por la gorguera, que tenía alta, que hubiera a perder los dientes». «¿Y quién lo hirió?», dijo Garfín. «El sobrino del Conde lo hirió del estoque».

«Mucho se precian estos hombres buenos», dijo Garfín. «Por Dios», dijo el caballero Amigo, «hiriolo de un muy fuerte golpe, ca le dio una *espadada* sobre el rayo de travieso, que le metió el espada en la cara y quebrantole amos a dos los ojos. Y aún hizo otro golpe muy extraño a otro caballero, que le dio un golpe del espada encima de la cabeza que le echó la mitad del yelmo con limitad de la cabeza al hombro, y la otra mitad andaba enhiesta, y ansí andando un gran rato por entrenos en el campo, que no quería caer del caballo; y todos huían de él como de cosa espantable».

«Dejadlo», dijo el Rey, «ca bien encarnizado es, y creo que no dudará de aquí adelante de salir a los venados cuando le acaeciere, y ciertas yo cuido que será hombre bueno y buen caballero de armas».

Y ellos estando en esto, he vos Roboán donde asomó con toda su gente. Y el Rey cabalgó con todos esos hombres buenos que con él eran, y saliole a recibir. Y fue muy bien recibido del Rey y de todos los otros. Y cuando vio el Rey muy gran gente de la su compaña, los unos las cabezas atadas y los otros entre costales, pesole mucho, pero en solaz dijo a Roboán, sonriéndose: «Roboán, ¿dónde hallaste tan presto el clérigo que vos esta gente crismó?» «Ciertas, señor», dijo Roboán, «obispos pueden ser dichos, que cada uno hubo el suyo». «¿Y con qué los crismaron?», dijo el Rey; «¿tenían consigo la crisma y el agua bendita?». «Con las estolas», dijo Roboán, «trae en los paños y la sangre de ellos mismos; pero, señor, el hecho todo anduvo a *rebendecha*[25], que cuales nos las enviaban tales se las tornábamos.» «Pero», dijo el Rey, «el obispo que a vos crismó no os dio la pescozada en la tiembla, y cuido que era viejo cansado y no pudo alzar la mano, y dióosla en la barba». Y esto decía el Rey porque no había punto de barba. «Ciertas, señor», dijo Roboán, «en tal lugar fue hecho que no había vergüenza ni miedo el uno al otro». «¿Y al que vos esta deshonra hizo», dijo el Rey, «hubo y alguno que se lo hiciese?» «Sí», dijo Roboán. «¿Y quién?», dijo el Rey. «La mala verdad que tenía», dijo Roboán. «Ciertas», di-

---

[25] En el contexto del Zifar, la frase "fecho todo andido a rebendecha" se utiliza para describir un trato de reciprocidad exacta, generalmente en un contexto de intercambio de golpes, acciones o palabras, donde se devuelve lo mismo que se recibe (tal cual se envía, tal cual se devuelve.

jo el Rey, «él fue más deshonrado de la más deshonrada cosa que en el mundo podía ser, y tal como aqueste no es ya para parecer en plaza; ca no ha buena razón por sí con que se defienda. Pero creedlo», dijo el Rey, «y veremos si se querrá defender por razón; ca el buen juez no debe juzgar a menos de ser y dos con las partes». Entonces trajeron al sobrino del Conde en una bestia caballero, la cara toda descubierta. Y cuando llegó ante el Rey venía tan *desfaciado*, por aquel golpe en el travieso traía por los ojos, que aspereza era grande de catarlo; pero dijo el Rey: «¡Ay sobrino del mal conde!, creo que no seríais de aquí adelante para atalaya». «Ciertas, él ni para escucha haría.» «¿Y cómo así?», dijo el Rey. «Yo os lo diría; el golpe me llegó hasta dentro en los oídos todos, y así que he perdido el ver y el oír.» «Bien haya obispo», dijo el Rey, «que tan buena pescozada da. Y bien creo que quien así confirmó no os quería gran bien». «Ciertas», dijo él, «no era y engañado, que ni yo hacía a él; y maldita sea mano de obispo tan pesada que así atruena y *tuelle*[26] a quien confirmar quiere!». Y comenzáronse todos a reír. «Ciertas», dijo el sobrino del Conde, «todos podéis reír, mas a mí no se me ríe, y en tal se vea a quien place». Y dijo el Rey: «Aún diría este soberbio si en su poder fuese.» Y enviaron por el Conde que viniese ver su sobrino, y trajéronlo.

Y cuando el Conde vio a su sobrino *desfacionado*, dejose caer en tierra así como muerto, de gran pesar que hubo. Y cuando lo llevaron dijo así: «¡Ay mi sobrino!, ¿qué mereciste vos por este mal os aviniese?» «Ciertas», dijo él, «por los pecados vuestros». «No digáis», dijo el

---

[26] *Tuelle* es una forma verbal que corresponde al presente de indicativo del verbo tollar o tullir, con el significado de quitar, arrancar, sacar o separar.

Conde, «que más me metió a esto y más me enrizó vos fuiste». «Ciertas», dijo, «yo a vos no pudiera mover, mas por donde queríais guiar yo había a vos por fuerza a seguir, y vos habíais poder sobre mí y yo no sobre vos. Y bien creed que por la gran soberbia que hubo siempre en vos no teníais ninguna cosa, y hacíais vos temer y no os queríais guiar por consejo de ninguno. Y véngase os en mente que a la puerta de vuestro castillo de Buella ante el portal, estando con vuestros parientes y vuestros vasallos, dijiste con gran soberbia que no os fincaría el Rey en lugar del mundo que no le corrieseis y le echaríais del reino».

«Ahora», dijo el Rey, «asaz habemos oído. Bien semeja que es verdadero el ejemplo que dice que cuando pelean los ladrones descúbrense los hurtos. Y ciertas, asaz hay dicho de la una parte y de la otra para buen juez». «Conde», dijo el Rey, «mandadme dar las villas y los castillos del condado».

«Señor», dijo el Conde, «a este mi sobrino hicieron todos hombrenaje, tan bien de las villas como delos castillos». «Ciertas», dijo el sobrino del Conde, «verdad; mas con tal condición que si vos y llegaseis airado o pagado, o sano o enfermo, muerto o vivo, con pocos o con muchos, que os acogiesen, y si esto a vos hiciesen, que fuesen quitos del hombrenaje que a mí hicieron. Y por ende, conde, vos sois aquel que se los podéis dar». «Ciertas», dijo el Rey al Conde, «¿si así es verdad lo que dice vuestro sobrino?». «Señor», dijo el Conde, «verdad es así como él dice; mas, señor, ¿cómo me darían a mí las villas y los castillos, pues vieron que no soy en mi poder y estoy en prisión?».

«Conde», dijo el Rey, «en al estáis; ca debéis saber

que a traidor no deben guardar hombrenaje aquellos que lo hicieron, y mientras duró en la lealtad tenidos fueron de guardar el hombrenaje; mas desde que cayó en la traición, por quitos son dados de Dios y de los hombres del hombrenaje; ca no se lo debían guardar en ninguna manera, como aquel que no es par de otro hombre por de pequeño estado que sea; ca lo puede desechar en cualquier juicio que quiera entrar con él para razonar o para lidiar. Y de aquellos que hacen hombrenaje a traidor a sabiendas, sabiendo que cayó en traición, oyéndolo, él no mostrando que se salvara ende, no lo deberían recibir por señor; mas debiéranle esquivar como a traidor o mancillado de fama de traidor. Pues purgado no era de la infamia y le hicieron hombrenaje, cayeron en el pecado de traición así como aquel que la hizo».

«Y pruébase por semejante que si alguno habla o participa con el descomulgado manifiesto a sabiendas, en menosprecio de la sentencia de *descomunión* en que cayó el descomulgado con quien participó, que es descomulgado así como el otro. Y por ende bien así caen en traición el que lo consiente como el que lo hace y no lo veda; ca los hacedores y los aconsejadores del mal igual pena merecen, mayormente queriéndose ayuntar con el que hace la traición y querer con él llevarlo adelante. Onde dice razón: «¡Oh, cuán caramente compra el infierno de muchas buenas cosas por él haciendo mal!» Ca el que hace mal pierde la gracia de Dios y el amor de los hombres, y anda difamado y siempre está en miedo de sufrir pena en este mundo por el mal que hizo, y encima para el infierno, que compró muy caro dando todas estas cosas tan nobles por tan vil cosa y tan dañosa como el infierno. Y el que bien hace ha la gracia de Dios, y gana buena fama, y no ha miedo ninguno, cano hace por qué. Y de sí vase para paraíso que compró *refez*[27], ganando la gracia de Dios y el amor delos hombres y buena fama, y no habiendo miedo a ninguno. Y así, bienaventurado es el que huye del mal y se llega al bien, ca del bien puede hombre haber honra y pro en este mundo y en el otro. Y del mal con deshonra y daño para el cuerpo y para el alma, así como lo debe el que hace traición; ca el traidor es dado por semejante a la culebra, que nunca anda derecho, sino tuerta, y al can rabioso que no muerde de derecho, sino de travieso, y al puerco, que se deja bañar en el agua clara y limpia, y vase a bañar en el más podrido cieno que halla. Y aún es dado por semejante a la mosca, que es la más vil cosa del mundo, que en lugar de hartarse de la carne fresca, vase hartar de la carne más podrida que puede hallar. Y así el traidor, cuando quiera abastecer la traición, no habla con los hombres de derecho en los hechos de su señor, diciendo mal encubiertamente y con falsedad, y delante de él con lisonjas hablando y placentería; y así le muerde de travieso, deshaciendo su buena fama y su honra.

Otrosí deja la carrera del bien y toma la carrera del mal, y así anda tuerto como la culebra; ca hace tuerto a su señor, no le guardando verdad ni lealtad como debe. Otrosí deja de ganar buena fama, que es tan clara como buen espejo, y va a ganar infamia de traición, que es aborrecida de Dios y de los hombres; y así al puerco que deja el agua clara y se baña en el cieno. Y sin esto, deja buen galardón por pena, y deja honra por deshonra, así como la mosca que deja la carne fresca y va a la podrida.

---

[27] Barato, que vale poco o vil.

Onde, si los hombres quisieren parar mientes a saber qué cosa es traición, huirían de ella como de gafedad; ca bien así como la gafedad encona y *gafece* hasta cuarta generación, descendiendo por la *liña*[28] derecha, así la traición del que la hace mancilla a los que de él descienden hasta cuarto grado; calos llamaría hijos y nietos y biznietos de traición, y pierden honra entre los hombres, y no los reciben en los oficios, salvo si el señor los diere por quitos de aquella infamia a los que descienden del traidor, porque puedan haber los oficios de la su tierra. Y por ende deben todos huir de él así como de gafo y de cosa enconada, y los parientes, por cercanos que sean, débenlo negar y decir que no es su pariente ni de su sangre, y deben huir de él los sus vasallos, otrosí que no es su señor». «Y pruébase por semejante que lo deben hacer así; ca si razón es que los hombres huyan del descomulgado y ni le hablen ni participen con él en ninguna cosa, porque erró a Dios primero en quebrantar los sus santuarios o en otra manera, en meter manos airadas en algunos de los servidores de ellos, cuánto más deben huir del que erró a Dios primeramente haciendo la traición y no guardando la jura que hizo en su nombre, y el hombrenaje para servir su señor lealmente, ni le guardando la fieldad que le prometió de acrecerle en su honra, así como vasallo leal debe hacer a su señor. Ciertas, razón es de huir de cosa tan enconada como esta, que tan malamente erró a Dios y a los hombres y a sí mismo; ca seis cosas debe hacer el que jura de guardar verdad y fieldad y lealtad a su señor: la primera, que debe guardar la persona de su señor en todas cosas sanas y alegres, y sin empiezo ninguno; la segunda

---

[28] Línea.

es que el señor sea del bien seguro en todo tiempo; la tercera, que él guarde su casa tan bien en los hijos como en la mujer, y aun según honestidad en las otras mujeres de casa; la cuarta, que no sea en consejo de menguar ninguna cosa de su señor; la quinta, que aquello que podría el señor con derecho y con razón ganar de ligero y aína, que no se lo embargue de dicho ni de hecho ni de consejo, porque no lo pueda ganar tan aína como podría ganar si no fuere embargada; la sexta, que aquello que el señor hubiese de decir o hacer y donde su honra fuese, que no se lo embargue por sí ni por otro que se le torne en deshonra. Y aún es y setena cosa, que cuando el señor le demandare el consejo, que él que se lo dé verdaderamente sin engaño ninguno, según el buen entendimiento que Dios le dio. Y el que fallece en cualquiera de estas cosas no es digno de la honra de la lealtad, ni debe ser dicho leal. Y estas cosas tan bien las debe guardar el señor al vasallo como el vasallo al señor». «Onde, como vos, conde, fuiste mío vasallo heredado en el mío reino, y teniendo de mi tierra grande de que me habíais a hacer deudo, y muy grande, y aun cada año por que erais tenido de servirme, y habiéndome hecho jura y hombrenaje de me guardar fieldad y lealtad, así como buen vasallo debe hacer a buen señor, y fallecístesme en todo, yo no os diciendo ni haciendo por qué, y noos despidiendo de mí, corrístesme la tierra y robástesmela y quemástesmela, y aun teniendo que esto todo no os cumplía, dijiste contra mi persona muchas palabras soberbiosas y locas, amenazándome que me correríais y me echaríais del reino, así como os afrontó ahora vuestro sobrino ante todos los de mi corte, de lo que nunca os quisiste arrepentir ni demandar perdón, maguer estáis en mi prisión...» «Señor», dijo el Conde, «si en vos lo pudiese hallar, os demandaría el perdón». «¿Y vos por qué", dijo el Rey, «si no hiciste por qué?» «Señor», dijo el Conde, «por esto que dijo mío sobrino que yo dije». «¿Y fue verdad», dijo el Rey, «que vos lo dijiste?». «Por la mi desventura», dijo el Conde, «sí». «Buena cosa es», dijo el Rey, «el reprehender a las vegadas con palabras halagueras porque hombre pueda saber la verdad». Ca el Conde no debía recibir mal por lo que su sobrino dijera si él no lo hubiese conocido; y por ende dijo el Rey: «Conde, pues vos confesaste por la vuestra boca lo que vuestro sobrino dijo, y por todas las otras cosas que hiciste contra la fieldad y la lealtad que me prometiste guardar y no las guardaste, yo, habiendo a Dios ante los ojos y queriendo cumplir justicia, la cual tengo acomendada del mío señor Jesucristo y he de dar cuenta y razón de lo que hiciere, y habiendo mi acuerdo y mío consejo con los de mi corte ante todos cuantos hombres buenos aquí son, os doy por traidor, y a todos aquellos que os quisieren ayudar e ir contra mí por esta razón.

Y porque no enconéis la otra tierra por donde fuereis con la vuestra traición, no os quiero echar de mío reino, mas mando que os saquen la lengua por el pescuezo por las palabras que dijiste contra mí, y que os corten la cabeza, que vos hiciste cabo de otros para correr la mi tierra, y que os quemen y os hagan polvos por la quema que en ella hiciste, porque ni os coman canes ni aves, ca fincarían enconadas de la vuestra traición; mas que cojan los polvos y los echen en aquel lago que es en cabo del mi reino, a que dicen lago Solfáreo, donde nunca hubo pez ni cosa viva del mundo. Y bien creo que aquel lugar fue maldito de Dios, ca según a mí hicieron entender aquella es la sepultura de un vuestro bisabuelo que cayó en otra traición así como vos hiciste. E idos de aquí y nunca os saque Dios ende».

Allí tomaron al Conde e hicieron en él justicia según que el Rey mandó, y después cogieron los polvos de él y fuéronlos echar en aquel lago, que era doce mijeros del real. Ciertas, muy gran fue la gente que fue allá ver en cómo echaban los polvos de él en aquel lago. Y cuando los echaron, los que estaban oyeron las mayores voces del mundo que daban so el agua, mas no podían entender lo que decía. Y así comenzó a bullir el agua, que se levantó un viento muy grande a maravilla, de guisa que todos cuantos y estaban cuidaron peligrar y que los derribaría dentro, y huyeron y viniéronse para el real, y contáronlo al Rey y a todos los otros, y maravilláronse ende mucho. Y si grandes maravillas parecieron y aquel día, muchas más parecen y ahora, según cuentan aquellos que lo vieron. Y dicen que hoy en día van allá muchos a ver las maravillas, que ven muchos armados lidiara derredor del lago, y ven ciudades y villas y castillos muy fuertes combatiendo los unos a los otros y dando fuego a los castillos y a las ciudades. Y cuando se hacen aquellas visiones y ven al lago, hallan que está el agua tan fuerte y que no lo osan catar. Y en derredor del lago, bien dos mijeros, es todo hecho ceniza; y a las vegadas se para una dueña muy hermosa en medio del lago y hácelo amansar, y llama a los que y están por engañarlos; así como aconteció a un caballero que fue a ver estas maravillas, que fue engañado de esta guisa, según que ahora oiréis.

Dice el cuento que un caballero del reino de Porfilia oyó decir estas maravillas que aparecían en aquel lago y fuelas ver. El caballero era muy sin miedo y muy atrevido, y no dudaba de probar las aventuras del mundo, y por ende había nombre el caballero Atrevido. Y mandó fincar una tienda cerca de aquel lago, y ahí estaba de día y de noche viendo aquellas maravillas; mas la su gente no podía estar con él cuando aquellas visiones aparecían, y *arredrábanse* ende. Así que un día pareció en el lago aquella dueña muy hermosa, y llamó al caballero, y el caballero se fue para ella y preguntole que quería, pero que estaba lejos, ca no se osaba llegar al lago. Y ella le dijo que el hombre que ella más amaba que era él, por el gran esfuerzo que en él había, y que no sabía en el mundo tan esforzado caballero.

Cuando estas palabras oyó, semejole que mostraba cobardía si no hiciese lo que quería, y díjole así: «Señora, si esa agua no fuese muy alta, llegaría a vos.» «No», dijo ella, «ca en el suelo ando, y no meda el agua hasta el tobillo». Y alzó el pie del agua y mostróselo. Y al caballero semejole que nunca tan blanco ni tan hermoso ni tan bien hecho pie de dueña viera, y cuidó que todo lo al se seguía así según que aquello parecía, y llegose a la orilla del lago, y ella fuelo tomar por la mano y dio con él dentro. Y fuelo llevar a una tierra extraña, y según a él semejaba muy hermosa y muy viciosa. Y vio muy gran gente de caballeros y de otros hombres andar por esa tierra, pero que le no hablaban ni decían ninguna cosa.

Y el caballero dijo a la dueña: «Señora, ¿qué es esto? ¿Por qué esta gente no habla?» «No les habléis», dijo, «ni a ninguna dueña, maguer os hablen, ca me perderíais por ende. ¿Y veis aquella ciudad muy grande que parece? Mía es, y podeisla haber y ser señor de ella si bien quisiereis guardar; ca yo guardaros quiero y no catar por otro sino por vos, y así seréis vos uno de una y yo una de uno. Guárdeos que no me queráis perder ni yo a vos, y en señal de buen amor verdadero hágoos señor de aquella ciudad y de cuanto he». Y ciertas decían bien si el amor tan verdadero era como ella le mostraba. «Y gran merced», dijo él, «de vuestro buen don, ca vos veréis, señora, que os serviré yo muy bien con ello». Así que todo este hecho era obra del diablo, no quiso Dios que mucho durase, así como adelante oiréis.

Mas en antes que llegasen a la ciudad salieron a ellos muchos caballeros y otra gente a recibirlos con muy grandes alegrías, y diéronles sendos palafrenes ensillados y enfrenados muy noblemente en que fuesen. Y entraron a la ciudad y fuéronse por los palacios donde moraba aquella dueña, que eran muy grandes y muy hermosos. Y así parecieron a aquel caballero tan noblemente obrados que bien le semejaba que en todo el mundo no podían ser mejores palacios ni más nobles ni mejor obrados que aquellos; ca encima de las coberturas de las casas parecían que había rubís y esmeraldas y *zafires*[29], todos hechos a una talla, tan grandes como la cabeza del hombre, en manera que de noche así alumbraba todas las casas, que no había cámara ni lugar por apartado que fuese, que tan alumbroso no estuviese como si fuese todo lleno de candelas.

Y fueron ser el caballero y la dueña en un estrado muy alto que les habían hecho de seda y de oro muy noble. Y vinieron ante ellos muchos condes y muchos duques, según que ellos se llamaban, y otra mucha gente, y fuéronle besar la mano al caballero por mandamiento de la dueña, y recibiéronlo por señor. Y de sí fueron luego

---

[29] Zafiros.

puestas tablas por el palacio, y ante ellos fue puesta una mesa la más noble que hombre podría ver; ca los pies de ella eran todos de esmeraldas y zafiros. Y eran tan altos y cada uno de ellos como un codo o más, y toda la tabla era de rubís, tan clara que no semejaba sino una brasa viva. Y en otra mesa apartada había y muchas copas y muchos vasos de oro muy noblemente obrados, con muchas piedras preciosas, así que el menor de ellos no lo podrían comprarlos más tres ricos reyes que había en toda esa tierra.

Tanta era la vajilla que y era, que todos cuantos caballeros comían en el palacio, que era muy grande, cumplían con ello. Y los caballeros que y comían eran diez mil; ca bien semejó al caballero que si él tantos caballeros tuviese en la su tierra, y tan aguisados como a él parecían, que no había rey por poderoso que fuese que le pudiese sufrir, y que podría ser señor de todo el mundo. Allí les trajeron manjares de muchas maneras adobados, y traíanlos unas doncellas las más hermosas del mundo y mejor vestidas, según parecía, empero que no hablasen ni dijesen ninguna cosa. El caballero se tuvo por bien rico y por muy bien andante con tantos caballeros y tan gran riqueza que vio ante sí, pero que tenía por muy extraña cosa en no hablar ninguno, que tan callados estaban que no semejaba que en todos los palacios hombre hubiese, y por ende no lo pudo sufrir, y dijo: «Señora, ¿qué es esto porque esta gente no habla?» «No os maravilléis», dijo la dueña, «ca costumbre es de esta tierra que desde el día que alguno reciben por señor, y serle mandados en todas aquellas cosas que él los mandaría. Y no os quejéis, que cuando el plazo llegare, vos veréis que ellos hablarán más de cuanto vos querríais; pero cuando les mandareis callar, que callarán, y cuando les mandareis hablar, que hablarán, y ansí en todas las cosas que quisiereis».

Y desde que hubieron comido, levantaron las mesas muy toste, y y fueron llegados muy gran gente de juglares; y los unos tañían instrumentos, y los otros saltaban, y los otros tumbaban, y los otros subían por los rayos del sol a las fenestras de los palacios que eran muy altos, y descendían por ellos bien así como si descendiesen por cuerdas, y no se hacían mal ninguno. «Señora», dijo el caballero, "qué es esto porque aquellos hombres suben tan ligeramente por el rayo del sol y descienden?».

«Ciertas», dijo ella, «ellos saben sus encantamientos para hacer estas cosas tales. Y no seáis quejoso para querer saber todas las cosas en una hora, mas ved y callad, y así podréis las cosas mejor saber y aprender; y las cosas que fueron hechas en muy gran tiempo y con gran estudio no se pueden aprender en un día».

Cuando anocheció fuéronse todos aquellos caballeros de y todas las doncellas que y servían, salvo ende dos, que tomaron por las manos la dueña y al caballero, y la otra a la señora, y lleváronlos a una cámara que estaba tan clara como si fuese de día, por los rubís muy grandes que estaban y engastonados encima de la cámara. Y echáronlos en una cama noble que en el mundo no podría ser mejor, y salieron luego de la cámara y cerraron las puertas. Así que esa noche fue encinta la dueña.

Y otro día en la mañana fueron por ellos las doncellas y diéronles de vestir, y luego en pos ello del agua a las manos en sendos bacines, amos a dos de finas esmeraldas, y los aguamaniles de finos rubíes. Y después viniéronse para el palacio mayor y asentáronse en un estrado, y vinieron ante ellos muchos trasechadores, y plantaban los árboles en medio del palacio, y luego nacían y llevaban fruto, del cual fruto cogían las doncellas y traían en los bacines al caballero y a la dueña. Y tenía el caballero que aquella fruta era la más hermosa del mundo y más sabrosa. «¡Ay, Nuestro Señor!», dijo el caballero, «¡qué extrañas cosas ha en esta tierra más que en la nuestra!». «Ciertas», dijo la dueña, «y aún más extrañas veréis, ca todos los árboles de esta tierra y las yerbas nacen y florecen y dan fruto nuevo de cada día, y las otras reses paren a siete días». «¿Y cómo, señora?», dijo el caballero, «¿pues si vos encinta sois, a siete días habréis fruto?». «Ciertas», dijo ella, «verdad es».

«¡Bendita sea tal tierra!», dijo el caballero, «que tan aína lleva y tan ahondada es en todas cosas».

Así pasaron su tiempo muy viciosamente hasta los siete días, que *encaeció*[30] la dueña de su hijo. Y hasta los otros siete días fue cerca tan grande como su padre. «Ahora», dijo el caballero, «veo que todas las cosas crecen aquí a deshora; mas maravíllome por qué lo hace Dios en esta tierra más que en la nuestra». Y pensó en su corazón de ir andar por la ciudad y preguntar a otros qué podría ser esto; y dijo: «Señora, si por bien lo tuvieseis, cabalguemos yo y mío hijo, e iremos a andar por la ciudad.» Dijo ella: «Mucho me place». Trajéronles luego sendos palafrenes en que cabalgasen, muy hermosos y bien ensillados y enfrenados, y cuando salieron a la puerta hallaron mil caballeros armados que fueron todavía ante ellos, guardándolos por la ciudad y guiándolos. Y en pasando por la calle, estaba a una puerta una due-

---

[30] Acaeció.

ña muy hermosa, mucho más que su señora, pero que era amada de muchos, y no se pudo tener que la hubiese a hablar, y dijo así: «Señora, ¿podría ser que yo hablase convusco aparte?» «¿Y cómo?», dijo la dueña, «¿no sois vos aquel que este otro día tomamos por señor, y habéis por mujer a nuestra señora?» «Ciertas, sí soy», dijo él. «Y no os defendió nuestra señora», dijo ella, «antes que entraseis en la ciudad, que no hablaseis a ninguna dueña, sino que la perderíais?». «Verdad es», dijo él. «¿Pues cómo os atreviste», dijo ella, «a pasar su *defendimiento*? Ciertas muy mal mandado le fuiste». «Señora», dijo el caballero, «no lo tengáis a maravilla, ca forzado fui de amor». «¿De cuyo amor?», dijo ella. «Del vuestro», dijo él. «¡Ay, señora!», dijo una y su cobijera, «¡qué gran pecaharéis si así lo enviáis de nos, que convusco no hable! ¿Y no veis cuán apuesto es, y cuán de buen donaire, y cómo da a entender que os quiere gran bien?». Y a estas palabras recudió otra maldita, que no se preciaba menos que la primera de estas trujamanías tales, y dijo muy aína: «¡Ay, señora!, ¿qué es del vuestro parecer y del vuestro donaire y de la vuestra buena palabra y del vuestro buen recibir?¿Así acogéis a quien os muestra tan gran amor? ¿Y no veis que en catándoos luego se enamoró de vos? Y no es maravilla, ca de tal donaire os hizo Dios, que no ha hombre que os vea que luego no sea preso del vuestro amor. Y ciertas, tuerto haríais en ser escasa de lo que Dios os quiso dar francamente, y por Dios señora, no le queráis penar, dándole la buena respuesta que espera». Y mal pecado, de estas tales muchas hay en el mundo, que no estudian en al sino en esto, no catando honra ni deshonra aquellos a quien aconsejan, ni parando mientes en les hacer perder prez y buena fama; mas hácenlo por haber soltura, y poder hacer a su talante en aquellos que saben que no les pesa con estas trujamanías, y por donde hayan día y victo, y sean amparadas y defendidas andando con ellas, cumpliendo a su voluntad mala en este mundo. Ca no hay cosa que tanto codician los malos hombres con soltura, y puédenla bien haber con aquellos que se pagan de eso mismo. Y por ende dicen que «todo talante, a su semejante»; ¡y mal pecado!, algunos que lo creen de grado toman placer en lo que les dicen y les aconsejan, ca les place de burla, ca lo tienen por brío de andar de mano en mano y haber muchos amados. Y ciertamente estas tales no aman verdaderamente ningún hombre, ni los amadores no aman verdaderamente a las mujeres cuando mucho quieren amar; ca no es verdadero ni durable, sino cuando lo tienen delante. Onde sobre tales amores como estos, que son sin Dios, puso un ejemplo San Gerónimo de unas preguntas que hacía un hombre bueno a su hija, en que se puede entender si es verdadero el amor de la mujer que muchos garzones ama, o no.

Y dice así: que un hombre bueno había una hija muy hermosa y muy leída y de buena palabra y de buen recibir, y placíale mucho de decir y de oír, y por todas razones era muy visitada, y era familiar de muchas dueñas cuando iban a los santuarios en romería, por muchas placenterías que les sabía decir. Y por ende quiso el hombre bueno saber estos amores que su hija mostraba a todos, si eran verdaderos; y díjole: «Ya mía hija mucho amada y muy visitada y muy entendida en muchos bienes, decidora de buenas cosas y placenterías, ¿querríais que hiciésemos vos y yo un trebejo de preguntas de respuestas, en que tomáremos algún placer?». Respondió la hija: «Ya, mi padre y mi señor, sabed que todo aquello que a vos place, place a mí, y sabe Dios que muy gran deseo había de ser convusco en algún solaz, porque vieseis si era en mí algún buen entendimiento.» «Hija amiga», dijo el padre, «¿decirme habéis verdad a las preguntas que os hiciere?». «Ciertas, sí diré», dijo la hija, «según el entendimiento que en mí hubiere, y no os encubriré ninguna cosa, maguer que algunas delas palabras que yo dijere sean contra mí». «Ahora», dijo el padre, «entremos, yo preguntando y vos respondiendo». «Comenzad en buen hora», dijo la hija, «ca yo aparejada estoy para responderos».

«Pues mi hija bienaventurada, respondedme a esta pregunta primera. La mujer que muchos ama, ¿a cuál de los amadores ama?» «Ciertas, padre señor», dijo la hija, «no los puede a todos amar en uno, más ahora aqueste y ahora aquel otro; ca cuantas vegadas muchos ama, tantos más amadores demanda; ca la codicia no se harta que no quiera siempre nuevas cosas, y codiciando siempre, así de ligero las pierde y las olvida. Y así, cuantos más ama, tantos más quiso amar, menospreciando los otros, si no el postrimero, y habiendo todavía en talante de dejarlo y de olvidarlo luego que otro nuevo sobreviene».

«Ya, mía hija de buen conocer, pues la mujer que mucho ama, ¿cuál ama?» «Padre señor, aquel cuya imagen personalmente cata.» «¡Ay, mi hija!, ¿cuánto dura el amor de tal mujer como esta?» «Padre señor, cuánto dura la habla entre amos a dos por demanda y por respuesta, y cuánto dura el catar continuado del uno al otro, y no más. Y padre señor, amor ninguno no ha en este amor de tal mujer como esta, que a las vegadas estando con él un amador, tiene el corazón en el otro que ve pasar. Y así mostrando que ama a cada uno, no ama a ninguno; ca el su amor no dura entero en el uno ni en el otro, sino cuánto dura el catar y el hablar de corazón entre ellos, y a la hora que estas cosas fallecen, luego fallece el amor entre ellos, no acordándose de él. Y pruébase de esta guisa: que bien así como el espejo, que recibe muchas formas de semejanza de hombres cuando se paran muchos delante de él, y luego que los hombres se tiran delante no retiene ninguna forma de hombre en sí, y tal es la mujer que muchos ama. Y por ende, padre señor, no se debe ayuntar hombre en amor de aquella que fue amiga y familiar de muchos, ca nunca le guarda fe ni verdad, aunque le jure sobre santos evangelios, ca no lo puede sufrir el corazón ser uno de una. Ca estas tales no han parte en Dios, maguer[31] hagan enfinta[32] de ser sus siervas andando en romerías; ca más van y porque vean, que no por devoción que y han». «Ya, mi hija verdadera», dijo el padre, «decidme, ¿cuándo apresaste estas cosas, que tan sutilmente y tan ciertamente respondéis a ellas?». «Padre señor», dijo la hija, «mientras los puede catar y ver de ellas». «Ya, mi hija», dijo el padre, «¿hay estudio y maestro para mostrar y aprender estas cosas en algún lugar?». «Ciertas sí», dijo la hija. «¿Y dónde?», dijo el padre. «En los monasterios mal guardados», dijo la hija, «ca las de estas maestrías tales han sabor de salir y de ver y de hacerse conocer; y si algunos las vienen visitar o a ver, por donde peor entendimiento se tiene laque más tarde las aparta para hablar y entrar en razón con ellas, y aunque no las pue-

---

[31] Aunque o a pesar de que.
[32] Fraude, engaño, dolo o falsedad.

den apartar, allá alcanzarán sus palabras de travieso en manera de juguetes; así que él bien y pensara entenderá que requiere acometer. Y esto toman de niñez, habiendo suelta para decir y hacer lo que quisieren, y así no pueden perder la costumbre que usaron, bien como la olla, que tarde o nunca puede perder el sabor que toma nuevamente, por lavar que le hagan. Y ciertas, de estas que saben escribir y leer no han mester medianeros que les procuren visitadores y veedores; ca lo que sus voluntades codician las sus manos lo obran, comoquiera que no se despagan de aquellos que les vienen con nuevas cosas. Y ciertamente, padre señor, algunas van a los monasterios mal guardados, que las debían guardar y castigar, que las meten en mayor escándalo y mayor bullicio». «Hija amiga», dijo el padre, «¿dijísteme verdad en todas estas cosas que os demandé?». «Ciertas sí», dijo la hija, «y no os mengüé en ninguna cosa que vos a decir hubiese, comoquiera que en algunas palabras que vos yo dije me hería cruelmente en el corazón, ca me tenían y me sentía ende». «Hija amiga», dijo el padre, «agradézcooslo mucho, y de aquí adelante finque el nuestro trebejo; ca asaz hay dicho de la una partea la otra, y Dios os deje bien hacer».

Y así fueron padre e hija muy ledos y muy pagados, más que no el caballero Atrevido con su hijo, que estaba atendiendo la respuesta de la dueña, que no podía de ella haber repuesta, teniéndose encaro. Pero a la cima salió otra su privada de travieso, más fina que las otras en el mester, y dijo: «Señora, guardaos no os comprehenda Dios por la desmesura que mostráis contra este caballero, caya vi otros tullidos de pies y de manos y de habla por querer ser caros de palabra y de lo al que

Dios les dio.» «Comoquiera», dijo la señora, «que yo ganaré poco en estos amores, y él menos...»«Ciertas, yo no iré de aquí denodado». Y tomola por la mano y metiola a sus casas y fincó con ella una gran pieza hablando.

Y cabalgó luego el caballero y fuese para la posada. Supo luego el hecho en cómo pasó entre el caballero y la dueña, y fue la más sañuda cosa del mundo. Y asentose en un estrado y tenía el unbrazo sobre el conde Nasón, que dio el rey de Mentón por traidor, y el otro brazo sobre el bisabuelo, que dado además por traidor, así como ya oísteis. Y cuando entraron el caballero y su hijo por la puerta del palacio en sus palafrenes, vieron estar en el estrado un diablo muy feo y muy espantable, que tenía los brazos sobre los condes, y semejaba que les sacaba los corazones y los comía. Y dio un grito muy grande y muy fuerte, y dijo: «Caballero loco y atrevido, ve con tu hijo y sal de mi tierra, cayo soy la señora de la traición.» Y fue luego hecho un terremoto, que semejó que todos los palacios y la ciudad venía a tierra, y tomó un viento torbellino tan fuerte al caballero y a su hijo, que tan bien por y los subió muy de recio, y dio con ellos fuera del lago cerca de la su tienda. Y este terremoto sintieron dos jornadas en derredor del lago, de guisa que cayeron muchas torres y muchas casas en las ciudades y en los castillos.

La su gente del caballero recudían cada día a aquella tienda a ver si aparecía su señor en aquel lago.

Y otro día después que el caballero llegó a la tienda, vinieron y sus escuderos muy espantados por el tremer de la tierra que fuera hecho antedía; pero después que vieron a su señor fueron muy alegres y muy pagados, y dijeron: «Señor, pedímoste por merced que salgas de aqueste lugar, ca muy peligroso es.» «Ciertas», dijo el caballero, «mucho nos es mester, ca nunca tan quebrantado salí de cosa que comenzase como de esta». «¿Pero tenemos bestias en que vayamos?», dijo el caballero, «cados palafrenes en que salimos del lago, luego que de ellos descabalgamos, se derribaron en el lago, el uno en semejanza de puerco, y el otro en semejanza de cabra, dando las mayores voces del mundo». «Ciertas, señor», dijo un escudero, «tenemos todas nuestras bestias muy grandes y muy sazonadas, salvo ende que están espantadas por el gran tremer de la tierra que ayer fue hecho». «Ciertas sí», dijo un escudero, «de guisa que cuidamos todos perecer». «Señor», dijo un escudero, «¿ese que convusco[33] viene quién es?». «Mío hijo es», dijo el caballero. «¿Y cómo, señor», dijo el escudero, «fuiste ya otra vegada en esta tierra, que tan gran hijo tenéis?». «Ciertas», dijo el caballero, «nunca en esta tierra fui sino ahora». «¿Y pues cómo podría ser vuestro hijo aqueste, ca ya mayor es que vos?» «Molo tengáis a maravilla», dijo el caballero, «ca la yerba mala aína crece. De tal manera es que en siete días echó este estado que tú ves. Y en aquella tierra donde él nació todas las reses paren a siete días del día en que conciben, y todos los árboles verdecen y florecen y llevan fruto de nuevo cada día».

«¿Y en quién hubiste este hijo?», dijo el escudero. «En una dueña», dijo el caballero, «según me semejaba a la primera vista, la más hermosa que en el mundo podría ser; mas a la partida que me ende ahora partí, vi la tornada en otra figura que bien me semejó que en todos los infiernos no era más negro y más feo diablo que ella era. Y bien creo que de la parte de su madre que es hijo

---

[33] Con vos o con vosotros.

del diablo, y quiera Dios que recuda a bien; lo que no puedo creer ca toda criatura torna a su natura».

Y contoles todo en cómo pasara, y ellos fueron ende muy maravillados de cómo ende estuviera vivo y sano. «¿Y cómo lo llamaremos a ese vuestro hijo?», dijo el escudero. «Ciertas», dijo el caballero, «no lo sé, si ahora no lo bautizáremos y le pusiéremos ahora nombre de nuevo, y tengo que será bien que lo hagamos». Y acordaron de bautizarlo, y pusiéronle nombre Alberto Diablo. Aqueste fue muy buen caballero de armas, y muy atrevido, y muy sin miedo en todas las cosas, ca no había cosa del mundo que dudase y que no acometiese. Y de este linaje hay hoy en día caballeros en aquel reino de Porfilia, muy entendidos y muy atrevidos en todos sus hechos. Y este cuento os conté de este caballero Atrevido, porque ninguno no debe creer ni meterse en poder de aquel que no conoce, por palabras hermosas que le diga ni por promesas que le prometa, mayormente en lugar peligroso, ca por aventura puede ende salir escarnido; mas esquivar las cosas dudosas, y más si algún peligro ve aojo; así como hicieron los del reino de Mentón; ca luego que vieron el peligro de aquel lago, se partieron ende y se fueron para su señor. Y cuando el Rey supo aquellas maravillas que se hacían en aquel lugar, y lo que acaeciera a aquel caballero Atrevido, dijo así: «Amigos, ciertamente creo que aquel lugar es maldito de Nuestro Señor, y por eso todos los que caen en aquel pecado de traición deben ser echados en aquel lugar.» Y así lo puso por ley de aquí adelante que se haga.

Dice el cuento que el Rey dio luego el condado del conde Nasón a Garfín, y mandó que fuese con él Roboán su hermano y muy gran caballería de aquella que y tenía, y mandó que llevasen consigo al sobrino del conde Na-són, que le habían ya hecho hombrenaje de entregar to-da la tierra. Y mandoles què le diesen al sobrino del Conde un lugar donde viviese *abundadamente* con diez escuderos. Y ellos hiciéronlo así, ca luego les fue entre-gada la tierra sin contrario ninguno, y viniéronse para el Rey todos con el conde Garfín, y muy alegres y muy pa-gados. Y el Rey estando en una ciudad muy buena que le decían Toribia, y la Reina con él, y viendo que no finca-ba del plazo que él y la Reina habían a tener castidad más de ocho días, andaba muy triste y muy cuitado por miedo que habría a vivir en pecado con ella; mas Nues-tro Señor Dios, guardador de aquellos que la su carrera quieren tener y guardarse del error en ninguna guisa, no quiso que en este pecado viviese, y antes de los ocho días finose la Reina y Dios llevole el alma a paraíso; ca su sierva era y buena vida y santa hacía. Y el Rey cuan-do esto vio que Dios le había hecho muy gran merced, pero que no sabía qué hacer, si llegaría así aquella buena dueña, que era en la ciudad, y la conociera por mujer, y eso mismo a sus hijos Garfín y Roboán.

Y en esto fue pensando muy gran tiempo, así que una noche estando en su cama, rogó a Nuestro Señor Dios que Él por la su santa piedad le quisiese ayuntar a su mujer y a sus hijos en aquella honra que él era, y adurmiose luego. Y es contra la mañana oyó una voz que decía así: «Levántate y envía por toda la gente de tu tierra, y muéstrales en cómo con esta mujer fuiste casa-do con ella que no con la Reina, y hubieras en ella aque-llos dos hijos, y de que tú y la Reina mantuviste casti-dad hasta que Dios ordenó de ella lo que tuvo por bien, y que quieran recibir aquella tu mujer por reina, y a

Garfín y a Roboán por tus hijos. Y sé cierto que los recibirán muy de grado».

El Rey se levantó muy aína y envió por el canciller y por todos los escribanos de su corte, y mandoles que hiciesen cartas para todos los condes y duques y ricos hombres, y para todas las ciudades y villas y castillos de todo su señorío, en que mandaba que le enviasen de cada lugar seis hombres buenos de los mejores de sus lugares, con cartas y con poder de hacer y otorgar aquellas cosas que hallase por corte que debían hacer de derecho, de guisa que fuesen con él todos por la Pentecosta, que había de ser de la data de estas cartas hasta un año.

Las cartas fueron luego enviadas por la tierra muy apresuradamente, de guisa que antes del plazo fueron todos ayuntados en su palacio mayor. Y él asentose en su silla, su corona noble en la cabeza, y envió por aquella dueña su mujer, y por Garfín y Roboán sus hijos. Y cuando llegaron al palacio, dijo el Rey así: «Amigos y vasallos leales, yo hube este reino por la merced de Dios, que me quiso guiar y endrezar, y darme seso y poder y ventura buena, porque yo pudiese descercar esta ciudad donde tenían cercado al Rey que fue antes que yo, y hube su hija por mujer; pero Dios por la su merced no quiso que viviese con ella en pecado, por yo fuera antes casado con otra mujer, de que no sabía si era muerta o viva, y hasta que yo supiese mayor *certanedad* de ello dije a la Reina mi mujer que por un pecado grave que yo hiciera que me dieran en penitencia que mantuviese castidad por dos años. Y ella, como de santa vida, dijo que mantendría castidad conmigo, y yo que la mantuviese otrosí, ca más quería amigo de Dios y que cumpliese mi penitencia que no vivir en pecado mortal y haber Dios airado. Y antes que el plazo de los dos años se cumpliese, quísola Dios llevar para sí, y así como aquella que era su sierva y mantenía muy buena vida como todos sabéis. Y en este tiempo veía yo aquí mi mujer la primera y dos hijuelos que en ella hubiera, y conocía a la mi mujer muy bien, comoquiera que ella no me conocía. Ca los hijos perdilos muy pequeños y no me podía acordar bien de ellos, salvo ende que me acordaba cuando la buena dueña contaba de cómo los perdiera y cuál lugar. Y son estos y aquella buena dueña que y veis, y Garfín y Roboán sus hijos y míos; mas entiempo de la Reina, que Dios perdone, no me atreví a decirlo, por miedo de no meter escándalo y duda en los de la tierra. Por qué os ruego que, pues Dios así lo quiso ordenar que la Reina y yo viviésemos en pecado mortal, y me quiso aquí traer la mi mujer primera y los mis hijos, que os plega que me mantenga con ellos así como debo».

Todos los de la tierra fueron muy espantados, y se maravillaron mucho de esto que el Rey decía, y comenzaron a hablar entre sí y a *murmurear*. Él estaba muy espantado, y cuidaba que no hablaban ni *murmureaban* por al sino por cumplir su voluntad, y dijo: «Amigos, ¿por qué no respondéis? ¿Pláceos que sea esto que yo os pido o no? Pero quiero que sepáis por cierto que antes os sabría dejar el reino que vivir sin mujer; ca viviendo sin ella y no conociendo mis hijos como debía, viviría en pecado mortal, y tengo que por esta razón que haría Dios mal a mí y a vos». Levantose en pie el conde Nafquino, que era el más anciano y el más poderoso de toda la tierra, y dijo así: «Señor, rey de virtud, no quiera Dios que por ninguna cosa del mundo vos hayáis a dejar el reino, mayormente por mengua de lo que os habemos a decir y a hacer. Ca, señor, vos sois aquel que Dios quiso, y la vuestra buena ventura, que hubieseis el reino para nos ser amparados y defendidos y honrados así como nos sobre todos los del mundo, por vos y por el vuestro esfuerzo y por vuestro entendimiento. Y si por la nuestra desventura os hubiésemos a perder, mayormente por la nuestra culpa, perdidos y estragados seríamos nos, y no sin razón, ca seríamos en gran culpa ante Dios, y los vecinos nos estragarían. Mas tenemos por derecho y por aguisado que recibáis vuestra mujer y que os mantengáis con ella, y que conozcáis y lleguéis a vuestros hijos así como debéis. Y nos recibiremos a la vuestra mujer por señora y por reina, y a vuestro hijo el mayor por vuestro heredero después de los vuestros días.» Y comenzó el Conde a decir a todos los otros: «¿Tenéis esto por bien?» Respondieron todos a una voz y dijeron: «Tenémoslo por bien y plácenos». Y de y adelante tomaron a su mujer y fuéronla meter en un palacio y vistiéronla de nobles paños y pusiéronle una corona de oro en la cabeza, muy noble, y fuéronla asentar en una silla a par del Rey, y los dos sus hijos a sus pies. Y fueron todos uno a uno a besar las manos y hacerle hombrenaje a la Reina y alijo mayor del Rey. Ca convidados los había que fuesen sus huéspedes ese día. Y después de comer fueron las mayores alegrías que en el mundo podrían ser dichas, y eso mismo hicieron en todo el reino después que se tornaron a sus lugares los que y vinieron por mandaderos.

El Rey fincó muy leído y muy pagado con su mujer y con sus hijos, contando la mujer en cómo pasaría su tiempo después que la perdiera, y cómo le hiciera

Dios muchas mercedes así como ya oísteis. Y los caballeros sus hijos contaban otrosí de aquel burgués, de cuantos bienes les había hecho él y su mujer, y pidiéronles por merced que quisiesen que recibiesen de ellos algún buen galardón por la crianza que en ellos hicieran. Ciertas al Rey plugo muy de corazón ca estos mozos reconocían bien hecho, y mandoles dar sus donas muy buenas y que se las enviasen, y ellos hiciéronlo así. Y vínosele en mente al Rey de lo que le dijera el ermitaño, y envió luego por el caballero Amigo, y dijo: «Caballero Amigo, ¿viénesete en mente del ermitaño donde yo te conocí primero?» «Ciertas», dijo el caballero, «sí». «Pues toma aquella mi corona más noble, que vale muy gran haber, y diez *salmeros* cargados de plata, y llévalo aquella ermita y ofrecelo. Y si hallares el ermitaño vivo, dáselo y dile que haga y hacer un monasterio de monjes, y que haga comprar muchos heredamientos en que se mantengan.» El caballero Amigo hízolo así, y fue todo cumplido como el Rey mandó, de guisa que hoy en día es el monasterio muy rico y mucho abundado, y dícele el monasterio de Sancti Spiritus, que era la evocación de aquel lugar por honra de la fiesta y de aquella buena obra nueva, que les darían sendos dineros de oro y de comer aquel día.

Y llegose y muy gran compaña y gente, entre los cuales era el pescador cuyo servidor era el caballero Amigo. Y conociolo e hízolo meter a su cámara, y desnudó sus paños muy buenos que tenía, y dióselos y mandole que los vistiese luego. El pescador, no conociéndole, díjole: «Señor, pídote por merced que no quieras que tan aína los vista, ca los que me conocen cuidarán que los hurté; y aunque sepan que tú me los diste, tenerme han por loco en vestir tales paños como estos». «¿Y cómo?», dijo el caballero Amigo, «¿locura es en traerse hombre apuesto y bien vestido? Ciertas mayor locura es en no vestirlos el que los tiene, mayormente no costando nada. Y si otra razón no me dices porque extrañas de vestirlos, no te tendré por de buen entendimiento». «Ciertas, señor, yo te lo diré», dijo el pescador, «según el poco entendimiento que yo he. Bien sabes tú, señor, que tales paños como estos no caen para hombre pobre, sino para hombre muy rico y muy hecho, y cuando estos dejare, que puede hacer otros tales o mejores». «Ciertas», dijo el caballero Amigo, «¿que podrás tú llegar a tal estado en algún tiempo que esto pudieses hacer?». «Señor», dijo el pescador, «sí creo, cola ayuda de Dios y en la su merced, que lo puedo hacer». «Ahora te digo», dijo el caballero Amigo, "que te tengo por de mejor seso que no cuando yo me partí de ti, que dijiste que no veías en mí señales por que Dios me hiciese mejor que tú, y yo respondite que te acomendaba al tu poco seso, y así me despedí de ti». «Señor», dijo el pescador, «nunca yo tal palabra dije, ca sería gran locura en decir a tan poderoso señor como tú que no podría ser mejor que yo». «¿Y no me conoces», dijo el caballero Amigo, «que guardaba la choza ribera del mar?» Y el pescador lo cató mucho y conociolo y dejose caer a sus pies. El caballero Amigo le hizo levantar y le dijo así: «Amigo, no tengas en poco el poder de Dios, ca Él es poderoso de hacer lo que otro ninguno no puede hacer; y doyte aquestos paños por la saya vieja que me diste cuando me partí de ti, porque no tenías al que me dar. Y por la respuesta que ahora diste, como hombre de buen entendimiento, mando que te den, de la merced que Dios me hizo, mil dineros de oro en que puedas hacer cada año en tu vida otros tales paños, y otros mil dineros para mantener tu casa; y si te falleciere en algún tiempo, mando que te vayas a mí al reino de Mentón, y yo te quiero cumplir de lo que te fuere mester. Y demás, tengo por bien que tú seas veedor y mayordomo de todas las cosas del monasterio so el abad: el cual abad es el ermitaño dela ermita, huésped del rey de Mentón, y lo tuvo por bien ca muchos placeres había recibido del pescador».

Y por tales como estos dice el proverbio antiguo que no nace quien no medre. Y ciertamente de muy pobres que estos eran llegaron a buen estado, y señaladamente el caballero Amigo, así como adelante oiréis. Y de sí tornáronse el caballero Amigo para el rey de Mentón, y contole lo que había hecho, y plugo al Rey muy de corazón porque tan bien lo hiciera, y agradecióselo mucho, y señaladamente porque el ermitaño era ende abad, ca era muy buen hombre y muy honesto.

Y luego hizo el Rey llamar a sus hijos que viniesen ante él, y dijo a Garfín: «Hijo, a nos hizo Dios mucho bien y mucha merced, más de cuanto nos merecemos, porque somos tenidos de agradecérselo en todo tiempo tan buen servicio. Y tú sabes que ya has de ser rey después de mis días, porque ha mester que a Roboán tu hermano que le hagas muy buena parte del reino, en manera que haya su parte de la honra y de la merced que Dios a nos hizo.» Garfín fue besar las manos por esta merced que le decía, y díjole que no solamente hubiese parte, mas de todo en todo fuese señor y ordenador, y aún, si se pudiese, que amos a dos pudiesen haber nombre de rey, que le placía muy de corazón. «Hijo», dijo el Rey, «díceslo muy bien, y cierto soy que si lo cumplieres Roboán siempre te será mandado y pugnará en acrecer tu honra». «Padre señor», dijo Roboán, «bien fío, por la merced de Dios Nuestro Señor, que Él, que hizo a vos merced y a mi hermano en querer hacer a vos rey y a él en pos vos, que no querrá a mí desamparar ni olvidar; y no quiera Dios que por parte que Él quiera dar a mí en el reino yo mengüe de la su honra en ninguna cosa; mas yo, sirviendo a Dios, pugnaré en trabajar y hacer tanto que Él por la su piedad me pondrá en tan gran honra como a mi hermano; queme queráis hacer algo de lo vuestro y que me deis trescientos caballeros con que vaya probar las cosas del mundo, porque más valga».

Ciertas con estas palabras que Roboán dijo pesó mucho al Rey, ca tenía que no se quería partir deesta demanda, y por aventura que se partiría, y díjole así: «Roboán, por amor de Dios, que vos no queráis partir de esta tierra donde hizo Dios gran merced a mí y a vos, ca andando por tierras extrañas pisa hombre muchos trabajos y muchos peligros, y aquí habéis vida holgada y todo se hará y se ordenará en el reino así como vos mandareis.» «Señor», dijo Roboán, «pues yo a vos y a mi hermano dejo asosegados en el reino, así como que habéis muy bueno y muy en paz, loado sea Dios, pídoos por merced que hayáis duelo de mí, ca viciosos y *lazrados*[34] todos han a morir, y no finca al hombre en este mundo sino los buenos hechos que hace, y esto es durable por siempre. Ca, ¿qué pro me tendría de fincar yo aquí y haber vida muy viciosa y muy holgada, sin ningún bien hecho que yo hiciese? Ciertas, el día que yo muriere morirá todo el vicio y toda la holgura de este mundo, y no deja-

---

[34] Padecer y sufrir trabajos y miserias.

ría en pos mí ninguna cosa porque los hombres bien dijesen de mí; ca bien os digo, señor, que la mayor mengua que me semeja que en caballero puede ser es esta: en quererse tener vicioso, pónese en olvido y desampárase de las cosas en que podría haber mayor honra de aquella en que está; ca ciertamente ojo tengo para trabajar y para ganar honra». «Pues así es», dijo el Rey, «Dios por la su merced te lo endrece y te lo lleve adelante. Y fío por Él que así será. Y según por mi intención es, cierto soy y no pongo en duda que has a llegar a mayor estado que nos por el tu propósito, que tan bueno es; mas quiero que Garfín y tú seáis mañana en la mañana conmigo, ca os quiero aconsejar también en hecho de caballería como en guarda de vuestro estado y de la vuestra honra cuando Dios os la diere».

Y otro día en la mañana fueron con el rey Garfín y Roboán, y oyeron misa con él. Y cuando fue dicha, mandó el Rey a todos los que y estaban que se fuesen, porque había mucho de librar en su casa de la su hacienda y pro del reino, y entrose en su cámara con Garfín y con Roboán, sus hijos, y asentose ante él, las caras tornadas contra él, y bien así como maestro que quiere mostrar a escolares.

El su comienzo del Rey fue este.

Castigos del rey de Mentón

«Míos hijos, por el mío consejo vos haréis así como ahora os diré: lo primero, amaréis y serviréis y temeréis a Dios que os hizo, y os dio razón y entendimiento para hacer bien y saberos guardar del mal. Ca dice en Santa Escritura que el comienzo de la sabiduría es el temor de Dios. Y por ende el que a Dios teme siempre es guardado de yerro; y desí guardaréis sus mandamientos con gran temor de no le fallecer en ningunos de ellos, y señaladamente guardaréis aquel en que manda que honre a su padre y a su madre si quiere haber buen galardón sobre la tierra. Y mal pecado, más son los que se inclinan a tomar el mal consejo, pues a su voluntad es, que el bueno: para el hombre de buen entendimiento, cuando el mal consejo y el bueno ven y lo entienden, acógese antes al bueno maguer sea con deleite y a su voluntad; así como aconteció a un rey mancebo de Armenia, comoquiera que vivía a su voluntad.»

Dice el cuento que este rey iba a caza y halló un predicador en el camino que predicaba al pueblo, y díjole: «Predicador, yo voy a caza a gran prisa, y no puedo estar a tu predicación, que lo alongas mucho; mas si la quieres abreviar, me pararía a oírla.» Dijo el predicador: «Los hechos de Dios son tantos y de tantas maneras que no se pueden decir en pocas palabras, mayormente a aquellos que tienen ojo por las vanidades de este mundo más que por castigos y las palabras de Dios, e id vos a buena ventura, y dejad oír la predicación a aquellos que han sabor de oírla y se pagan de conocer la merced que Dios os hizo en les dar entendimiento para oírlas y aprenderlas; pero mémbreseos que por un pecado solo fue Adán echado de paraíso; y por ventura si querrá acoger en él a quien fuere encargado de muchos».

Y el Rey fuese, y anduvo pensando en lo que le dijo el predicador, y tornose. Y entrando por la villa vio un físico que tenía antes sí muchos orinales, y díjole: «Físico, tú que a todos los enfermos cuyos son estos orinales cuidas sanar, ¿y sabrías melecinas para sanar y guarecer de los pecados?» Y el físico cuidó que era algún caballero, y díjole: «Tú, caballero, ¿podrás sufrir la amargura de la melecina?» «Sí», dijo el Rey. «Pues escribe», dijo el físico, «esta receta por preparativo que has a tomar primero para mudar los humores de los tus pecados, y después que hubieres bebido el jarope, darte he la melecina para desembargarte de tus pecados. Toma las raíces del temor de Dios y meollo de los sus mandamientos, y la corteza de la buena voluntad de quererlos guardar, y los mirabolanos de la caridad, y simiente de atemperamiento de mesura, y la simiente de la constancia, que quiere decir firmeza, y la simiente de la vergüenza, y ponlo a cocer todo en caldera de fe y de verdad, y ponle fuego de justicia, y sórbelo con viento de sapiencia, y cueza hasta que alce el fervor de contrición, y espúmalo con cuchar de paciencia, y sacarás en la espuma las horruras de vanagloria y las horruras de la soberbia, y las horruras de la envidia, y las horruras de la codicia, y las horruras de lujuria, y las horruras de ira, y las horruras de avaricia, y las horruras de glotonía, y ponlo a enfriar al aire de vencer tu voluntad en los vicios del mundo, y bébelo nueve días con vaso de bien hacer, y madurarán los humores endurecidos de los tus pecados de que no te arrepentiste ni hiciste enmienda a

Dios, y son mucho ya endurecidos, y quiérente toller de pies y de manos con gota halaguera, comiendo y bebiendo y envolviéndote en los vicios de este mundo, para perder el alma, de la cual has razón y entendimiento y todos los cinco sentidos del cuerpo. Y después de que tomares este jarope preparativo, tomarás el ruibarbo fino del amor de Dios una dracma, pesado con balanzas de haber esperanza en Él que te perdonará con piedad los tus pecados. Y bébelo con el suero de buena voluntad, pero no tornarás más a ellos. Y así serás guarido y sano en el cuerpo y en el alma.» «Ciertas, físico», dijo el Rey, «mucho es amarga esta tu melecina, y no podría sufrir su amargura, ca de señor que soy, me quieres hacer siervo, y de vicioso lazrado, y de rico pobre». «¿Cómo?», dijo el físico, «¿por tú querer temer a Dios y cumplir sus mandamientos cuidas que serás lazrado? Ciertas no lo cuidas bien, ca Dios, el que teme y cumple sus mandamientos, sácalo de lacerio y de servidumbre del diablo y hácelo libre; y al humildoso y paciente sácalo de lacerio y de cuidado y ensálzalo; y al franco y mesurado del su haber acreciéntale sus riquezas». «Caballero», dijo el físico, «para mientes que muy amargas son las penas del infierno que esta melecina, y por ventura si las podrás sufrir; pero la buena andanza pocos son los que la saben bien sufrir, y la mala sí, ca la sufren amidos, maguer no quieran. Onde, pues buen consejo no quieres tomar, miedo he que habrás a tomar mal consejo de que te hallarás mal. Y acontecerte ha como aconteció a un cazador que tomaba aves con sus redes». «¿Y cómo fue eso?», dijo el Rey.

Dice el cuento que un cazador fue a caza con sus redes, y tomó una calandria y no más, y tornose para su casa, y metió mano a un cuchillo para degollarla y comerla. Y la calandria le dijo: «¡Ay amigo, qué gran pecado haces en matarme! ¿Y no ves que no te puedes hartar de mí, ca soy muy pequeña vianda para tamaño cuerpo como el tuyo? Y por ende tengo que harías mejor en darme de mano y dejarme vivir; y darte he ya tres consejos buenos de que te puedes aprovechar si bien quisieres usar de ellos.» «Ciertas», dijo el cazador, «mucho me place, y si un buen consejo me dieres, yo te dejaré y darte he de mano». «Pues doyte el primero consejo», dijo la calandria, «que no creas a ninguno aquello que vieres y entendieres que no puede ser; el segundo, que no te trabajes en pos la cosa perdida, si entendieres que no la puedas cobrar; el tercero, que no acometas cosa que entiendas que no puedas acabar. Y estos tres consejos semejantes uno de otro te doy, pues uno me demandaste». «Ciertas», dijo el cazador, «buenos tres consejos me has dado». Y soltó la calandria y diole de mano, y la calandria andando volando sobre la casa del cazador hasta que vio que iba a caza con sus redes, y allá fue volando en derecho de él por el aire, parando mientes si se acordaría de los consejos que le diera, y si usaría de ellos. Y andando el cazador por el campo armando sus redes, llamando las aves con sus dulces cantos, dijo la calandria que andaba en el aire: «¡Oh mezquino, cómo fuiste engañado de mí!» «¿Y quién eres tú?», dijo el cazador. «Yo soy la calandria que diste hoy de mano por los consejos que yo te di.» «No fui engañado según yo cuido», dijo el cazador, «ca buenos consejos me diste». «Verdad es», dijo la calandria, «si bien los aprendiste». «Pero», dijo el cazador a la calandria, «dime en qué fui engañado de ti». «Yo te lo diré», dijo la calandria. «Si tú supieras la piedra preciosa que tengo en el vientre, que es tan grande como un huevo de estrús, cierta soy no me dieras de mano, ca fueras rico para siempre jamás si me la tomaras, y yo perdiera la fuerza para acabar lo que quisieres.» El cazador cuando lo oyó fincó muy triste y muy cuitado, cuidando que era así como la calandria decía, y andaba en pos ella por engañarla otra vegada con sus dulces cantos. Y la calandria como era escarmentada guardábase de él y no quería descender del aire, y díjole: «¡Oh loco, qué mal aprendiste los consejos que te di!» «Ciertas», dijo el cazador, «bien me acuerdo de ellos». «Puede ser», dijo la calandria, «mas no los aprendiste bien, y si los aprendiste no sabes obrar de ellos». «¿Y cómo no?», dijo el cazador. «¿Tú sabes», dijo la calandria, «que dije al primero consejo que no quisieres creer a ninguno lo que vieses y entendieses que no podría ser?». «Verdad es», dijo el cazador. «¿Pues cómo», dijo la calandria, «has tú a creer que en tan pequeño cuerpo como el mío pudiese caber tan gran piedra como el huevo de ostrús? Bien debías entender que no es cosa de creer. El segundo consejo, te dije que no trabajases en la cosa perdida si entendieses que no la pudieses cobrar». «Verdad es», dijo el cazador. «Pues ¿por qué te trabajas», dijo la calandria, «en cuidar que me podrás prender otra vez en tus lazos con tus dulces cantos? ¿Y no sabes que de los escarmentados se hacen los arteros? Ciertas bien debías entender que, pues una vegada escapé de tus manos, que me guardaré de meterme en tu poder, y gran derecho sería que me matases como quisiste hacer la otra vegada, si de ti no me guardase. Y en el tercero consejo te dije que no acometieses cosa que entendieses que no pudieses acabar». «Verdad es» dijo el cazador. «Y pues tú ves», dijo la calandria, «que yo ando volando por donde quiero en el aire, y que tú no puedes subir a mí, ni has poder de hacerlo, ca no lo has por natura, y no debías acometer de ir en pos de mí, pues no puedes volar así como yo». «Ciertas», dijo el cazador, «yo no holgaré hasta que te tome por arte o por fuerza». «Soberbia dices», dijo la calandria, «y guárdate, ca Dios de alto hace caer los soberbios».

Y el cazador, pensando en cómo podría volar para tomar la calandria, tomó sus redes y fuese para la villa; y halló un trasechador que estaba trasechando antes muy gran gente, y díjole: «Tú, trasechador, que muestras uno por al y haces creer a los hombres lo que no es, ¿me podrías hacer que semejase ave y pudiese volar?» «Sí podría», dijo el trasechador. «Toma las péñolas de las aves y pégalas a ti con cera, e hinche de péñolas todo el cuerpo y las piernas hasta en las uñas, y sube a una torre alta y salta de la torre y ayúdate de las péñolas cuanto pudieres.» Y el cazador hízolo así, y cuando saltó de la torre cuidando volar, no pudo ni supo, ca no era de su natura, y cayó en tierra y quebró y murió. Y gran derecho era, ca no quiso creer el buen consejo que le daban, y creyó el mal consejo que no podía ser por razón de natura.

Y el Rey, cuando oyó esto, tuvo que el físico le daba buen consejo, y tomó su castigo y usó del jarope y de la melecina, maguer le semejaba que era amarga y no la podría sufrir, y partiose de las otras levedades del mundo, y fue muy buen rey y bien acostumbrado, y amado de Dios y de los hombres; en manera que por el amargor de esta melecina que le dio el físico, usando y obrando de ella, excusó las amarguras de las penas del infierno.

Y vos, míos hijos, dijo el rey de Mentón, siempre parad mientes a los consejos que os dieren los que viereis que son en razón y pueden ser a vuestra pro y a vuestra honra. Recibidlos de grado y usad de ellos y no de los que fueren sin razón, y que no pueden ser a vuestra pro y a vuestra honra, y que no pueden ser amados y honrados y apreciados de Dios y de los hombres: la primera es aprender buenas costumbres; la segunda es usar de ellas onde la una sin la otra poco valen al hombre que a gran estado y a gran honra quisiese llegar.

Amigos hijos, habéis a saber que en las buenas costumbres hay siete virtudes, y son estas: humildad, castidad, paciencia, abstinencia, franqueza, piedad, caridad, es decir, amor verdadero. De ellos oiréis decir adelante, y aprenderéis sus propiedades de cada una en su lugar. Y creed que con las buenas costumbres en que yacen estas virtudes, puede ser dicho noble aquel que de ellas fuere señor; ca dice un sabio: «Ni por el padre ni por la madre no es dicho noble el hombre, mas por buena vida y buenas costumbres que haya.» Y otro sabio dice a su hijo: «Creas que puede ser noble por la alta sangre, ca del linaje ni por las buenas costumbres de ellos, mas por las costumbres, si en sí ellas hubiere.» Y por ende dicen que la mujer apuesta no es de lo ajeno compuesta; ca si de suyo no hubiera la apostura, poco mejoraría por colores postizos, onde ninguno se puede bien loar de bondad ajena, mas de la suya propia.

Y así, míos hijos, aprendiendo buenas costumbres y usando bien de ellas, seréis nobles y amados y preciados de Dios y de los hombres. Pero debéis saber que el noble debe haber en sí estas siete virtudes que de suso dijimos; y demás que sea amador de la justicia y de la verdad.

El noble, cuanto es más alto, tanto debe ser más

humildoso, y cuanto es más noble y más poderoso, tanto debe ser más humildoso, y cuanto más noble y más poderoso, tanto debe ser mesurado. Ciertas, muchos embargos ha de sufrir el que quiere ganar nobleza, ca ha de ser franco a los que pudieren y paciente a los que erraren y honrador a los que vieren. Onde el que quiere ser noble y use bien de ellas, conviene que sea de buenas costumbres y que use bien de ellas, y debe perdonar a cuantos le erraren y debe hacer algo a los que se lo demandaren, y no debe parar mientes a la torpedad de los torpes. Ca dice un sabio: «Si quieres ser de buenas costumbres de algo que pediste y no te lo dio, y perdona al que te hizo mal y hazle bien, ca tú haciéndole bien pensará y entenderá que hizo mal y arrepentirse ha; y así harás de malo bueno». Y sabed que todas estas cosas son mester a los que quieren ser de buenas costumbres: la una es que sea mesurado en sus dichos y en sus hechos; la otra es que sea franco a los que hubieren mester. Y míos hijos, cuando os hiciere gran merced, si usarais de ella bien, duraros ha, y si no, sabed que la perderéis, ca Dios no deja sus dones en el que no lo merece ni usa bien de ellos. Ca derecho escrito es que merece perder la franqueza del privilegio que le dieron el que mal usa de él; y no queráis departir ante aquel que tenéis que os desmentirá, y no pidáis aquel que cuidáis que no os dará, y no prometáis lo que no podéis cumplir ni tuviereis en corazón de dar; y pugnad en ser con hombres de buena fe, ca ellos raen de los corazones la orín de los pecados. El que ama ser de los buenos es alto de corazón, y el que hace buenas obras gana prez. Y si quisieres cumplir los mandamientos de la ley, no haréis a otro lo que no querríais hiciesen a vos. Sabed que en amor de Dios se ayuntan todas las buenas costumbres.

Onde, míos hijos, debéis saber que la primera y la preciada de buenas costumbres es castidad, que quiere decir temperanza, porque hombre gana a Dios y buena fama. Y sabed que castidad es amansar y atemperar hombre su talante en los vicios y en los deleites de la carne y en las otras cosas que son contrarias de la castidad y mantener su cuerpo y su alma, ca ninguna alma no puede entrar en paraíso sino después de que fuere purgada y limpia de sus pecados, así como cuando fue enviada al cuerpo. Y ciertas, de ligero podrá hombre refrenar su talante en estos vicios si quisiere, salvo en aquello que es ordenado de Dios, así como en los casamientos. Mas los hombres torpes dicen que, pues Dios hizo másculo y hembra, que no es pecado; ca su pecado es que Dios no se lo debía consentir, pues poder ha de vedárselo, y yerran malamente en ello, ca Dios no hizo al hombre como las otras animalias mudas a quien no dio razón ni entendimiento y no saben ni entienden qué hacen pero en sus tiempos para engendrar, y en el otro tiempo guárdanse. Y por eso dio Dios al hombre entendimiento y razón, porque se pudiese guardar del mal y hacer bien, y diole Dios su albedrío para escoger lo que quisiese, así que si mal hiciese que no recibiese galardón. Y ciertamente, si el entendimiento del hombre quisiese vencer a la natura, sería siempre bien. Y en esta razón dicen algunos de mala creencia que cada uno es juzgado según su nacencia.

Dice el cuento que hay un ejemplo que dice así: que afirmó un filósofo y llegó a una ciudad y tomó escuela de filosofía que es para juzgar a los hombres por sus facciones de cuántas maneras deben ser. Y un hombre de la ciudad que desamaba ayuntó algunos de esos escolares y demandoles así y dijo: «¿Quien tal frente tiene, según lo que aprendistes, qué muestra?» Dijeron ellos que debía ser lujurioso. «¿Y quién hubiese tales cellas qué muestra?» Dijeron ellos que debía ser mentiroso. Y ellos dijeron: «Pues tales son las señales de vuestro maestro, y según él os enseña, de tales malas maneras había ser». Y ellos fuéronse luego para su maestro y dijéronle: «Maestro, nos vemos que vos sois tan guardado en todas cosas y tan cumplido de todo bien que se da a entender que este saber no es verdadero, ca más por aguisado tenemos de dudar de esta ciencia que de dudar de vos a firme.» Su maestro respondió como sabio y dijo: «Hijos, sabed que todas cosas codicio yo todavía y aquellas me vienen al corazón, y yo forcelo de guisa que no paso poco ni mucho a nada de cuanto la natura del cuerpo codicia, y pugno todavía en esforzar el alma y en ayudarla porque cumpla cuantos bienes debe cumplir, y por esto soy yo tal que veis, maguer muestra mi bulto las maneras que dijisteis. Y sabed que dijo un sabio allá donde demandó que halló de las de los signos en astrología y del que sube en ellos, y dijo que en toda una faz suben muchas figuras de muchas maneras, y lo que sube en la faz primera, que es grado de accidente, siempre lo ama hombre que quiere todavía haber solaz con él, más que en ninguna otra cosa. Ca sabed que en la faz del mi accidente suben dos negros paños y no sé en este mundo que más codicie en mi voluntad y mande que nunca entrase hombre negro ante mí.»

Y otrosí, sabéis que un hombre demandó a un sabio que, si la nacencia del hombre mostraba que había a matar y a hacer mal, pues naciera en tal punto que lo había de hacer, ca no le semejaba que había culpa. Respondió el sabio y dijo: «Porque ha el hombre el albedrío libre, por eso ha de lazrar por el mal que hiciere.» «¿Y que buen albedrío», dijo el otro, «podría haber el que nació en punto de ser malo?» El sabio no le quiso responder, ca tantas preguntas podría hacer un loco a que no podrían dar consejo todos los sabios del mundo; pero que él pudiera responder muy bien aquesto, si quisiera: ca las cosas celestiales obran en las cosas elementales, y manifiesta cosa es que los cuerpos de los hombres son elementales y no valen cuando son sin almas que si fuesen lodo. Y el alma es espiritual, de vida que envía Dios en aquellos que Él quiere que vivan, y cuando se ayunta el alma al cuerpo, viene ende hombre vivo y razonable y mortal; y el alma sin cuerpo y el cuerpo sin alma no son para ningún hecho del mundo, ca por su ayuntamiento es la vida del cuerpo; y el departimiento es la muerte. Y porque es el alma espiritual y el cuerpo elemental, por eso ha el alma virtud de guiar el cuerpo. Y maguer que los aparejamientos de las estrellas muestran algunas cosas sobre la nacencia de algún hombre, la su alma ha poder de defenderlo de ellos si Él quisiere, por ella es espiritual y es más alta que las estrellas y más digna que ellas, ca están so el cielo nueve, y el alma viene de sobre el cielo deceno, y así lo dicen los astrólogos. Y por aquí se prueba que en el poder del hombre es defender bien y mal. Y este conviene que haya galardón o pena por lo que hiciera. Onde por esto, míos hijos, debéis saber que en poder del hombre es que pueda esforzar las vanidades del alma, ca este albedrío es dado al hombre bien y mal porque haya galardón o pena.

«Y por ende, míos hijos», dijo el rey de Mentón, «debéis creer y ser ciertos que no place a Dios ningún mal, porque Él es bueno y cumplido, y no conviene que ninguna mengua haya por Él. Y los que a Él dicen o creen bien, ni son obedientes a Dios, ni temen la pena que podrían recibir en este mundo de los reyes que mantienen la ley. Onde todo hombre que quiere ganar honra y subir a alto lugar, debe ser obediente a los mandamientos de Dios primeramente, y desí al señor terrenal. Ca la obediencia es virtud que debe ser hecha a los grandes señores, y señaladamente a los que han el señorío, de serles obedientes y hacerles reverencia; ca no vive hombre en este mundo sin mayor de todos en lo espiritual, pero que Dios es sobre él, a quien es tenido de dar razón del oficio que tomó encomendado.

Y sabed que obediencia es amar hombre verdaderamente a su señor y que le sea leal y verdadero en todas cosas, y que le aconseje sin engaño, y que pugne en hacerle servicio bueno y leal, que diga bien de él cada que le acaeciere, y que le agradezca su bien hacer consejeramente, y que amen su voluntad a ser pagado de él por quequier que le haga, si por castigo se lo hiciere. Ca sobre esto dijeron los sabios ca así debe ser hombre obediente a su rey. Y por ende dijeron: «Temed a Dios, porque le debéis obedecer.» Y sabed que con la obediencia estuerce hombre toda mala estanza y sálvase de toda mala sospecha, ca la obediencia es guarda de quien la quiere, y castillo de quien anduviere; ca quien ama a Dios ama a sus cosas, y quien ama a sus cosas ama a la ley, y quien ama a la ley debe amar al rey que la mantiene. Y los que son obedientes a su rey son seguros de no ver bullicio en el reino y de no crecer codicia entre ellos porque hayáis a hacer su comunidad; ca serán seguros de no salir de regla y de derecho. Y no debe ninguno de los del reino reprehender al Rey sobre las cosas que hiciere para endrezamiento del reino, y todos los del reino se deben guiar por el Rey. Y sabed que con la obediencia se enmiendan las peleas y se guardan los caminos y aprovecen los buenos. Y nunca fue hombre que pugnase en desobedecer al Rey y buscarle mal a tuerto, que no le diese Dios mal andanza antes que muriese; así como aconteció a Rages, sobrino de Fares, rey de Siria, según ahora oiréis.

Dice el cuento que Dios es guiador de los que mal no merecen, y puso en corazón del rey Tabor, maguer mozo, ca no había más de quince años, que parase mientes y viese y entendiese el mal y la traición en que le andaban aquellos que le debían guardar y defender; ca ya cerca eran de cumplir de todo en todo y su mal propósito, y desheredar al Rey y fincar Rages señor del reino. Y porque algunos amigos del Rey que le amaban servir, y se sentían muchas de estas cosas que veían y entendían para desheredarlo, decíanle al Rey en su puridad que parase mientes en ello y se sintiese y no quisiese andar dormido y descuidado de la su hacienda, y aviváronle y despertáronle para pensar en ello.

Y el Rey estando una noche en su cama parando mientes en estas cosas que le decían y que veía él por señales ciertas, pensó en su corazón que para fincar él rey y señor, que él con Dios y con el su poder, que había a poner las manos contra aquellos que le querían desheredar. Y semejole que para librarse de ellos que no había otra carrera sino esta, y adurmiose. Y en durmiéndose vio como en sueños un mozo pequeño que se le puso delante y le decía: «Levántate y cumple el pensamiento que pensaste para ser rey y señor, ca yo seré contigo con la mi gente». Y en la gran mañana levantose, y cuidando que fuera de los suyos mozos que le aguardaban todavía, llamolos y preguntoles si fuera alguno de ellos a él esta noche a decirle algo, y ellos le dijeron que no. «Pues así es», dijo el Rey, «prometedme que me tengáis puridad de lo que os dijere». Y ellos prometiéronselo, y el Rey contoles el mal en que le andaba Rages y de lo que cuidaba hacer con Joel su amigo y con los otros del reino. Y esto que él quería cometer que no lo podría hacer sin ayuda y consejo de ellos. Y comoquiera que ellos sabían que todas estas cosas que el Rey decía que eran así y lo vieran y entendieran, y dijo el uno: «Señor, gran hecho y muy grave quieres comenzar para el hombre de la edad que vos sois y para cuales ellos son, y de tan gran poder.» El otro dijo: «Señor, parad y mientes y guardaos lo entiendan, si no, muertos y estragados somos vos y nos; ca un día nos ahogarán aquí en esta cámara como a sendos conejos.» Y el otro dijo: «Señor, en las cosas dudosas gran consejo y ha mester, así como en este hecho, que es muy dañoso si se puede acabar o no.» Y el otro dijo: «Señor, quien cata la fin de la cosa que quiere hacer, a quien pueda recurrir, no yerra.» Y el otro dijo: «Señor, mejor es tardar y recaudar que no haberse hombre a arrepentir por arrebatarse; onde señor, comoquiera que seamos aparejados de serviros y de nos parar a todo lo que nos acaeciere en defendimiento de la vuestra persona y del vuestro señorío, como aquellos que nos tenemos por vuestra hechura y no habemos otro señor por quien catar si por Dios y por vos solo, y pedímoos por merced que sobre este hecho queráis más pensar; que nunca tan aína lo comencéis que todos los más del reino no sean con ellos, y convusco, mal pecado, ninguno; ca os han mezclado con la gente del vuestro señorío.»

Y el Rey sobre esto respondioles así: «Amigos,

quiero responder a cada uno de vos a lo que me dijisteis. A lo que dijo el primero que este hecho era muy grande y muy grave de cometer para cuanto de pequeña edad yo era y para cuando poderosos ellos eran, digo que es verdad; mas si la cosa no se comienza nunca se puede acabar. Y por ende nos conviene que comencemos con la ayuda de Dios, que sabe la verdad del hecho, y soy cierto que nos ayuda. Y a lo que dijo el otro que parase mientes en ello que no se lo entendiesen, que si no en un día seríamos ahogados en esta cámara, digo que aquel Dios verdadero y sabedor de las cosas que me lo puso en corazón, pensé en ello y paré y bien mientes; ca bien debéis entender que tan gran hecho como este no vendría de mío entendimiento ni de mío esfuerzo, sino de Dios que me movió a ello y me lo puso en corazón. Y a lo que dijo el otro que quien gran hecho ha de comenzar mucho debe cuidar para acabar su hecho sin daño de sí, digo que es verdad, mas ¿cuál pensamiento puede cuidar sobre el cuidar de Dios y lo que Él hace para hacerlo mejor? Ciertas, no ninguno; ca lo que Él da o hace cierto es y sin duda, y por ende no habemos que cuidar sobre ello. Y a lo que dijo el otro, que en las cosas dudosas gran consejo era mester, así como en este hecho, si se puede acabar, pues es dudoso o no, digo que es verdad, mas en lo que Dios ordena no hay duda ninguna ni debe haber otro consejo sobre su ordenamiento; ca Él fue y es guía y ordenador de este hecho. Y a lo que dijo el otro, que quien cata la fin de la cosa que quiere hacer y a lo que puede recudir no yerra, puede ir más cierto a ello, digo que Dios es comienzo de todas las cosas y medio y acabamiento de todas las cosas. Y por ende Él, que fue comienzo de este hecho, cierto soy que Él cató el comienzo y la fin de él. Y a lo que dijo el otro, que mejor era tardar y recaudar que no arrepentirse por arrebatarse, digo que en las cosas ciertas no ha por qué ser el hombre perezoso, mas que débelas acuciar y llevar adelante; ca si lo tardare, ¿por ventura no se habrá otro tal tiempo por acabarlo? Y a lo que decís todos, que nunca tan aína comencéis este hecho que todos los de la tierra no sean por los otros y por mí ninguno, digo que no es así, ca la verdad siempre anduvo en plaza paladinamente y la mentira por los rincones escondidamente; y por ende la voz de la verdad más acompañada fue siempre que la voz de la mentira; así como lo podéis ver visiblemente con la virtud de Dios en este hecho. Ca a la hora que fuesen muertos estos falsos, todos los más de los suyos y de su consejo derramarán por los rincones con muy gran miedo por la su falsedad que pensaron, así como los ladrones nocherniegos que son ciento, a la voz de uno que sea dado contra ellos, huyen y escóndense; y todos los otros que no fueron de su consejo recudirán a la voz del Rey, así como aquel que tiene verdad. Y debéis saber que mayor fuerza y mayor poder trae la voz del rey que verdadero es, que todos las otras voces mentirosas y falsas de los de su señorío. Y amigos», dijo el Rey, «no os espantéis, ca sed ciertos que Dios sera y conusco y nos dará buena cima a este hecho». «Señor», dijeron los otros, «pues así es y tan a corazón lo habéis, comenzad en buen hora, ca convusco seremos a vida o a muerte». «Comencemos cras en la mañana», dijo el Rey, «de esta guisa; no dejando entrar a ninguno a la cámara, y diciendo que yo esta noche hube calentura y que estoy durmiendo. Y aquellos falsos Rages y Joel, con atrevimiento y del su poder y de la privanza, placiéndoles de la mi dolencia, entrarán solos a saber si es así; y cuando ellos entraren, cerrad la puerta y yo haré que me levanto a ellos por honrarlos, y luego metamos mano al hecho y matémoslos como a traidores y falsos contra su señor natural, y tajémosles las cabezas. Y subiréis dos de vosotros al tejado de la cámara con las cabezas, mostrándolas a todos, y decid así a grandes voces: "¡Muertos son los traidores Rages y Joel, que querían desheredar a su señor natural!", y echad las cabezas delante y decid a altas voces, "¡Sería por el rey Tabor!" Y ciertos sed que de los de su parte no fincará ninguno que no huyan, y no tendrán uno con otro. Ca los malos nunca catan por su señor de que muerto es, y los buenos sí; ca reconocen bien hecho en vida y en muerte de aquel que se lo hace. Y todos los otros del reino recudirán a la voz del Rey así como las abejas a la miel, ca aquella es la cabeza a que deben recudir; ca el Rey es el que puede hacer bien y merced acabadamente en su señorío y no otro ninguno».

Y los donceles acordaron de seguir la voluntad de su señor, en manera que bien así como el Rey les dijera, bien así se cumplió todo el hecho. Y cuando los hombres buenos del reino recudieron a la voz del Rey, así como era derecho y razón, y supieron en cómo pasó el hecho, maravilláronse mucho de tan pequeños mozos como el Rey y los donceles acometer tan gran hecho; ca ninguno de los donceles no había de dieciocho años arriba, y aun de ellos eran menores que el Rey. Y por ende los del reino entendieron que este hecho no fuera sino de Dios ciertamente; ca cuando demandaban al Rey y a cada uno de los donceles el hecho en cómo pasara, decían que no sabían, mas que vieran la cámara llena de hombres vestidos de blancas vestiduras, sus espadas en la mano y un niño entre ellos vestido así como ellos ayudándolos y esforzándolos que cumpliesen su hecho. Onde todo hombre se debe guardar de no decir mal ni hacer mal ni buscar mal sin razón a su señor natural; ca cualquiera que lo haga, cierto sea de ser mal andante antes que muera. Y eso mismo, debe el señor a los vasallos que lealmente lo sirven, haciéndoles mucho bien y mucha merced, ca tenido es de hacerlo. Y haciéndolo así, cierto sea que Dios lidiará por él contra los que falsamente le sirvieren, así como lidió por este rey de Siria.

Otrosí, míos hijos, guardaos de hacer enojo a vuestro rey; ca aquel que enoja al Rey, empécele, y quien se alongare, no se acordará de él. Y guardaos de caer al Rey en yerro, ca ellos han por costumbre de contar el muy pequeño yerro por grande, pero que lo hombre haya hecho tan gran servicio luengo tiempo, todo lo olvida a la hora de la saña. Y quien se hace muy privado al Rey, enójase de él, y quien se le tiene en caro, aluéngalo de sí, si no lo ha mucho mester. Y ellos han por manera de enojarse de los que se les hacen muy privados y de querer mal al que se le tiene en caro. Y por ende cuanto más os alongare el Rey a su servicio, tanto más le habéis haber reverencia; ca sabed que no ha mayor saña ni más peligrosa que la del Rey; ca el Rey riendo manda matar, y juzgando manda destruir, y a las vegadas deja muchas culpas sin ningún escarmiento. Y por ende no se debe hombre ensañar contra el Rey maguer le maltraiga, y no se debe atrever a él maguer sea su privado; ca el Rey ha braveza en sí y ensáñase como león, y el amor del Rey es penador, ca mata horas ya con la primera lanza que le acaece cuando le viene la saña, y después pone al vil en lugar del noble, y al flaco en lugar del esforzado y págase de lo que hace, sol que sea a su voluntad. Y sabed que la gracia del Rey es el mejor bien terrenal que hombre puede haber, pero no debe mal hacer ni soberbia ni atrevimiento del amor del Rey, ca amor de rey no es heredero ni dura todavía. A la semejanza del Rey es como la vid, que se traba a los árboles que halla más cerca de sí, cualesquiera que sean, y sobre ellos se tiende y no busca mayores, pues que están lueñe de él.

Y míos hijos, después de esto amaréis a Dios primeramente, y el amor verdadero en sí mismo comienza, y desí os entenderéis a los otros, haciéndoles bien de lo vuestro y buscándoles pro con vuestro señor en lo que pudiereis. Pero maguer que muy privados seáis, guardaos de enojarlo, ca el que está más cerca de él más se debe guardar que no tome saña contra él ni le empezca; ca el fuego más aína quema lo que halla cerca de sí que lo que está lejos de él. Y si no hubiereis tiempo, no lo enojéis.

Ca todos los tiempos del mundo, buenos y malos, han plazo y días contados cuánto han de durar. Pues si viniere tiempo malo, sufridle hasta que se acaben sus días en que viven los hombres a sombra del señor que ama verdad y justicia y mesura. Ca la mejor partida de la mejoría del tiempo es en el Rey. Y sabed que el mundo es como letras, y las planas escritas como los tiempos; que cuando se acaba la una, comienza la otra. Y ciertos sed que según la ventura del Rey tal es la ventura de los que son a su merced. Y cuando se acaba el tiempo de los que hubieron vez, no les tiene pro la gran compaña ni las muchas armas ni sus asonadas. Y los que comienzan en la vez de la ventura, maguer sean pocos, flacos, siempre vencen y hacen a su guisa. Y esta ventura es cuando Dios los quiere ayudar por sus merecimientos. Y el mejor tiempo que los del reino pueden haber es que sea el Rey bueno y merezca ser amado de Dios, ca aquellos son siempre bien andantes a los que Dios quiere ayudar.

Y por ende, míos hijos, no os debéis atrever al Rey en ninguna cosa, sino cuando viereis que podéis haber tiempo para demandar lo que quisiereis; ca de otra guisa os podría empecer.

Pero, míos hijos, después que vos entendiereis a haber los otros, recibiéndolos y honrándolos de palabra y de hecho, no estorbándolos a ninguno en lo que le fuere mester de procurar ni diciendo mal de ninguno, primeramente amaréis los vuestros y después los extraños con caridad, que quiere decir amor verdadero; ca la caridad es amar hombre su prójimo verdaderamente, y dolerse de él y hacerle bien en lo que pudiere, pero primeramente a los suyos; ca palabra es de la Santa Escritura, que la caridad en sí misma comienza.

Ca todo hombre debe honrar y hacer bien a sus parientes, esfuérzase la raíz y crece el linaje; pero no se lo debe hacer con daño de otros, ca pecado sería de cubrir un altar y descubrir otro. Y bien hacer es temer hombre a Dios y hacer bien a los suyos parientes pobres; ca dicen que tres voces suben al cielo: la primera es la voz de la merced; la otra es del condesijo celado; la otra es de los parientes; ca la voz de la merced dice así: «Señor, hiciéronme, y no me agradecieron lo que recibieron.» Y la voz del condesijo dice así: «Señor, no me hicieron lealtad en mí, ca me despendieron como deben.» La voz de los parientes dice así: «Señor, desdéñanos y no sabemos por qué.» Y sabed que mal estanza es hacer hombre limosna a los extraños y no a los suyos, y quien desama a sus parientes sin razón, hace muy gran yerro salvo si lo merecen. Y por ende dicen que todo desamor que sea por Dios no es desamor, y otrosí, todo amor que sea contra Dios no es amor. Y sabed que no debe hombre desamar a los suyos, quier sean pobres quier ricos, no dándose a maldad porque los parientes reciban deshonra.

Ca de derecho el malo no debe recibir ningún pro de la su maldad, pero a las vegadas debe hombre encubrir los yerros de los suyos, cuando caen en ellos por ocasión y no con maldad ni a sabiendas, y no les debe descubrir ni meter en vergüenza; ca pesa a Dios cuando algunos descubren a los suyos del yerro en que cayeron por ocasión, así como mostró que le pesó cuando Cam, hijo de Noé, descubrió a su padre cuando salió del arca y se embeodó con el vino de la viña que plantó, y lo halló descubierto de aquellos lugares que son de vergüenza, y díjolo a sus hijos en manera de escarnio. Y el padre cuando lo supo, maldíjolo, y Dios confirmolo lo que dijo Noé. Y por ende, míos hijos, siempre amad y guardad a todos comunalmente, pero más a los vuestros, y no hagáis mal a ninguno aunque lo merezca, salvo si fuere tal hombre a quien debéis castigar y lo hubiereis a juzgar; ca pecado mortal es de los malos y no castigarlos quien castigarlos puede y debe. Ciertas, antes debe hombre castigar los suyos que los extraños, y señaladamente los hijos que hubiereis, debeislos castigar sin piedad; ca el padre muy piadoso, ¿bien criados hará sus hijos? Antes saldrán locos y atrevidos. Y a las vegadas lazran los padres por el mal que hacen los hijos mal criados, y es derecho que, pues por su culpa de ellos, no los queriendo castigar, erraron, que los padres reciben la pena por los yerros de los hijos; así como aconteció a una dueña de Grecia de esta guisa:

Y dice el cuento que esta dueña fue muy bien casada con un caballero muy bueno y muy rico, y finose el caballero y dejó un hijo pequeño que hubo en esta dueña y no más. Y la dueña tan gran bien quería este hijo, que porque no había otro, que todo cuanto hacía de bien y de mal, todo se lo loaba y dábalo a entender que le placía. Y desde que creció el mozo, no dejaba al diablo obras que hiciese, ca él se las quería todas hacer, robando los caminos y matando muchos hombres sin razón, y forzando las mujeres dondequiera que las hallaba y de ellas se pagaba. Y si los que habían de mantener la justicia lo prendía por alguna razón de estas, luego la dueña su madre lo sacaba de prisión, pechando algo a aquellos que lo mandaban prender, y traíalo a su casa, no diciéndole ninguna palabra de castigo ni que mal hiciera; antes hacía las mayores alegrías del mundo con él, y convidaba caballeros y escuderos que comiesen con él, así como si él hubiese todos los bienes y todas las provezas que todo hombre podría hacer.

Así que después de todas estos enemigos que hizo, vino el Emperador a la ciudad onde aquella dueña era, y luego vinieron al Emperador aquellos que las deshonras y los males recibieron del hijo de aquella dueña, y querelláronsele. Y el Emperador fue muy maravillado de estas cosas tan feas y tan malas que aquel escudero había hecho, ca él conociera a su padre, y fuera su vasallo gran tiempo, y decía de él mucho bien. Y sobre estas querellas envió por el escudero, y preguntole si había hecho todos aquellos males que aquellos querellosos decían de él, y contáronselos, y él conoció todo, pero todavía excusándose que lo hiciera con mocedad y poco entendimiento que en él había. «Ciertas, amigo», dijo el Emperador, «por la menor de estas cosas debían morir mil hombres que lo hubiesen hecho, si manifiesto fuese y cayese en estos yerros, pues justicia debo mantener y dar a cada uno lo que merece, yo lo mandaría matar por ello. Y pues tan conocido vienes que lo hiciste, no hay mester a que otra pesquisa ninguna y hagamos, ca lo que manifiesto es no hay prueba ninguna mester». Y mandó a su alguacil que lo llevase a matar. Y en llevándolo a matar, iba la dueña su madre en pos él, dando voces y rascándose y haciendo el mayor duelo del mundo, de guisa que no había hombre en la ciudad que no hubiese gran piedad de ella. E iban los hombres buenos pedir merced al Emperador que le perdonase, y algunos querellosos doliéndose de la dueña; mas el Emperador, como aquel a quien siempre él plugo de hacer justicia, no lo quería perdonar, antes lo mandaba matar de todo en todo. Y en llegando a aquel lugar donde lo habían a matar, pidió la madre por merced al alguacil que se lo dejase saludar y besar en la boca antes que lo matasen, y el alguacil mandó a los monteros que le detuviesen y que no lo matasen hasta que su madre llegase a él y lo saludase. Los monteros lo detuvieron y le dijeron que su madre lo quería saludar y besar en la boca antes que muriese, y al hijo plugo mucho: «Bien venga la mi madre, ca ayudarme quiere a que la justicia se cumpla según debe, y bien creo que Dios no querrá al sino que sufriese la pena quien la merece.» Todos fueron maravillados de aquellas palabras que aquel escudero decía, y atendieron por ver a lo que podría recudir. Y desde que llegó la dueña a su hijo, abrió los brazos como mujer muy cuitada y fuese para él. «Amigos», dijo el escudero, «no creáis que yo me vaya, antes quiero y me place que se cumpla la justicia, y me tengo por muy pecador en hacer tanto mal como hice, y yo lo quiero comenzar en aquel que lo merece». Y llegó a su madre como que la quería besar y abrazar, y tomola con amas a dos las manos por las orejas a vuelta de los cabellos, y fue poner la su boca con la suya, y comenzola a roer y la comer todos los labros, de guisa que no le dejó ninguna cosa hasta en las narices, ni del labro de yuso hasta en la barbilla, y fincaron todos los dientes descubiertos, y ella fincó muy fea y muy desfazada.

Todos cuantos y estaban fueron muy espantados de esta gran crueldad que aquel escudero hiciera, y comenzáronlo a denostar y maltraer. Y él dijo: «Señores, no me denostéis ni me embarguéis, ca justicia fue de Dios, y Él me mandó que lo hiciese.» «¿Y por qué en tu madre?», dijeron los otros. «¿Por el mal que tú hiciste ha de lazrar ella? Dinos qué razón te movió a hacerlo.» «Ciertas», dijo el escudero, «no lo diré sino al Emperador». Muchos fueron al Emperador a contar esta crueldad que aquel escudero hiciera, y dijéronle de cómo no quería decir a ninguno por qué lo hiciera sino a él. Y el Emperador mandó que se lo trajesen luego ante él, y no se quiso asentar a comer hasta que supiese de esta maravilla y de esta crueldad por que fuera hecho. Y cuando el escudero llegó ante él, y la dueña su madre muy fea y muy desfaciada, dijo el Emperador al escudero: «Di, falso traidor, ¿no te cumplieron cuantas maldades hiciste en este mundo, y a la tu madre, que te parió y te crió muy vicioso y perdió por ti cuanto había, pechando por los males y las enemigas que tú hiciste, que tal fuiste parar en manera que no es para parecer ante los hombres, y no hubiste piedad de la tu sangre en derramarla así tan aviltadamente, ni hubiste miedo de Dios ni vergüenza de los hombres, que te lo tienen a gran mal y a gran crueldad?»

«Señor», dijo el escudero, «lo que Dios tiene por bien que se cumpla, ninguno no lo puede destorbar que no se haga. Y Dios, que es justiciero sobre todos los justicieros del mundo, quiso que la justicia pareciese en aquel que fue ocasión de los males que yo hice». «¿Y cómo puede ser esto?», dijo el Emperador. «Ciertas, señor, yo os lo diré. Esta dueña mi madre que vos veis, comoquiera que sea de muy buena vida, hacedora de bien a los que han mester, dando las sus limosnas muy de grado y oyendo sus horas muy devotamente, tuvo por aguisado de no castigarme de palabra ni de hecho cuando era pequeño ni después que fue criado, y mal pecado, más despendía en las malas obras que en buenas. Y ahora cuando me dijeron que me quería saludar y besar en la boca, semejome que del cielo descendió quien me puso en corazón que le comiese los labros con que ella me pudiera castigar y no quiso. Y yo hícelo, teniendo que era justicia de Dios. Y Él sabe bien que la cosa de este mundo que más amo ella es; mas pues Dios lo quiso que así fuese, no pudo al ser. Y señor, si mayor justicia se ha y de cumplir, mandadla hacer en mí; ca mucho la merezco por la mi desventura.» Y los querellosos, estando delante, hubieron gran piedad del escudero y de la dueña su madre, que estaba muy cuitada porque le mandaba el Emperador matar, y viendo que el escudero conocía los yerros en que cayera, pidieron por merced al Emperador que le perdonase, ca ellos le perdonaban. «Ciertas», dijo el Emperador, «mucha merced me ha hecho Dios en esta razón, en querer él hacer la justicia en aquel que él sabía por cierto que fuera ocasión de todos los males que este escudero hiciera, y pues Dios así lo quiso, yo lo doy por quito y perdónole la mía justicia que yo en él mandaba hacer, no sabiendo la verdad del hecho así como aquel que la hizo. ¡Y bendicho el su nombre por ende!». Y luego lo hizo caballero y lo recibió por su vasallo, y fue después muy buen hombre y muy honrado, y fincó la justicia en aquella dueña que lo mereció, por ejemplo por que los que han criados de hacer, que se guarden y no caigan en peligro por no castigar sus criados; así como aconteció a Hely, uno de los mayores sacerdotes de aquel tiempo, según cuenta en la Biblia. Pero que él era en sí bueno de santa vida, porque no castigó sus hijos así como debiera, y fueron mal acostumbrados, quiso Dios Nuestro Señor mostrar su venganza tan bien en el padre, porque no castigara sus hijos, así como en ellos por las malas obras; ca ellos fueron muertos en la batalla, y el padre cuando lo supo cayó de la silla alta en que estaba y quebrantose las cervices y murió. Y comoquiera que el Emperador de derecho debía hacer justicia en aquel escudero por los males que hiciera, dejolo de hacer con piedad de aquellos que conocen sus yerros y se arrepienten del mal que hicieron. Y por ende el Emperador por este escudero conoció sus yerros y se arrepintió ende, porque los querellosos le pidieron por merced que le perdonase con piedad; ca dicen que no es dicha justicia en que piedad no ha en los lugares donde conviene, antes es dicha crueldad. Onde todos los hombres que hijos han, deben ser crudos en castigarlos y no piadosos, y si bien los criasen habrán de ellos placer; y si mal, nunca pueden estar sin pesar; ca siempre habrán recelo que por el mal que hicieron habrán pena, y por ventura que la pena caerá en aquellos que mal los criaron, así como aconteció a esta dueña que ahora dijimos. Y ciertas, de ligero se pueden acostumbrar bien los mozos, ca tales son como cera, y así como la cera es blanda y la puede hombre amasar y tornar en aquella figura que quisiese, así el que ha de criar el mozo, con la pértiga en la mano, no lo queriendo perdonar, puédelo traer a enformar en las costumbres cuales quisiese.

Ca de estos aprenderéis bien y no al, y debéis ser compañeros a todos, grandes y pequeños, y debéis honrar a las dueñas y doncellas sobre todas, y cuando hubiereis a hablar con ellas os debéis guardar de decir palabras torpes ni necias, ca reprehenderían luego; porque ellas son muy apercibidas en parar mientes a lo que dicen y en escatimar las palabras. Y cuando ellas hablan, dicen pocas palabras y muy afeitadas y con gran entendimiento, y a las vegadas con punto de escatima y de reprehensión. Y no es maravilla, ca no estudian en al. Y debéis ser bien acostumbrados en lanzar y en bohordar y en cazar y en jugar tablas y ajedrez, y en correr y luchar; ca no sabéis donde os será mester de ayudaros de vuestros pies y de vuestras manos. Y debéis aprender esgrima, y debéis ser mesurados en comer y en beber. Y dicen en latín abstinencia por la mesura que es en comer y en beber y en razonar, y es una de las siete virtudes; y por ende seréis mesurados en razonar, ca el mucho hablar no puede ser sin yerro, en que cayó por mucho querer decir, mayormente diciendo mal de otro y no guardando la su lengua.

Y por ende, como hace buen callar al que habla sabiamente, así no hace buen hablar al que habla torpemente. Ca dicen que Dios acecha por oír lo que dice cada lengua, y por ende bienaventurado es el que es más largo de su haber que de su palabra. Ca de todas las cosas del mundo está bien al hombre que haya abundo y aun demás, sacando de palabra, que empece lo que es además. Y por ende, mejor es al hombre que sea mudo, que no que hable mal, ca en el mal hablar hay daño y no pro, tan bien para el alma como para el cuerpo. Onde dice la Escritura: «Quien no guarda su lengua no guarda su alma.» Y si habla hombre en lo que no es necesario antes de hora y de sazón, es torpedad. Y por ende debe hombre catar que lo que dijere, que sea verdad, ca la mentira mete a hombre en vergüenza, y no puede hombre haber peor enfermedad que ser mal hablado y mal corado. Y acontece a las vegadas por el corazón grandes yerros y por la lengua grandes empiezos. Ca a las vegadas son peores llagas de lenguas que los golpes de los cuchillos. Y por ende debe hombre usar la lengua a verdad, ca en la lengua quiere seguir lo que ha usado. Y sabed que una de las peores costumbres que hombre puede haber es la lengua presta para recaudar mal.

Mas a quien Dios quiso dar paciencia y sufrencia, es bienandanza. Ca paciencia es virtud para sufrir los méritos que le hicieren, y que no recuda hombre mal por mal ni en dicho ni en hecho, y que no muestre saña ni mala voluntad, ni tenga mal condesado en su corazón por cosa que le hagan ni que le digan. Y la paciencia es de dos maneras: la una es que sufra hombre a los que son mayores que él; la otra que sufra el hombre a los que son menores que él. Y por esto dicen que cuando uno no quiere, dos no pelean. Y sabed que nunca barajan dos buenos en uno, otrosí nunca baraja uno bueno con otro malo, ca no quiere el bueno; mas en dos malos hallaréis baraja, y cuando barajan bueno y malo, alto y bajo, amos son malos y contados por iguales. Y por ende debe hombre dar vagar a las cosas y ser paciente.

Y así, puede hombre llegar a lo que quisiere, si sufre lo que no quisiere. Ca, míos hijos, si deja hombre lo que desea en las cosas que entiende que le aprovecharán, y por eso dicen que sufridores vencen. Y sabed que la sufrencia es en cinco maneras: la primera es que sufra hombre lo que le pesa en las cosas que debe sufrir con razón y con derecho; la segunda, que se sufra de las cosas que le pida su voluntad, siendo dañosas al cuerpo y al alma: la tercera, que sufra pasar por las cosas de que atiende galardón; la cuarta, que sufra lo que le pesa por las cosas de que se teme que podría recibir mayor pesar; la quinta, que sea sufrido haciendo bien y guardándose de hacer mal. Y sabed que una de las mejores ayudas que el seso del hombre así será la su paciencia.

Y siendo hombre sufrido y paciente no puede caer en vergüenza, que es cosa de que el hombre se debe recelar de caer, y débela hombre mucho preciar y tomar ante sí siempre, y así no caerá en yerro por miedo de vergüenza. Y vergüenza es tal como el espejo bueno, ca quien ende se cata, no deja mancilla en su rostro, y quien vergüenza tiene siempre ante los sus ojos, no puede caer en yerro, guardando de caer en vergüenza. Y así el que se quiere guardar de yerro y de vergüenza es dado por sabio y entendido.

Onde, míos hijos, pugnaréis en ser sabios y aprender, y no querer ser torpes, ca si lo hiciereis, os perderéis. Y por ende dice que más vale saber que haber, ca el saber guarda al hombre, y el haber a lo hombre de guardar. Onde dicen que el saber es señor y ayudador. Y sabida cosa es que los reyes juzgan la tierra, y el saber juzga a ellos. Y creed que el saber juzga a ellos, y es mucho, así que lo que no puede ninguno caber todo, pues debéis de cada cosa tomar lo mejor. Ca el precio de cada una es el su saber, y la ciencia hala de buscar el que la ama, así como quien perdió la cosa que más amaba; ca en buscándola en cuantas maneras puede y en cuantos lugares asma que la hallará. Onde dicen en latín: «Omne rarum preciosum», que quiere decir: la cosa que es menos hallada, es más preciada»; cuanto más es y más vale, cuanto más ha hombre de él.

Y el saber es como la candela, cuantos quisieren encienden en ella, y no vale menos ni mengua por ende la su lumbre. Ca el mejor saber del mundo es el que tiene pro y que lo sabe. Y sabed, míos hijos, que se estuerce la lumbre de la fe cuando se muestra el sabio por de mala creencia y el torpe por de buena; y tan poco pierde el que de buena parte el saber como la vida; ca con el saber conoce el hombre el bien y la merced que Dios le hace, y conociéndole, agradecerle ha, y agradeciendo, merecerla ha. Y la mejor cosa que el sabio puede haber es que haga lo que el saber manda; por ende poca cosa que hombre haga vale más que mucho que haga con torpedad. Y algunos demandan el saber a su servicio; y el saber es lumbre, y la torpedad oscuridad. Y por ende, míos hijos, aprended el saber, ca en aprendiendo haréis servicio a Dios. Y sabed que dos glotones son que nunca se hartan: el uno es el que ama el saber, y el otro el que ama el haber; ca con el saber gana hombre paraíso, y con el haber gana hombre solaz en su soledad, y con él será puesto entre los iguales. Y el saber le será armas con que se defienda de sus enemigos; ca cuatro cosas puede enseñorear el que no ha derecho de ser señor: la una es en saber; la otra es en ser hombre bien acostumbrado; la otra es en ser leal. Amigos hijos, con el saber alza Dios a los hombres y hácelos señores y guardadores del pueblo. Y el saber y el haber alza a los viles y cumple a los menguados. Y el saber sin el obrar es como el árbol sin fruto, y el saber es don que viene de la silla de Dios.

Y por ende conviene al hombre que obre bien con lo que sabe y no lo deje perder, y así con el saber puede hombre ser cortés en sus dichos y en sus hechos. Ca, míos hijos, cortesía es suma de las bondades, y suma de cortesía es que el hombre haya vergüenza a Dios y a los hombres y a sí mismo; ca él teme a Dios, y el cortés no quiere hacer en su puridad lo que humildoso a su voluntad. Y sabed que desobedecer el seso y ser humildoso a la voluntad es escalera para subir hombre a todas maldades. Y por ende la más provechosa lid que hombre puede hacer es que no lidie con su voluntad. Pues, míos hijos, vengaos de vuestras voluntades con quien por fuerza debéis lidiar, si buenos queréis ser, y así escaparéis del mal que os viniera. Y creed bien que todo hombre que es obediente a su voluntad es más siervo que el cautivo encerrado, y por ende el que es de buen entendimiento, hace las cosas según seso y no según su voluntad. Ca el que fuere señor de su voluntad pujará y crecerán sus bienes, y el que es siervo de ella bajarán y menguarán sus bienes. Y sabed que el seso es amigo cansado, y la voluntad es enemigo despierto y seguidor más al alma que al bien. Y por ende debe hombre obedecer al seso como a verdadero amigo, y contrastar a su voluntad como a falso enemigo.

Onde bienaventurado es aquel a quien Dios quiere

dar buen seso natural, ca más vale que letradura muy grande para saber hombre mantener en este mundo y ganar el otro. Y por ende dicen que más vale una onza de letradura con buen seso natural, que un quintal de letradura sin buen seso; ca la letradura hace al hombre orgulloso y soberbio, y el buen seso hácelo humildoso y paciente. Y todos los hombres de buen seso pueden llegar a gran estado, mayormente siendo letrados y aprendiendo buenas costumbres; ca en la letradura puede hombre saber cuáles son las cosas que debe usar y cuáles son de las que se debe guardar. Y por ende, míos hijos, pugnad en aprender, ca en aprendiendo veréis y entenderéis mejor las cosas para guarda y endrezamiento de las vuestras haciendas y de aquellos que quisiereis. Ca estas dos cosas, seso y letradura, mantienen el mundo en justicia y en verdad y en caridad.

Otrosí, míos hijos, parad mientes en lo que os cae de hacer, si tierras hubiereis a mandar onde seáis reyes o señores. Ca ninguno no debe ser rey sino aquel que es noblecido con los nobles dones de Dios. Y debéis saber que la nobleza de los reyes y de los grandes señores debe ser en tres maneras: la primera, catando lo de Dios; la segunda, que conozca la su voluntad; la tercera, que ame la su voluntad. Y que estas noblezas deben ser en todo rey, pruébase por ley y por natural y por ejemplos. Onde la primera nobleza es temor de Dios; ca, ¿por cuál razón temerán los menores al su mayor, que no quiere temer a aquel onde ha el poder? Ciertas, el que no quiere temer el poder de Dios da razón y ocasión a los que deben temer que no le teman. Y por ende, con razón no puede, no hace, en consejo.

Cortesía es que se trabaje hombre en buscar bien

a los hombres cuanto pudiere. Cortesía es tenerse hombre por abundado de lo que tuviere; ca el haber es vida de la cortesía y de la limpieza, usando bien de él, y la castidad es vida del alma, y el vagar es vida de la paciencia. Cortesía es sufrir hombre su despecho y no moverse a hacer yerro por ella; y por eso dicen que no ha bien sin lacerio. Ca ciertamente el mayor quebranto y el mayor lacerio que a los hombres semeja que es de sufrir, sí es cuando al que los hace alguna cosa contra su voluntad, y no se lo caloña.

Pero míos hijos, creed que cortés ni bien acostumbrado ni de buena creencia no puede hombre ser, si no fuese humildoso; ca la voluntad es fruto de la creencia. Y por ende el que es de buena fe es de laxo corazón. Y la humildad es una de las redes en que gana hombre nobleza. Y por ende dice la Santa Escritura: «Quien fuere humildoso será ensalzado, y quien se quiere ensalzar será abajado.» Y el noble, cuanto mayor poder ha, tanto es más humildoso, y no se mueve a saña por todas cosas, maguer le sean graves de sufrir; así como el monte que no se mueve por el gran viento. Y el vil, con poco poder que haya, préciase mucho y crece la soberbia. Y la mayor bondad es que haga hombre bien, no por galardón, y que se trabaje de ganar algo no con mala codicia, y sea humildoso no por abajamiento de él. Ca la honra no es en el que la recibe, mas en el que la hace. Onde quien fuere humildoso de voluntad, el bien le irá buscar, así como busca el agua el más bajo lugar de la tierra.

Los hechos de Roboán

«Ciertas», dijo Roboán, «así lo quiera, ca lo que Dios comienza nos por acabado lo debemos tener; ca Él nunca comenzó a hacer merced así como vos veis; no hay caso porque debemos dudar que Él no lleve y dé cima a todos; y por amor de Dios os pido, señor, por merced, que me queráis perdonar y enviar y que no me detengáis, ca el corazón me da que muy aína oiréis nuevas de mí». «Ciertas», dijo el Rey, «hijo, no me detendré, más bien es que lo será tu madre, ca cierto soy que tomará en ello gran pesar». «Señor», dijo Roboán, «*conhortadla* vos con vuestras buenas palabras, así como soy cierto que lo sabréis hacer, y sacadla de pesar y traedla a placer». «Ciertas», dijo el Rey, «así lo haré cuanto yo pudiere; ca mi voluntad es que hagas lo que pusiste en tu corazón, ca creo que buen propósito de honra es que demandas, y cierto soy que, si bien lo siguieres y no te enojares, que acabarás tu demanda con la merced de Dios; ca todo hombre que alguna cosa quiere acabar, tan bien en honra como en al que hacerse puede, habiendo con qué seguirla, y fuere en pos ella y no se enojare, acabarla ha ciertamente. Y por ende dicen que aquel que es guiado a quien Dios quiere guiar».

Y luego el Rey envió por la Reina que viniese y donde ellos estaban, y ella fue y venida luego, y asentose en una silla luego que estaba en par del Rey, y el Rey le dijo: «Reina, yo he estado con vuestros hijos así como buen maestro con los discípulos que ama y ha sabor de enseñarlos y aconsejarlos y castigarlos porque siempre hiciesen lo mejor y más a su honra. Y en cuanto he yo en ellos enmendado, como buenos discípulos que han sabor de bien hacer, aprendieron su lección, y creo que si hombres hubiese en el mundo que obraren bien de costumbres y de caballerías, que estos serán de los mejores. Y Reina, decíroslo he en qué lo entiendo; porque Roboán, que es el menor, así paró mientes en las cosas y en los castigos que yo les daba, y así los guardaban en el arca del su corazón, que no se puede detener que no pidiese merced que le hiciese algo, que le diese trescientos caballeros con que fuese probar el mundo y ganar honra; ca el corazón le daba que ganaría honra así como nos, con la merced de Dios, o por ventura mayor». Y ciertas, bien así como lo dijo, así me vino a corazón que podía ser verdad. Y Reina, véngaseos en mente que antes que saliésemos de nuestra tierra os dije el propósito en que yo estaba, y que quería seguir lo que había comenzado, y que no lo dijésemos a ninguno ca nos lo tendrían a locura. Y vos respondístesme así: que si locura o cordura, que luego me lo oyerais decir, os subió al corazón que podría ser verdad, y aconsejástesme así: que saliésemos luego de la nuestra tierra; e hicímoslo así, y Dios por la su gran merced, después de grandes pesares y trabajos, guiemos y *endrecemos*[35] así como veis. Y ciertas, Reina, eso mismo podría acaecer en el propósito de Roboán».

«A Dios digo verdad», dijo la Reina, «que eso mismo me aconteció ahora en este propósito de Roboán; ca me semeja que de todo en todo que ha de ser un gran emperador». Pero llorando de los ojos muy fuertemente, dijo así: «Señor, comoquiera que estas cosas vengan a hombre a corazón, y cuido que será mejor, si la vuestra

---

[35] Enderezar, dirigir, poner derecho o encauzar.

merced fuese, que fincase aquí convusco y con su hermano, y que le hicieseis mucha merced y lo heredaseis muy bien, que asaz habéis en qué, loado sea Dios, y que no se fuese tan aína, siquiera por haber nos alguna consolación y placer de la soledad en que fincamos en todo este tiempo, cada uno a su parte, y pues Dios nos quiso ayudar por la su merced, nonos queramos departir». «Señora», dijo Roboán, «¿no es mejor ir aína a la honra que tarde? Y pues vos, que sois mi madre y mi señora, que me lo debíais allegar, vos me lo queréis de tardar, ciertas, fuerte palabra es de madre a hijo». «¡Ay, mío hijo Roboán!», dijo la Reina, «mientras en esta honra dure en que estoy, si no la quise para vos más que vos mismo». «Pues, ¿por qué me lo queréis *destorbar*?», dijo Roboán. «No quiero»; dijo la Reina, «mas nunca a tal hora iréis que las telas del mi corazón no llevéis convusco, y fincaré triste y cuitada pensando siempre en vos; y mal pecado, no hallaré quien me conhorte ni quien me diga nuevas de vos en cómo os va, y esta será mi cuita y mi quebranto mientras no os viere». «Señora», dijo Roboán, «tomad muy buen conhorte, ca yo he tomado por mío guardador y por mío defendedor a Nuestro Señor Dios, que es poderoso de lo hacer, y con gran fucia y con la su gran ayuda, yo haré tales obras porque los mis hechos os traerán las nuevas de mí y os serán conhorte». «Pues así es», dijo la Reina, «y al Rey vuestro padre place, comenzad vuestro camino en el nombre de Dios cuando vos quisiereis».

Otro día de gran mañana, por la gran acucia de Roboán, dieron cien acémilas cargadas de oro y de plata, y mandáronle que escogiese trescientos caballeros de los mejores que él halle en toda su mesnada del Rey; y él escogió aquellos que entendía que más le cumplían. Y entre los cuales escogió un caballero, vasallo del Rey, de muy buen seso y de muy buen consejo, caballero que decían Garbel. Y no quiso dejar al caballero Amigo, ca ciertamente es mucho entendido y buen servidor y de gran esfuerzo. Y dioles a los caballeros todo lo que habían mester, tan bien para sus casas como para a guisarse, y dioles plazo de ocho días a que fuesen aguisados, y despidieron del Rey y de la Reina y fuéronse. Pero que al despedir hubo y muy grandes lloros, que no había ninguno en la ciudad que pudiese estar que no llorase, y decían mal del Rey porque le aconsejaba ir, pero no destorbar, pues comenzado lo había. Y verdaderamente así lo amaban todos y lo preciaban en sus corazones por las buenas costumbres y los buenos hechos de caballeros que en él había, les parecía que el reino fincaba desamparado.

Y por doquier que iba por el reino lo salían a recibir con grandes alegrías, haciéndole mucha honra y convidando cada uno a porfía, cuidándole detener, y por ventura en la de tenencia que se arrepentiría de esto que había comenzado. Y cuando al departir, viendo que al no podía ser sino aquello que había comenzado, toda la alegría se les tornó en lloro y en llanto; y así salió del reino de su padre. Y por cualquier reino que iba recibíanlo muy bien, y los reyes hacían algo de lo suyo y trababan con él que fincase con ellos, y que partirían con él muy de buenamente lo que hubiese; y él agradecióselo e íbase. Ca de tal donaire era él y aquella gente que llevaba, que los de las otras ciudades y villas que lo oían habían muy gran sabor de verlo; y cuando llegaba cerraban todas las tiendas de los menestrales, bien así como si su señor y llegase. Pero que los caballeros mancebos que con él iban no querían estar de vagar, ca los unos lanzaban y los otros andaban por el campo a escudo y a lanza haciendo sus demandas.

Y el que mejor hacía esto entre ellos todos era el infante Roboán cuando lo comenzaba; ca este era el mejor acostumbrado caballero mancebo que hombre en el mundo supiese; ca era muy apuesto en sí, y de muy buen donaire, y de muy buena palabra, y de buen recibir, y jugador de tablas y de ajedrez, y muy buen cazador de toda ave mejor que otro hombre, decidor de buenos *retraires*, de guisa que cuando iba camino todos habían sabor de acompañarlo por oír lo que decía, partidor de su haber muy francamente y donde convenía, verdadero en su palabra, sabedor en los hechos de dar buen consejo cuando se lo demandaban, no atreviendo mucho en su seso cuando consejo de otro hubiese mester, buen caballero de sus armas con esfuerzo y no con atrevimiento, honrador de dueñas y de doncellas.

Bien dice el cuento que si hombre quisiese contar todas las buenas costumbres y los bienes que eran en este caballero, que no lo podría escribir todo en un día. Y bien semeja que las hadas que le hadaron que no fueron de las escasas, mas de las más largas y más abundadas de las buenas costumbres.

Así que era arredrado Roboán de la tierra del Rey su padre mil jornadas, eran entrados en otra tierra de otro lenguaje que no semejaba a la suya, de guisa que no se podían entender sino en pocas palabras; pero que le traía sus trujamanes consigo por las tierras por donde iba, en manera que lo recibían muy bien y le hacían gran honra; ca él así traía su compaña castigada que a hombre del mundo no hacía enojo.

Tanto anduvieron que hubieron a llegar al reino

de Pandulfa, donde era señora la infante Seringa, que heredó el reino de su padre porque no hubo hijo sino a ella. Y porque era mujer, los reyes sus vecinos de en derredor hacíanle mucho mal y tomábanse su tierra, no catando mesura, la que todo hombre debe catar contra las dueñas. Y cuando Roboán llegó a la ciudad de la infante Seringa, este fue muy bien recibido y luego fue a la Infante a ver. Y ella se levantó a él y recibiole muy bien, haciéndole gran honra más que a otros hacía cuando venían a ella. Y ella le preguntó: «Amigo, ¿sois caballero?» «Señora», dijo él, «sí». «¿Y sois hijo de Rey?», dijo ella. «Sí», dijo él. «¡Loado sea Dios que lo tuvo por bien!» «¿Y sois casado?», dijo la Infante. «Ciertas no», dijo Roboán. «¿Y de cuál tierra sois?», dijo ella. «Del reino de Mentón», dijo él, «si lo oíste decir». «Sí oí», dijo ella, «pero creo que sea muy lejos». «Ciertas», dijo Roboán, «bien hay de aquí allá ciento y treinta jornadas». «¿Mucho habéis lazrado?», dijo la Infante. «No es *lacerio*[36]», dijo él, «al hombre cuando anda a su voluntad».

«¿Cómo?», dijo la Infante, «¿por vuestro talante os viniste a esta tierra, ca no por cosas que hubieseis de recaudar?». «Por mío talante», dijo él, «y recaudaré lo que Dios quisiere y no al». «Dios os deje recaudar aquello», dijo ella, «que vuestra honra fuese». «¡Amén!», dijo él.

La Infante fue y muy pagada de él y rogole que fuese su huésped, y que le haría todo el algo y toda la honra que pudiese. Y él otorgóselo, ca nunca fue demandado a dueña ni a doncella de cosa que le dijese que hacedera fuese, y levantose delante ella donde estaba asentado, para irse.

---

[36] ¿Lacería?

Y una dueña viuda muy hermosa que había nombre la dueña Gallarda, comoquiera que era atrevida en su hablar, cuidando que se quería ir el Infante, dijo así: «Señor Infante, ¿ir os queréis sin os despedir de nos?» «Porque no me quiero ir», dijo él, «no me despido de vos ni de los otros. Y comoquiera que de los otros me despidiese, de vos no me podía despedir maguer quisiese». «Ay, señor», dijo ella, «¿tan en poco me tenéis?». «No creo», dijo él, «que hombre en poco tiene a quien salvó si de él no se puede partir». Y fuese luego con su gente para su posada.

La Infante comenzó a hablar con sus dueñas y con sus doncellas y díjoles así: «¿Vistes un caballero tan mancebo y tan apuesto ni de tan buen donaire, y de tan buena palabra, y tan apercibido en las sus respuestas que ha de dar?». «Ciertas, señora», dijo la Gallarda, «en cuanto oí de él ahora seméjame de muy buen entendimiento, y de palabra sosegada, y muy placentero a los que lo oyen». «¿Cómo?», dijo la Infante, «¿así os pagaste de él por lo que os dijo?». «Ciertas, señora», dijo la dueña, «mucho me pago de él por cuanto le oí decir; y bien os digo, señora, que me placería que nos viniese ver, porque pudiese con él hablar y saber si es tal como parece. Y prométoos, señora, que si conmigo habla, que yo lo pruebe en razonando con él, diciendo algunas palabras de algún poco de enojo, y veré si dirá alguna palabra errada». «Dueña», dijo la Infante, «no os atreváis en el vuestro buen decir, ni queráis probar los hombres ni afincarlos más de cuanto debéis, ca por ventura cuidaréis probar y probaros han». «Ciertas, señora, salga a lo que salir pudiere, que yo a hacerlo he, no por al sino porque le quiero muy gran bien, y por haber razón de hablar con él». «Dé Dios buena ventura», dijola Infante, «a todos aquellos que bien le quieren». «Amén», dijeron todos.

La Infante mandó luego de él pensar muy bien, y darle todas las cosas que hubo mester; y podríalo muy bien hacer, ca era muy rica y muy abundada y abastada, y sin la renta que había cada año del reino, que hubo después que el Rey su padre murió, hubo todo el tesoro, que fue muy grande la maravilla. Y ella era de buena previsión, y sabía muy bien guardar lo que había. Y ciertas, mucho era de loar cuando bien se mantuvo después de la muerte de su padre, cuando bien mantuvo su reino, sino por los malos vecinos que le corrían la tierra y le hacían mal en ella; y no por al sino porque no quería casar con los que ellos querían, no siendo de tal lugar como ella, ni habiendo tan gran poder.

Después que el infante Roboán hubo comido, cabalgó con toda su gente y fueron andar por la ciudad.

Y verdaderamente así placía a todos los de la ciudad con él como si fuese señor del reino. Y todos a una voz decían que Dios le diese su bendición, ca mucho lo merecía. De que hubo andado una pieza por la ciudad, fuese para casa de la Infante. Y cuando a ella dijeron que el Infante venía, plúgole muy de corazón, y mandó que acogiesen a él y a toda su compaña. Y la Infante estaba en el gran palacio que el Rey su padre mandara hacer, muy bien acompañada de muchas dueñas y doncellas, más de cuantas halló Roboán cuando la vino ver en la mañana. Y cuando llegó Roboán, asentose delante ella comenzaron a hablar muchas de cosas. Y en hablando entró el conde Rubén, tío de la Infante, y Roboán se levantó a él, y le acogió muy bien, y preguntole si quería hablar con la Infante en puridad, que los dejaría. «Ciertas», dijo el Conde, «señor, sí he, mas no quiero que la habla sea sin vos, ca, mal pecado, lo que he yo a decir no es puridad». Y dijo así: «Señora, ha mester que paréis mientes en estas nuevas que ahora llegaron.» «¿Y qué nuevas son estas?», dijo la Infante. «Señora», dijo el Conde, «el rey de Guimalet ha entrado en vuestra tierra, y la corre y la quema, y os ha tomado seis castillos y dos villas, y dijo que no holgará hasta que todo el reino vuestro corriese; y porque ha mester que toméis y consejo con vuestra gente, y que enviéis y que habléis con ellos, y *aguiséis* que este daño y este mal no vaya más adelante». «Conde», dijo la Infante, «mandadlo vos hacer, ca vos sabéis que cuando mi padre murió en vuestra encomienda me dejó, ca yo mujer soy, y no he de meterlas manos; y como vos tuviereis por bien de ordenarlo, así tengo yo por bien que se haga».

El Conde movió estas palabras a la Infante a sabiendas ante el infante Roboán con muy gran sabiduría, ca era hombre de buen entendimiento y probara muchas cosas, y movía esto teniendo que por ventura el infante Roboán se moviera ayudar a la Infante con aquella buena gente que tenía. La Infante se comenzó mucho a quejar, y dijo: «¡Ay, Nuestro Señor Dios!, ¿por qué quisiste que yo naciese pues que yo no me puedo defender de aquellos que mal me hacen? Ciertas, mejor fuera en yo no ser nacida y ser este lugar de otro que supiese pasar a los hechos y a lo defender.» El Infante, cuando la oyó quejar, fue movido a gran piedad, y pesole mucho con la soberbia que le hacían, díjole así: «Señora, ¿enviástesle nunca a decir a este rey que vos este mal hace que no os lo hiciese?» «Ciertas», dijo la Infante, «sí; envié muchas vegadas mas nunca de él buena respuesta pude haber».

«Ciertas», dijo Roboán, «no es hombre en el que

buena respuesta no ha; antes cuido que es diablo lleno de soberbia, ca el soberbio nunca sabe bien responder. Y no cuido que tal rey como este que vos decís mucho dure en su honra, ca Dios no sufre las soberbias, antes las quebranta y las abaja atierra, así como hará aqueste rey». «Yo fío de la su merced, si no se *repiente*[37] y no se parte de esta locura y esta soberbia, ca mucho mal me ha hecho en el reino muy gran tiempo ha, desde que murió el Rey mi padre». El infante Roboán se tornó contra el Conde y dijo así: «Conde, mandadme dar un escudero que vaya con un mi caballero que yo le daré, y que le muestre la carrera y la tierra, y yo enviaré a rogar aquel rey que por la su mesura, mientras yo aquí fuere en el vuestro reino, que soy hombre extraño, que por honra de mí que no os haga mal ninguno, y yo cuido que querrá ser mesurado y que lo querrá hacer». «Muy de buenamente», dijo el Conde. «Luego os daré el escudero que vaya con vuestro caballero y lo guíe por toda la tierra de la Infante y le haga dar lo que mester hubiere hasta que llegue al Rey». Y entonces Roboán mandó llamar al caballero Amigo, y mandole que llevase una carta al rey de Guimalet, y que le dijese de su parte que le rogaba mucho, así como a rey en quien debía tener mesura, que por amor del que es hombre extraño no quisiese hacer mal en el reino de Pandulfa mientras él y fuese, y que se lo agradecería mucho; y si por ventura no lo quisiese hacer y dijese contra él alguna cosa desaguisada o alguna palabra soberbiosa, que lo desafiase de su parte.

El caballero Amigo tomó la carta del infante Roboán, y cabalgó luego con el escudero, y el Conde salió con ellos por los castigar en cómo hiciesen. La Infante

---

[37] Arrepiente.

agradeció mucho a Roboán lo que hacía por ella, y rogó a todos los caballeros y a las dueñas y doncellas que estaban y, que se lo ayudasen a agradecer. Todos se lo agradecieron sino la dueña Gallarda, que dijo así: «¡Ay, hijo de rey!, ¿cómo os puedo yo agradecer ninguna cosa, teniéndome hoy tan en poco como me tuviste?» «Ciertas, señora», dijo Roboán, «no creo que bien me entendiste, ca si bien me entendierais cuáles fueron las palabras y el entendimiento de ellas, no me juzgaríais, pero yo iré hablar convusco y hacéroslo he entender; ca aquel que de una vegada no aprende lo que hombre dice, conviene que de otra vegada selo repita».

«Ciertas», dijo la Infante, «mucho me place que vayáis hablar con cual vos quisiereis; ca cierta soy que de vos no oirá sino bien». Y levantose Roboán y fue asentarse con aquella dueña, y díjole así: «Señora, mucho debéis agradecer a Dios cuanto bien y cuanta merced os hizo, ca yo mucho se lo agradezco porque os hizo una de las más hermosas dueñas del mundo, y más lozana de corazón, y la de mejor donaire, y la de mejor palabra, y la de mejor recibir, y la más apuesta en todos sus hechos.

Y bien semeja que Dios cuando os hacía muy de vagar estaba, y tantas buenas condiciones puso en vos de hermosura y de bondad que no creo que en mujer de este mundo las pudiese hombre hallar». La dueña quísolo mover a saña por ver si diría alguna palabra errada, no porque ella entendiese y viese que podría de él decir muchas cosas buenas, así como en él las había. «Ciertas, hijo de rey», dijo ella, «no sé qué diga en vos; ca si supiese, lo diría muy de grado».

Cuando esto oyó el infante Roboán, pesole de corazón y tuvo que era alguna dueña torpe, y díjole así: «Señora, ¿no sabéis qué digáis en mí? Yo os enseñaré, pues vos no sabéis, ca el que nada no sabe conviene que aprenda.» «Ciertas», dijo la dueña, «si de la segunda escatima mejor no nos guardamos que de esta, no podemos bien escapar de esta palabra; ca ya la primera tenemos». «Señora», dijo Roboán, «no es mal que oiga quien decir quiere, y que le responda según dijere». «Pues enseñadme», dijo ella. «Pláceme», dijo él. «Mentid como yo mentí, y hallaréis qué digáis cuanto vos quisiereis».

La dueña, cuando oyó esta palabra tan cargada de escatima, dio un gran grito el más fuerte del mundo, de guisa que todos cuantos y estaban se maravillaron. «Dueña», dijo la Infante, «¿qué fue eso?». «Señora», dijo la dueña, «en fuerte punto nació quien con este hombre habla, sino en cordura; ca tal respuesta me dio a una liviandad que había pensado, que no fuera mester de oírla por gran cosa». Y dijo la Infante: «¿No os dije yo que por ventura querríais probar y que os probarían? Bendito sea hijo de rey que da respuesta que le merece la dueña». Y el infante Roboán se tornó a hablar con la dueña como un poco sañudo, y dijo así: «Señora, mucho me placería que fueseis guardada en las cosas que hubieseis a decir, y que no quisieseis decir tanto como decís, ni rieseis de ninguno; ca me semeja que habéis muy gran sabor de departir en haciendas de los hombres, lo que no cae bien a hombre bueno, cuanto más a dueña. Y no puede ser que los hombres no departan en vuestra hacienda, pues sabor habéis de departir en las ajenas. Y por ende dicen que la picaza en la puente de todos ríe, y todos ríen de su frente. Ciertas, muy gran derecho esque quien de todos se ríe, que rían todos de él. Y creo que esto os viene de muy gran vileza de corazón y de muy gran atrevimiento que tomáis en la vuestra palabra; y verdad es que si ninguna dueña vi en ningún tiempo que de buenas palabras fuese, vos aquella sois. Comoquiera que algunos hombres quiere Dios poner este don, que sea de buena palabra, a las vegadas mejor les es el oír que no mucho querer decir; ca en oyendo hombre puede mucho aprender, onde diciendo puede errar. Y señora, estas palabras os digo atreviéndome en la vuestra merced y queriéndoos muy gran bien, ca a la hora que vos yo vi, siempre me pagué de los bienes que Dios en vos puso, en hermosura y en sosiego y en buena palabra. Y por ende querría que fueseis en todas cosas la más guardada que pudiese ser; pero, señora, si yo os erré en atreverme a vos decir estas cosas que vos ahora dije, ruégoos que me perdonéis, ca con buen talante que vos yo he me esforcé a decíroslo, y no os encubrí lo que yo entendía por vos apercibir». «Señor», dijo la dueña, «yo no podría agradecer a Dios cuanta merced me hizo oyendo en este día, ni podríaos servir la mesura que en mí quisiste mostrar en me querer castigar y adoctrinar; ca nunca hallé hombre que tanta merced me hiciese en esta razón como vos. Y bien creed que de aquí adelante seré castigada, ca bien veo que no conviene a ningún hombre tomar gran atrevimiento de hablar, mayormente a dueña; ca el mucho hablar no puede ser sin yerro. Y vos veréis que os daría yo a entender que hiciste una discípula, y que hube sabor de aprender todo lo que dijiste. Y comoquiera que otro servicio no os puedo hacer, siempre rogaré a Dios por la vuestra vida y por la vuestra salud». «Dios os lo agradezca», dijo Roboán, «ca no me semeja que gané poco contra Dios por dar respuesta, y no muy mesurada». «Por Dios», dijo la dueña, «¿fue respuesta? Más fue juicio derecho; ca con aquella encubierta que yo cuidé engañar, me engañaste; y según dice el verbo, que tal para la manganilla que se cae en ella de golilla». «Ciertas», dijo Roboán, «señora, mucho me place de cuanto oyó, y tengo que empleé bien el mío conocer; que bien creo que si vos tal no fueseis como yo pensé luego que os vi, no me responderíais a todas cosas».

Y que esto fue Roboán muy alegre y muy pagado. Ciertas, no obraron poco las palabras de Roboán ni fueron de poca virtud, ca esta fue después la mejor guardada dueña en su palabra y la más sosegada, y de mejor vida luego en aquel reino. Ciertas mester sería un Infante como este en todo tiempo en las casas de las reinas y de las dueñas de gran lugar que casas tienen, que cuando él sea sentase con dueñas o con doncellas, que las sus palabras obrasen así como las de este Infante, y fuesen de tan gran virtud para que siempre hiciesen bien y guardasen su honra. Mas, ¡mal pecado!, en algunos acontece que en lugar de castigarlas y de adoctrinarlas en bien, que las meten en bullicio de decir más de cuanto debían; y aun parientes y ha que no catan de ello ni de ellas, que las imponen en estas cosas, y tales y ha de ellas que las aprenden de grado y repiten muy bien la lección que oyeron. Ciertas, bienaventurada es la que entre ellas se esmera para decir y para hacer siempre lo mejor, y se guarda de malos corredores, y no caer ni escuchar a todas cuantas cosas le quieren decir; ca quien mucho quiere escuchar, mucho ha de oír, y por ventura de su daño y de su deshonra; y puede grado lo quiso oír, por fuerza lo ha de sufrir, maguer entienda que contra sí sean dichas las palabras; ca conviene que lo sufra, pues le plugo de hablar en ello. Pero debe fincar *envergo nada* si buen entendimiento Dios le quiso dar para entender, y débese castigar para adelante. Y la que de buena ventura es, en lo que ve pasar por los otros se debe castigar; onde dice el sabio que bienaventurado es el que se escarmienta en los peligros ajenos, mas, ¡mal pecado!, no cree más que el peligro ni daño el que pasa por los otros, mas el que nos habemos a pasar y a sufrir. Ciertas, esto es mengua de entendimiento, ca debemos entender que el peligro y el daño que pasa por uno puede pasar por otro, ca las cosas de este mundo comunales son, y la que hoy es en vos, cras es en otro, sino fuese hombre de tan buen entendimiento que se sepa guardar de los peligros. Onde todo hombre debe tomar ejemplo en los otros antes que en sí, mayormente en las cosas peligrosas y dañosas; ca cuando las en sí toma, no puede fincar sin daño, y no lo tienen los hombres por de buen entendimiento. Y guárdeos Dios a todos, ca aquel es guardado que Dios quiere guardar. Pero con todo esto conviene a hombre que se trabaje y se guarde, y Dios le guardará; y por ende dicen que quien se guarda, Dios le guarda.

Y de sí levantose Roboán de cerca de la dueña y despidiose de la Infante, y fuese a su albergada. Y la Infante y las dueñas y doncellas fincaron departiendo mucho en él, loando mucho las buenas costumbres que en él había. La dueña Gallarda dijo así: «Señora, qué bien andante sería la dueña queste hombre hubiese por señor, y cuánto bienaventurada sería nacida del vientre de la su madre.» La Infante tuviera que por aquella dueña era decidor que dijera estas palabras por ella, y *enrubeció*, y dijo: «Dueña, dejemos ahora esto estar, que aquella habría la honra la que de buena ventura fuere y Dios se la quisiere dar». Ciertas, todos pararon mientes a las palabras que dijo la Infante en cómo se mudó la color, y bien tuvieron que por aquellas señales que no se despagaba de él. Y ciertamente en el *bejaire* del hombre se entiende muchas vegadas lo que tiene en el corazón.

Y el infante Roboán moró en aquella ciudad hasta que vino el caballero Amigo con la respuesta del rey Guimalet. Y estando Roboán hablando con la Infante en solas, pero no palabras ledas, mas muy apuestas y muy sin villanía y sin torpedad, llegó el Conde a la Infante y dijo así: «Señora, son aquellos el caballero y el escudero que envió el infante Roboán al rey de Guimalet.» «Y venga luego», dijo el infante Roboán, «y oiremos la respuesta que nos envía.» Luego el caballero Amigo vino antes la Infante y ante Roboán, y dijo así: «Señora, si no que sería mal mandadero, me callaría yo o no diría la respuesta que me dio el rey de Guimalet; ca, así Dios me valga, del día en que nací nunca vi un rey tan desmesurado ni de tan mala parte, ni que tan mal oyese mandaderos de otro, nique mala respuesta les diese ni soberbiamente.» «¡Ay, caballero Amigo!», dijo el infante Roboán, «así Dios te dé la su gracia y la mía, que me digas verdad de todo cuanto te dijo, y no mengües ende ninguna cosa». «Por Dios, señor», dijo el caballero Amigo, «sí diré; ca antes que de él me partieseme hizo hacer hombrenaje que os dijese el su mandato cumplidamente; y porque dudé un poco de hacer hombrenaje, mandábame cortar la cabeza». «Ciertas, caballero Amigo», dijo el infante Roboán, «bien estáis, ya que habéis pasado el su miedo». Dijo el caballero Amigo: «Bien creed, señor, que aún cuido que delante de él estoy.» «Perded el miedo», dijo el Infante, «ca perderlo solíais vos en tales cosas como estas». «Aún fío por Dios», dijo el caballero Amigo, «que le veré yo en tal lugar que habrá él tan gran miedo de mí como yo de él.» «Podría ser», dijo el Infante, «pero decidme la respuesta, y veré si es tan sin mesura como vos decís».

«Señor», dijo el caballero Amigo, «luego que llegué finqué los hinojos ante él, y díjele de cómo le enviabais saludar y dile la carta vuestra; y él no me respondió ninguna cosa, mas tomola y leyola. Y cuando la hubo leída dijo así: "Maravíllome de ti en cómo fuiste osado de venir ante mí con tal mandado, y tengo por muy loco y por muy atrevido a aquel que acá te envió, en quererme enviar decir por su carta que por honra de él que es hombre extraño, que yo que dejase de hacer mi pro y de ganar cuanto ganar pudiese". Y yo díjele que no era ganancia lo que se ganaba con pecado. Y por esta palabra que le dije queríame mandar matar, pero tornose de aquel propósito malo en que era y díjome así: "Sobre el hombrenaje que me hiciste, te mando que digas a aquel loco atrevido que aquí te envió, que por deshonra de él de estos seis días quemaré las puertas de la ciudad donde él está, y los entraré por fuerza, y a él castigaré con esta mi espada, de guisa que nunca él cometerá otra cosa como esta". Y yo pedile por merced, pues esto me mandaba decir a vos, que me asegurase, y que le diría lo que me mandabais decir. Y él asegurome y mandome que le dijese lo que quisiese, y yo díjele que, pues tan brava respuesta os enviaba, que le desafiabais. Y él respondió así: "Ve tu vía, sandio, y dile que no ha por qué me amenazar, a quien le quiere ir cortar la cabeza».

«Ciertas, caballero, muy bien compusiste vuestro mandado, y agradézcooslo; pero me semeja que es hombre de muy mala respuesta ese rey, y soberbio, así como la Infante me dijo este otro día. Y aún quiera Dios que de esta soberbia se arrepienta, y el arrepentir que no le pueda tener pro». «Así plega a Dios», dijo la Infante.

«Señora», dijo Roboán, «cuando llegare la vuestra gente, acordad quién tenéis por bien de darnos por caudillo, por quien catemos; ca yo seré con ellos muy de grado en vuestro servicio». «Muchas gracias», dijo la Infante, «ca cierta soy que de tal lugar sois y de tal sangre, que en todo cuanto pudiereis acorreréis a toda dueña y a toda doncella que en cuita fuese, mayormente a huérfana, así como yo finqué sin padre y sin madre y sin ningún acorro del mundo, salvo ende la merced de Dios yel servicio bueno y leal que me hacen nuestros vasallos, y la vuestra ayuda, que me sobrevino ahora por la vuestra mesura; lo que os agradezca Dios, ca yo no os lo podría agradecer tan cumplidamente como vos lo merecéis». «Señora», dijo Roboán, «¿qué caballería puede ser entre caballeros hijosdalgo y ciudadanos de buena caballería?» «Hasta diez mil». «Por Dios, señora», dijo Roboán, «muy buena caballería tenéis para os defender de todos aquellos que mal os quisieren hacer.

Señora», dijo Roboán, «¿serán aína aquí estos caballeros?». «De aquí ocho días», dijo la Infante, «o antes». «Ciertas, señora», dijo Roboán, «me placería mucho que fuese ya ahí, y que os librasen de estos vuestros enemigos y fincaseis en paz; y yo iría librar aquello por que vine». «¿Cómo?», dijo la Infante, «¿no me dijiste que por vuestro talante erais en estas tierras venido, y no por recaudar otra cosa?». «Señora», dijo el Infante, «verdad es, y aun eso mismo os digo, que por mío talante vine y no por librar otra cosa, sino aquello que Dios quisiere, ca cuando yo salí de mi tierra, a Él tomé por criador y enderezador de mi hacienda, y pero no quiero al ni demando sino aquello que Él quisiere».

«Muy dudoso es esta vuestra demanda», dijo la Infante. «Ciertas, señora», dijo Roboán, «no es dudoso lo que se hace en fucia y en esperanza de Dios, antes es muy cierta, y a los que son antes no quería decir ni *espaladinar*[38] por lo que viniera». No le quiso más afincar sobre ello, ca no debe ninguno saber más de la puridad del hombre de cuanto quisiere el señor de ella.

Y antes de los ocho días acabados, fue toda la caballería de la Infante con ella, todos muy aguisados y de un corazón para servicio de su señora y para acaloñar el mal y la deshonra que les hacían, y todos en uno acordaron con la Infante, pues entre ellos no había hombre de tan alto lugar como el infante Roboán, que era hijo de rey, y él por la mesura tenía por aguisado de ser en servicio de la Infanta, que lo hiciesen caudillo de la hueste y se guiasen todos por él.

Y otro día en la mañana hicieron todos alarde en un gran campo fuera de la ciudad, y hallaron querán diez mil y setecientos caballeros muy bien aguisados y de buena caballería, y con los trescientos caballeros del infante Roboán hiciéronse once mil caballeros. Y como hombres que habían voluntad de hacer el bien y de vengar la deshonra que la Infanta recibía del rey de Guimalet, no se quisieron detener, y por consejo del infante Roboán movieron luego, así como se estaban armados.

Y el rey de Guimalet era ya entrado en el reino de

---

[38] Declarar, explicar o manifestar algo con claridad y detalle.

Pandulfa bien seis jornadas, con quince mil caballeros, y andaban los unos departidos por la una parte y los otros por la otra, quemando y estragando la tierra. Y de esto hubo mandado el infante Roboán por las espías que allá envió. Y cuando fueron cerca del rey de Guimalet cuanto a cuatro leguas, así los quiso Dios guiar que no se encontraron con ningunos de la compaña del rey de Guimalet, y acordó el Infante con toda su gente de irse derechos contra el Rey; que si la cabeza derribasen una vez, y desbaratasen su gente, no tendrían uno con otro, y así los podrían vencer mucho mejor.

Y cuando el Rey supo que era cerca de la hueste de la infanta Seringa, vio que no podría tan aína por su gente enviar, que estaba derramada, y mandó que se armasen todos aquellos que estaban con él, que eran hasta ocho mil caballeros, y movieron luego contra los otros. Y viéronlos que no venían más lejos que media legua, y y comenzaron los de una parte y de la otra a parar sus haces; y tan quedos iban los unos contra los otros que semejaba que iban en procesión. Y cierto, grande fue la duda de la una parte y de la otra; ca todos eran muy buenos caballeros y bien aguisados. Y al rey de Guimalet íbansele llegando cuando ciento, cuando doscientos caballeros. Y el infante Roboán, cuando aquello vio, dijo a los suyos: «Amigos, cuanto más nos detenemos, tanto más de nuestro daño hacemos; ca a la otra parte crece todavía gente y nos no tenemos esperanza que nos venga acorro de ninguna parte, salvo de Dios tan solamente y la verdad que tenemos. Y vayámoslos herir, ca vencerlos hemos.» «Pues enderezad en el nombre de Dios», dijeron los otros, «ca nos os seguiremos». «Pues, amigos», dijo el infante Roboán, «así habéis de hacer que cuando yo dijere "¡Pandulfa por la infanta Seringa!", que vayáis herir muy de recio, ca yo seré el primero que tendré ojo al Rey señaladamente; ca aquella es la estaca que nos habemos de arrancar, si Dios merced nos quisiere hacer».

Y movieron luego contra ellos, y cuando fueron tan cerca que semejaba que las puntas de las lanzas de la una parte y de la otra se querían juntar en uno, dio una gran voz el infante Roboán, y dijo:«¡Pandulfa por la infanta Seringa!», y fuéronlos herir de recio, de guisa que hicieron muy gran portillo en las haces del Rey, y la batalla fue muy herida de la una parte y de la otra; ca duró desde hora de tercia hasta hora de vísperas. Y le mataron el caballo al infante Roboán y estuvo en el campo gran rato apeado, defendiéndose con una espada. Pero no se partieron de él doscientos escuderos hijosdalgo a pie que con él llevara, y los más eran de los que trajo de su tierra, y pugnaban por defender a su señor muy de recio; de guisa que no llegaba caballero y que no le mataban el caballo, y de que caía del caballo metíanle las lanzas so las faldas y matábanlo. De guisa que había aderredor del Infante bien quinientos caballeros muertos, de manera que semejaban un gran muro tras que se podían bien defender.

Y estando en esto asomó el caballero Amigo, que andaba hiriendo en la gente del Rey, y haciendo extraños golpes con la espada, y llegó y donde estaba el infante Roboán, pero que no sabía que estaba el Infante de pie. Y así como lo vio el Infante, llamolo y dijo: «Caballero Amigo, acórreme con ese tu caballo.» «Por cierto, gran derecho es», dijo él, «ca vos me lo distes, y aunque no me lo hubieseis dado, tenido soy de acorreros

217

con él» Y dejose caer del caballo en tierra y acorriole con él, ca era muy ligero y bien armado, y cabalgaron en él al Infante. Y luego vieron en el campo que andaban muchos caballos sin señores, y los escuderos fueron tomar uno y diéronlo al caballero Amigo, y ayudáronlo a cabalgar en él. Y él y el Infante movieron luego contra los otros, llamando a altas voces: «¡Pandulfa por la infanta Seringa!», *conhortando* y esforzando a los suyos; ca porque no oían la voz del Infante rato había, andaban desmayados, ca cuidaban que era muerto o preso. Y tan de recio los hería el Infante, y tan fuertes golpes hacía con la espada, que todos huían de él como de mala cosa, ca cuidaba el que con él se encontraba que no había al sino morir. Y encontrose con el hijo del rey de Guimalet, que andaba en un caballo bien grande y bien armado, y conociolo en lassobreseñales por lo que le habían dicho de él, y díjole así: «¡Ay, hijo del Rey, desmesurado y soberbio! Apercíbete, ca yo soy el Infante al que amenazó tu padre para cortarle la cabeza. Y bien creo, si con él me encuentro, que tan locamente ni tan atrevidamente no querrá hablar contra mícomo a un caballero habló que yo le envié.» «Ve tu vía», dijo el hijo del Rey: «ca no eres tú hombre para decir al Rey mi padre ninguna cosa, ni él para responderte. Ca tú eres hombre extraño y no sabemos quién eres. Ca mala venida hiciste a esta tierra, ca mejor hicieras de holgar en la tuya».

Entonces enderezaron el uno contra el otro, y diéronse grandes golpes con las espadas, y tan gran golpe le dio el hijo del Rey al infante Roboán encima del yelmo, que le atronó la cabeza y le hizo fincar las manos sobre la cerviz del caballo; pero que no perdió la espada, antes cobró luego esfuerzo fuese contra el hijo del Rey y diole tan gran golpe sobre el brazo derecho con la espada que le cortó las guarniciones maguer fuertes, y cortole del hombro un gran pedazo, de guisa que le hubiera todo el hombro de cortar. Y los escuderos del Infante matáronle luego el caballo, y cayó en tierra, y mandó el Infante que se apartasen con él cincuenta escuderos y que lo guardasen muy bien. Y el Infante fue buscar al Rey por ver si se podría encontrar con él, y el caballero Amigo que iba con él díjole: «Señor, yo veo al Rey.» «¿Y cuál es?», dijo el Infante. «Aquel es», dijo el caballero Amigo, «el más grande que está en aquel tropel». «Bien parece rey», dijo el Infante, «sobre los otros, pero que me conviene de llegar a él por conocerlo, y él que me conozca». Y él comenzó decir a altas voces: «¡Pandulfa por la infanta Seringa!» Y cuando los suyos lo oyeron fueron luego con él, ca así lo hacían cuando le oían nombrar a la Infanta. Y halló un caballero de los suyos que tenía aún su lanza y había cortado de ella bien un tercio y hería con ella a sobremano, y pidiósela el Infante, y él diósela luego. Y mandó al caballero Amigo que le fuese decir en cómo él se iba para él, y que lo saliese a recibir si quisiese.

Y el Rey, cuando vio al caballero Amigo y le dijo el mandado, apartose luego fuera de los suyos un poco, y díjole el Rey: «¿Eres tú el caballero que viniste a mí la otra vegada?» «Sí», dijo el caballero Amigo, «mas lleve el diablo el miedo que ahora os he, así como os había entonces cuando me mandabais cortar la cabeza». «Venga ese infante que tú dices acá», dijo el Rey. «Si no, yo iré a él».

«No habéis por qué», dijo el caballero Amigo, «ca este es que vos veis aquí delante». Y tan aína como el caballero Amigo llegó al Rey, tan aína fue el Infante con él, y díjole así: «Rey soberbio y desmesurado, ¿no hubiste mesura ni vergüenza de enviarme tan brava respuesta y tan loca como reenviaste? Y bien creo que esta soberbia tan grande que tú traes que te echará en mal lugar, ca aun yo te perdonaría la soberbia que me enviaste decir, si te quisieses partir de esta locura en que andas y tornases a la infanta Seringa todo lo suyo». Dijo el Rey: «Téngote por necio, infante, en decir que tú perdonarás a mí la locura que tú hiciste en enviarme tú decir que yo que dejase por ti de hacer mi pro». «Libremos lo que habemos de librar», dijo el Infante, «ca no es bueno de despender el día en palabras, y mayormente con hombre en que no ha mesura ni se quiere acoger a razón. Encúbrete, rey soberbio», dijo el Infante, «ca yo contigo soy». Y puso la lanza so el brazo y fuelo herir, y diole tan gran golpe que le pasó el escudo, pero por las armas que tenía muy buenas no le empeció, mas dio con el Rey en tierra. Y los caballeros de la una parte y de la otra estaban quedos por mandado de sus señores, y volviéronse luego todos, los unos por defender a su señor que tenían en tierra, y los otros por matarlo o por prenderlo. Heríanse muy de recio, de guisa que de la una parte y de la otra caían muchos muertos en tierra, y heridos, ca bien semejaba que los unos de los otros no habían piedad ninguna, tan fuertemente se herían y mataban. Y un caballero de los del Rey descendió de su caballo diolo a su señor y acorriolo con él, pero que el caballero duró poco en el campo, que luego fue muerto. Y el Rey no tuvo más ojo por aquella batalla, y desde que subió en el caballo y vio todos los más de los suyos heridos y muertos en el campo, fincó las espuelas al caballo y huyó, y aquellos suyos en pos de él.

Mas el infante Roboán que era de gran corazón, no los dejaba ir en salvo, antes iba en pos de ellos matando e hiriendo y prendiendo, de guisa que los del Rey, entre muertos y heridos y presos, fueron de seis mil arriba, y los del infante Roboán fueron ocho caballeros; pero los caballeros que más hacían en aquella batalla y los que más derribaron fueron los del infante Roboán, ca eran muy buenos caballeros y muy probados, ca se habían acertado en muchos buenos hechos y en otras buenas batallas, y por eso se los dio el rey de Mentón su padre cuando se partió de él.

El infante Roboán con su gente se tornó y donde tenía sus tiendas el Rey, y hallaron y muy gran tesoro. Y arrancaron las tiendas y tomaron al hijo del Rey, que estaba herido, y a todos los otros que estaban presos y heridos, y fuéronse para la infante Seringa. Y mientras el infante Roboán y la su gente estaban en la hacienda, la infante Seringa estaba muy cuitada y con gran recelo; pero que todos estaban en la iglesia de Santa María haciendo oración y rogando a Nuestro Señor Dios que ayudase a los suyos y los guardase de manos de sus enemigos. Y ellas estando en esto, llegó un escudero a la Infante y díjole: «Señora, dadme albricias.» «Sí haré», dijo la Infante, «si buenas nuevas me traes».

«Dígoos, señora», dijo el escudero, «que el infante Roboán, vuestro servidor, venció la batalla a guisa de muy buen caballero y muy esforzado, y tráeos preso al hijo del Rey, pero herido en el hombro diestro. Y tráeos más entre muertos y heridos y presos, que fincaron en el campo, que no los pueden traer muy muchos. Y trae otrosí gran tesoro que hallaron en el real del Rey; ca bien fueron seis mil caballeros y más de los del Rey entre muertos y presos y heridos».

«¡Ay, escudero, por amor de Dios», dijo la Infanta, «que me digas verdad! ¿Si es herido el infante Roboán?». «Dígoos, señora, que no, comoquiera que le mataron el caballo y fincó apeado en el campo, defendiéndose a guisa de muy buen caballero un gran rato, con doscientos hijosdalgo que tenía consigo, a pie, que lo sirvieron y lo guardaron muy lealmente.» «Por Dios, escudero», dijo la Infanta, «vos seáis bien venido. Y prométoos de dar luego caballo y armas, y de mandaros hacer caballero y de casaros bien y de heredaros bien». Y luego en pos de este llegaron otros por ganar albricias, mas hallaron a este que las había ganado. Pero con todo esto la Infanta no dejaba de hacer merced a todos aquellos que estas nuevas le traían.

Y cuando el infante Roboán y la otra gente llegaron a la villa, la Infanta salió con todas las dueñas doncellas fuera de la ciudad a una iglesia que estaba cerca de la villa, y esperároslos y, haciendo todos los de la ciudad muy grandes alegrías. Y cuando llegaron los de la hueste, dijo el infante Roboán a un escudero que le tirase las espuelas. «Señor», dijo el Conde, «no es uso de esta nuestra tierra de tirar las espuelas». «Conde», dijo el Infante, «yo no sé qué uso es este de esta vuestra tierra, mas ningún caballero no debe entrar a ver dueñas con espuelas, según el uso de la nuestra». Y luego le tiraron las espuelas, y descabalgó, y fue a ver la Infanta.

«¡Bendito sea el nombre de Dios», dijo la Infanta, «que os veo vivo y sano y alegre!». «Señora», dijo el Infante, «no lo yerra el que a Dios se *acomienda*, y porque yo me acomendé a Dios hálleme ende bien; ca Él fue el mi amparador y mi defendedor en esta lid, en querer que el campo fuese en nos, por la nuestra ventura». «Yo no se lo podría agradecer», dijo la Infanta, «ni a vos cuanto habéis hecho por mí». Entonces cabalgó la Infanta, y tomola el Infante por la rienda y llevola a su palacio. Y de sí fuese el Infante y todos los otros a sus posadas a desarmarse y a holgar, ca mucho lo habían menester. Y la Infanta hizo pensar muy bien del infante Roboán, y mandáronle hacer baños, ca estaba muy quebrantado de los golpes que recibió sobre las armas, y del cansancio. Y él hízolo así, pero con buen corazón mostraba que no daba nada por ello, ni por el afán que había pasado.

Y a cabo de los tres días fue a ver a la Infanta, y llevó consigo al hijo del rey de Guimalet, y díjole: «Señora, esta joya os traigo; ca por este tengo que debéis cobrar todo lo que os tomó el rey de Guimalet su padre, y os debe dar gran partida de la su tierra. Y mandadlo muy bien guardar, y no selo deis hasta que os cumpla todo esto que yo os digo. Y bien creo que lo hará, ca él no ha otro hijo sino este, y si él muriese, sin este hijo fincaría el reino en contienda; porque soy cierto y seguro que os dará por él todo lo vuestro y muy buena partida de lo suyo. Y aquellos otros caballeros que tenéis presos, que son mil y doscientos, mandadlos tomar y guardar, ca cada uno os dará por sí muy gran haber porque los saquéis de la prisión, ca así me lo enviaron decir con sus mandaderos».

Entonces dijo la Infanta: «Yo no sé cómo os agradezca cuánto bien habéis hecho y hacéis a mí y a todo el mi reino, porque os ruego que escojáis en este mi reino villas y castillos y aldeas cuales vos quisiereis; ca no será tan cara la cosa en todo el mi reino que vos queráis que no os sea otorgada». «Señora», dijo el Infante, «muchas gracias; ca no me cumplen ahora villas ni castillos, sino tan solamente la vuestra gracia que me deis licencia para que me vaya».

«Ay, amigo señor», dijo la Infanta, «no sea tan aína la vuestra ida, por el amor de Dios, ca bien ciertamente creed que si os vais de aquí, que luego me vendrán a estragar el rey de Guimalet y el rey de Brez su suegro, ca es casado con su hija». Y el infante Roboán paró mientes en aquella palabra tan halaguera que le dijo la Infanta; ca cuando le llamó «amigo señor», semejole una palabra tan pesada que así se le asentó en el corazón. Y como él estaba fuera de su seso, *embermeció* todo muy fuertemente y no le pudo responder ninguna cosa. Y el conde Rubén, tío y vasallo de la Infante, que estaba y con ellos, paró mientes a las palabras que la Infante dijera al infante Roboán, y de cómo se le demudó la color que no le pudo dar respuesta, y entendió que amor crecía entre ellos. Y llegose a la Infanta y díjole a la oreja: «Señora, no podría estar que no os dijese aquello que pienso, ca será vuestra honra, y es esto: tengo, si vos quisiereis y el Infante quisiere buen casamiento, sería a honra de vos y defendimiento del vuestro reino que os casaseis con él; ca ciertamente uno es de los mejores caballeros de este mundo, y pues hijo es de rey y así lo semeja en todos los sus hechos, no le habéis qué decir.» Y la Infanta se paró tan colorada como la rosa, y díjole: «¡Ay, conde, y cómo me habéis muerto!» «¿Y por qué, señora?», dijo el Conde, «¿porque hablo en vuestro pro y en vuestra honra».

«Yo así lo creo como vos lo decís», dijo ella, «mas no os podría yo ahora responder». «Pues pensad en ello», dijo el Conde, «y después yo recudiré a vos». «Bien es», dijo la Infanta.

Y mientras ellos estaban hablando en su puridad, el infante Roboán estaba como traspuesto,pensando en aquella palabra. Ca tuvo que se lo dijera con gran amor, o porque lo había menester en aquel tiempo. Pero cuando vio que se le movió la color cuando el Conde hablaba con ella en puridad, tuvo que de todo en todo con gran amor le dijera aquella palabra, y cuidó que el Conde la *reprehendía* de ello. Y Roboán se tornó contra la Infanta y díjole: «Señora, a lo que me dijiste que no me vaya de aquí tan aína por recelo que habéis de aquellos reyes, prométoos que no me parta de aquí hasta que yo os deje todo el vuestro reino sosegado; ca, pues comenzado lo he, conviéneme de acabarlo, ca nunca comencé con la merced de Dios cosa que no acabase». «Dios os deje acabar», dijola Infanta, «todas aquellas cosas que comenzareis». «¡Amén!», dijo Roboán. «Y yo amén digo», dijola Infanta. «Pues por amén no lo perdamos», dijeron todos.

Díjole Roboán: «Señora, mandadme dar un escudero que guíe a un mi caballero que quiero enviar al rey de Brez. Y según nos respondiere así le responderemos.» Y el Infante mandó llamar al caballero Amigo, y cuando vino díjole así: «Caballero Amigo, vos sois de los primeros caballeros que yo hube por vasallos, y serviste al Rey mío padre y a mí muy lealmente, porque soy tenido de haceros merced y cuanto bien yo pudiere. Y comoquiera que gran afán hayáis pasado conmigo, quiero que toméis por la Infanta que y está un poco de trabajo». Y esto le dijo el Infante pensando que no querría ir por él por lo que le aconteciera con el otro rey.

«Señor», dijo el caballero Amigo, «hacerlo he de grado, y serviré a la Infanta en cuanto ella me mandare». «Pues id ahora», dijo el Infante, «con esta mi *mandadería* al rey de Brez, y decidle así demi parte al Rey: que le ruego yo que no quiera hacer mal ni daño alguno en la tierra de la infanta Seringa, y que si algún mal ha y hecho, que lo quiera enmendar, y que dé tregua a ella y a toda su tierra por sesenta años. Y si no lo quisiere hacer u os diere mala respuesta, así como os dio el rey de Guimalet su yerno, desafiadlo por mí y veníos luego». «Y vendré», dijo el caballero Amigo, «si medieren vagar. Pero tanto os digo, que si no lo hubiese prometido a la Infanta, que yo no fuese allá, ca me semeja que vos tenéis embargado conmigo y os querríais desembargar de mí; ca no os cumplió el peligro que pasé con el rey de Guimalet, y enviaisme a este otro que es tan malo y tan desmesurado como el otro, y más habiendo aquí tantos buenos caballeros y tan entendidos como vos habéis para enviarlos, y que recaudarán el vuestro mandado mucho mejor que yo».

«Ay, caballero Amigo», dijo la Infante, «por la fe que vos debéis a Dios y al Infante vuestro señor que aquí está, y por el mi amor, que hagáis este camino donde el Infante os envía; ca yo fío por Dios que recaudaréis por lo que vais muy bien, y vendréis muy bien andante, y seros ha prez y honra entre todos los otros». «Gran merced», dijo el caballero Amigo, «ca pues prometídooslo he iré esta vegada, ca no pueda al hacer». «Caballero Amigo», dijo el infante Roboán, «nunca os vi cobarde en ninguna cosa que hubieseis de hacer sino en esto». «Señor», dijo el caballero Amigo, «un halago os debo; pero sabe Dios que este esfuerzo que lo dejaría ahora si ser pudiese sin mala estanza, pero a hacer es esta ida maguer agra, pues lo prometí». Y tomó una carta de creencia que le dio el Infante para el rey de Brez, y fuese con el escudero que le dieron que lo guiase.

Y cuando llegó al Rey, hallolo en una ciudad muy apuesta y muy viciosa a la cual dicen Requisita, y estaban con él la Reina su mujer y dos hijos suyos pequeños, y muchos caballeros derredor de ellos.

Y cuando le dijeron que un caballero venía con mandado del infante Roboán, mandole entrar luego.

Y el caballero Amigo entró y fincó los hinojos delante del Rey y díjole así: «Señor, el infante Roboán, hijo del muy noble rey de Mentón, que es ahora con la infanta Seringa, te envía mucho saludar y envíate esta carta conmigo.» Y el Rey tomó la carta y diola a un obispo su canciller que era y con él, que la leyese y le dijese que se contenía en ella. Y el obispo la leyó y díjole que era carta de creencia, en que le enviaba rogar el infante Roboán que creyese aquel caballero de lo que le dijese de su parte. «Amigo», díjole el Rey, «dime lo que quisieres, ca yo te oiré de grado». «Señor», dijo el caballero Amigo, «el infante Roboán te envía rogar que por la tu mesura y por la honra de él, que no quieras hacer mal en el reino de Pandulfa, donde es señora la infante Seringa, y que si algún mal has hecho tú o tu gente, que lo quieras hacer enmendar, y que le quieras dar tregua y seguranza por sesenta años de no hacer mal ninguno a ningún lugar de su reino, por dicho ni por hecho ni por consejo; y que él te lo agradecerá muy mucho, porque será tenido en pugnar de crecer tu honra en cuanto él pudiere».

«Caballero», dijo el Rey, «¿y qué tierra es Mentón donde es este infante tu señor?». «Señor», dijo el caballero Amigo, «el reino de Mentón es muy grande y muy rico y muy vicioso». «Y pues ¿cómo salió de allá este infante», dijo el Rey, «y dejó tan buena tierra y se vino a esta tierra extraña?».

«Señor», dijo el caballero Amigo, «no salió de su tierra por ninguna mengua que hubiese, mas por probar las cosas del mundo y por ganar prez de caballería». «¿Y con qué se mantiene, dijo el Rey, en esta tierra?». Dijo el caballero Amigo: «Señor, con el tesoro muy grande que le dio su padre, que fueron ciento acémilas cargadas de oro y de plata, y trescientos caballeros de buena caballería muy bien aguisados, que no le fallecen de ellos sino ocho que murieron en aquella batalla que hubo con el rey de Guimalet.» «¡Ay, caballero, así Dios te dé buena ventura! Dime si te acertaste tú en aquella batalla.» «Señor», dijo el caballero Amigo, «sí acerté». «¿Y fue bien herida?», dijo el Rey. «Señor», dijo el caballero Amigo, «bien puedes entender que fue bien herida, cuando fueron de la parte del Rey, entre presos y heridos y muertos, bien seis mil caballeros». «¿Y pues esto cómo pudo ser», dijo el Rey, «que de los del Infante no muriesen más de ocho?» «Pues, señor, no murieron más de los del Infante de los trescientos caballeros, mas de la gente de la infante Seringa, entre los muertos y los heridos, bien fueron dos mil». «Y este tu señor, ¿de qué edad es?», dijo el Rey. «Pequeño es de días», dijo el caballero Amigo, «que aún ahora le vienen las barbas». «Gran hecho acometió», dijo el Rey, «para ser de tan pocos días, en lidiar con tan poderoso rey como es el rey de Guimalet, vencerlo». «Señor, no te maravilles», dijo el caballero Amigo, «ca en otros grandes hechos se ha y aprobado, y en los hechos parece que quiere semejar a su padre». «¿Y cómo?», dijo el Rey, «¿tan buen caballero de armas es su padre?» «Señor», dijo el caballero Amigo, «el mejor caballero de armas es que sea en todo el mundo. Y es rey de virtud, ca muchos milagros ha demostrado Nuestro Señor por él en hecho de armas». «¿Y has de decir más», dijo el Rey, «de parte de tu señor?». «Si la respuesta fuere buena», dijo el caballero Amigo, «no he más que decir». «Y si no fuere buena», dijo el Rey, «¿qué es lo que querrá hacer?». «Lo que Dios quisiere», dijo el caballero Amigo, «y no al».

«Pues dígote que no te quiero dar respuesta», dijo el Rey, «ca tu señor no es tal hombre para que yo le deba responder». «Rey señor», dijo el caballero Amigo, «pues que así es, pídote por merced que me quieras asegurar, y yo decirte he el mandado de mi señor todo cumplidamente». «Yo te aseguro», dijo el Rey. «Señor», dijo el caballero Amigo, «ca no quieres cumplir el su ruego que te envía rogar, lo que tú debías hacer por ti mismo, catando mesura, y porque lo tienes en tan poco, yo te desafío en su nombre por él». «Caballero», dijo el Rey, «en poco tiene este tu señor a los reyes, pues que tan ligero los envía desafiar. Pero apártate allá», dijo el Rey, «y nos habremos nuestro acuerdo sobre ello».

Dijo luego el Rey a aquellos que estaban y con él, que le dijesen lo que les semejaba en este hecho.

Y el obispo su canciller le respondió y dijo así: «Señor, quien la baraja puede excusar, bien barata en huir de ella; ca a las vegadas el que más y cuida ganar, ese finca con daño y con pérdida; y por ende tengo que sería bien que os partieseis de este ruido de aqueste hombre, ca no tiene cosa en esta tierra de que se duela, y no dudará de meterse a todos los hechos en que piense ganar prez y honra de caballería; y porque esta buena andanza hubo con el rey de Guimalet, otras querrá acometer y probar sin duda ninguna. Ca el que una vegada bien andante es, crécele el corazón y esfuérzase para ir en pos de las otras buenas andanzas.» «Verdad es», dijo el Rey, «eso que vos ahora decís, mas tanto va el cántaro a la fuente hasta que deja allá el asa o la frente; y este infante tantos hechos querrá acometer hasta que en él alguno habrá de caer o de perecer; pero, obispo», dijo el Rey, «téngome por bien aconsejado de vos, ca pues que en paz estamos, no debemos buscar baraja con ninguno, y tengo por bien que cumplamos el su ruego, ca nos no hicimos mal ninguno en el reino de Pandulfa, ni tenemos de ella nada porque le hayamos de hacer enmienda ninguna. Mandadle hacer mis cartas de cómo le prometo el seguro de no hacer mal ninguno en el reino de Pandulfa, y que doy tregua a la infanta y a su reino por sesenta años, y dad las cartas a ese caballero, y váyase luego a buenaventura».

Y el obispo hizo luego las cartas y diolas al caballero Amigo, y díjole que se despidiese luego del Rey. Y el caballero Amigo hízolo así. Y antes que el caballero llegase a la Infanta, vinieron caballeros del rey de Guimalet con pleitesía a la infante Seringa, que le tornaría las villas y los castillos que le había tomado, y que le diese su hijo que le tenía preso. Y la Infanta respondioles que no haría cosa ninguna a menos de su consejo del infante Roboán; ca pues que por él hubiera esta buena andanza, que no tenía por bien que ninguna cosa se ordenase ni se hiciese al sino como él lo mandase. Y los mandaderos del rey de Guimalet le pidieron por merced que enviase luego por él, y ella hízolo luego llamar.

El infante Roboán cabalgó luego y vínose para la

Infanta, y díjole: «Señora, ¿quién son aquellos caballeros extraños?» Y ella le dijo que eran mensajeros del rey de Guimalet. «¿Y qué es lo que quieren?», dijo el infante Roboán. «Yo os lo diré», dijo la Infanta. «Ellos vienen con pleitesía departes del rey de Guimalet que yo le dé su hijo y que me dará las villas y los castillos que me tiene tomados.» «Señora», dijo el infante Roboán, «no se dará por tan poco, de mi grado». «¿Y pues qué os semeja?», dijo la Infante. «Señora», dijo Roboán, «yo os lo diré. A mí me hicieron entender que el rey de Guimalet que tiene dos villas muy buenas y seis castillos que entran dentro en vuestro reino, y que dé y recibís siempre mucho mal». «Verdad es», dijo la Infante, «mas aquellas dos villas son las mejores que él ha en su reino, y no creo que me las querrá dar». «¿No?», dijo el Infante. «Sed segura, señora, que él os las dará, o él verá mal gozo de su hijo.» «Pues habladlo vos con ellos», dijo la Infanta. Dijo Roboán: «Muy de grado.» Y llamó luego a los caballeros y apartose con ellos y díjoles: «Amigos, ¿qué es lo que demandáis o queréis que haga la Infanta?» «Señor», dijeron ellos, «bien creemos que la Infanta os lo dijo, pero lo que nos le demandamos es esto: que nos dé al hijo del Rey que tiene aquí preso, y que le haremos luego dar las villas y los castillos que el Rey le había tomado». «Amigos», dijo Roboán, «mal mercaría la Infanta». «¿Y cómo mercaría mal?», dijeron los otros. «Yo os lo diré», dijo el Infante. «Vos sabéis bien que el rey de Guimalet tiene gran pecado de todo cuanto tomó a la Infanta, contra Dios y contra su alma, y de buen derecho débeselo todo tornar, con todo lo que ende llevó, ca con ella no había enemistad ninguna ni demanda porque él debiese hacer esto de derecho, ni envió mostrar razón ninguna, porque le quería correr su tierra ni se la tomar; mas siendo ella segura y toda la su tierra, y no recelándose de él, entrole las villas y los castillos como aquellos que no se guardaban de ninguno y querían vivir en paz». «Señor», dijo un caballero de los del rey de Guimalet, «estas cosas que vos decís no se guardan entre los reyes, mas el que menos puede lazra, y el que más lleva más». A eso dijo el Infante: «Entre los malos reyes no se guardan estas cosas, ca entre los buenos todas se guardan muy bien; ca no haría mal uno a otro por ninguna manera, a menos de mostrar si había alguna querella de él, que se la enmendase, y si no se la quisiese enmendar, enviarlo a desafiar así como es costumbre de hijosdalgo.

Y si de otra guisa lo hace, puédelo retar y decirle mal por todas las cortes de los reyes. Y por ende digo que no mercaría bien la Infanta en querer pleitear por lo suyo, que de derecho le debe tornar; mas el Infante hijo del Rey fue muy bien ganado y preso en buena guerra; onde quien lo quisiere, se *dende* bien ciertos que dará antes por el bien lo que vale.» «¿Y qué es lo que bien vale?», dijeron los otros. «Yo os lo diré», dijo el Infante, «que dé por sí tanto como vale, o más, y creo que para bien pleitear el Rey y la Infanta, las dos villas y seis castillos que ha el Rey, que entran por el reino de la Infante, y todo lo al que le ha tomado, que se lo diese, y demás que le asegurase y que le hiciese hombrenaje con cincuenta de los mejores de su reino que no le hiciese ningún daño en ningún tiempo por sí ni por su consejo, y si otro alguno le quisiese hacer mal, que él que fuese en su ayuda».

«Señor», dijeron los otros, «fuertes cosas demandáis, y no hay cosa en el mundo porque el Rey lo hiciese». Y en esto mentían ellos, ca dice el cuento que el Rey les mandara y les diera poder de pleitear siquiera por la mitad de su reino, en tal que él cobrase a su hijo, ca lo amaba más que a sí mismo. Y el Infante les dijo: «Quien no da lo que vale, no toma lo que desea. Y si él ama a su hijo y lo quiere ver vivo, conviénele que haga todo esto, ca no ha cosa del mundo porque de esto me sacasen, pues que dicho lo he; ca mucho pensé en ello antes que os lo dijese, y no hallé otra carrera por donde mejor se pudiese librar, a honra de la Infanta, sino esta.» «Señor», dijeron los otros, «tened por bien que nos apartemos, y hablaremos sobre ello, y después responderos hemos lo que nos semejare que se podrá y hacer». «Bien es», dijo el Infante. Y ellos se apartaron y Roboán se fue para la Infanta.

Y los caballeros, de que hubieron habido su acuerdo, viniéronse para el Infante y dijéronle: «Señor, ¿queréis que hablemos con vos aparte?» «¿Y cómo?», dijo Roboán, «¿es cosa que no debe saber la Infanta?» Dijeron ellos: «No, ca por ella ha todo de pasar.» «Pues bien es», dijo Roboán, «que me lo digáis delante de ella». «Señor», dijeron ellos, «si de aquello que nos demandáis nos quisiereis dejar alguna cosa, bien creemos que se haría». «Amigos», dijo el Infante, «no nos queráis probar por palabra, ca no se puede dejar ninguna cosa de aquello que es hablado». «Pues que así es», dijeron ellos, «hágase en buen hora, ca nos traemos aquí poder de obligar al Rey, en todo cuanto nos hiciéremos». Y de sí diéronle luego la carta de obligamiento, y luego hicieron las otras cartas querán menester para este hecho, las más firmes y mejor notadas que pudieron. Y luego fueron los caballeros con el conde Rubén a entregarle las villas y los castillos, tan bien de los que tenía tomados el Rey a la Infanta como de los otros del Rey. Y fue a recibir el hombrenaje del Rey y de los cincuenta hombres buenos, entre condes y ricos hombres, que lo habían de hacer con él para guardarla tierra de la Infanta y de no hacer y ningún mal, y para ser en su ayuda si menester fuese, en tal manera que si el Rey lo hiciese o le falleciese en cualquiera de estas cosas, que los condes y los ricoshombres que fuesen tenidos de ayudar a la Infante contra el Rey y de hacerle guerra por ella.

Y desde que todas estas cosas fueron hechas y fue entregado el conde Rubén de las villas y de los castillos, vínose luego para la Infanta. Y el Conde le dijo: «Señora, vos entregada sois de las villas y de los castillos, y la vuestra gente tienen las fortalezas.» Y diole las cartas del hombrenaje que le hicieron el Rey y los otros ricos hombres, y pidiole por merced que entregase a los caballeros el hijo del Rey, ca derecho era, pues que ella tenía todo lo suyo. «Mucho me place», dijo la Infanta, y mandó traer al hijo del Rey. Y trajéronlo y sacáronlo de las otras prisiones, que no lo tenían en mal recaudo. Y un caballero del rey de Guimalet que y estaba dijo al infante Roboán: «Señor, ¿conoceisme?» «No os conozco», dijo el Infante, «pero seméjame que os vi, mas no sé en qué lugar». «Señor», dijo él, «entre todos los del mundo os conocería, ca en todos los mis días no se me olvidará la pescozada que me distes». «¿Y cómo?», dijo el Infante, «¿armeos caballero?» «Sí», dijo el otro, «con la vuestra espada muy tajante, cuando me distes este golpe que tengo aquí en la frente; ca no me valió la capellina ni otra armadura que trajese, de tal guisa que andabais bravo y fuerte en aquella lid, ca no había ninguno de los de la parte del Rey que os osase esperar, antes huía de vos así como de la muerte». «Por Dios, caballero, si así es», dijo el Infante, «pésame mucho, ca ante vos quisiera dar algo de lo mío que no que recibieseis mal de mí; ca todo caballero más lo querría por amigo que no por enemigo». «¿Y cómo?», dijo él, «¿vuestro enemigo he yo de ser por esto? No lo quiera Dios, ca bien creed, señor, que de mejor mente os serviría ahora que antes que fuese herido, por las buenas caballerías que vi en vos; que no creo que en todo el mundo hay mejor caballero de armas que vos».

«Por Dios», dijo el hijo del rey de Guimalet, «el que mejor lo conoció en aquella lid y más paró mientes en aquellos hechos, yo fui; ca después que él a mí hirió y me *priso* y me hizo apartar de la hueste a cincuenta escuderos que me guardasen, veía por ojo toda la hueste, y veía a cada uno como hacía, mas no había ninguno que tantas vegadas pasase la hueste de un cabo al otro, derribando e hiriendo y matando, ca no había y tropel por espeso que fuese, que él no le hendiese. Y cuando él decía: "Pandulfa por la infante Seringa", todos los suyos recudían a él». Y como otro que se llama a deshonra, dijo el hijo del Rey: «Yo nunca salga de esta prisión en que estoy, pues vencido y preso había de ser, si no me tengo por honrado por ser preso y vencido de tan buen caballero de armas como es este». «Dejemos estar estas nuevas», dijo el infante Roboán, «ca si yo tan buen caballero fuese como vos decís, mucho lo agradecería yo a Dios». Y cierto con estas palabras que decían mucho placía a la infanta Seringa, y bien daba a entender que gran placer recibía; ca nunca partía los ojos de él, riéndose amorosamente, y decía: «Viva el infante Roboán por todos los mis días, ca mucha mercedme ha hecho Dios por él». «Por Dios, señora», dijo el hijo del rey de Guimalet, «aún no sabéis bien cuánta merced os hizo Dios por la su venida, así como yo lo sé, ca ciertamente creed que el Rey mío padre y el rey de Brez mi abuelo os habían de entrar por dos partes a correr el reino y tomaros las villas y los castillos, hasta que no os dejasen ninguna cosa». «¿Y esto por qué?», dijo la Infanta. «Por voluntad y por sabor que tenían de haceros mal en el vuestro señorío», dijo él. «¿Y merecíales yo porqué», dijo la Infanta, «o aquellos donde yo vengo?». «No, señora, que yo sepa.» «Gran pecado hacían», dijo la Infanta, «y Dios me defenderá de ellos por la su merced». «Señora», dijo Roboán, «cesen de aquí adelante estas palabras; ca Dios, que os defendió del uno os defenderá del otro, si malos quisieren hacer. Y mandad tirar las prisiones al hijo del Rey, y enviadlo; ca tiempo es ya que os desembarguéis de estas cosas, y pensemos en al». Y la Infanta hizo tirar las prisiones al hijo del Rey y enviolo con aquellos caballeros que tenía presos; ca dieron por sí doscientas vegadas mil marcos de oro, y de esto hubo la Infante cien vegadas mil y el infante Roboán lo al, comoquiera que la Infanta no quería de ello ninguna cosa; ca antes tenía por bien que fincase todo en Roboán, como aquel que lo ganara muy bien por su buen esfuerzo y por la su buena caballería.

Y todo el otro tesoro, que fue muy grande, que hallaron en el campo cuando el Rey fue vencido, fue partido a los condes y a los caballeros que se acertaron en la lid, de lo cual fueron todos bien entregados y muy pagados de cuanto Roboán hizo y de cómo lo partió muy bien entre ellos, catando a cada uno cuanto valía y como lo merecía; de guisa que no fue ninguno con querella. Y cobraron gran corazón para servir a su señora la Infanta, y fueron a ella y pidiéronle por merced que no los quisiese excusar ni dejar, ca ellos aparejados eran para servirla y defenderla de todos aquellos que mal le quisiesen hacer, y aun si ella quisiese, que irían de buenamente a las tierras de los otros aganar algo o a lo que ella mandase, y que pondrían los cuerpos para acabarlo.

«Deos Dios mucha buena ventura», dijo la Infanta, «ca cierta soy de la vuestra verdad y de la vuestra lealtad, que os pararíais siempre a todas las cosas que al mío servicio fuesen». Y ellos despidiéronse de ella y fuéronse cada uno para sus lugares.

El infante Roboán, cuando supo que se habían despedido los caballeros para irse, fuese para la Infanta y díjole: «Señora, ¿y no sabéis cómo habéis enviado vuestro mandado al rey de Brez? ¿Y si por ventura no quisiese cumplir lo que le enviamos rogar? ¿Y no es mejor, pues aquí tenéis esta caballería, que movamos luego contra él?» «Mejor será», dijo la Infanta, «si ellos quisieren, mas creo que porque están cansados y quebrantados de esta lid, que querrán ir a refrescar para venirse luego si mester fuere».

El Infante comenzó a reír mucho, y dijo: «Por Dios, señora, los cansados y los quebrantados los que fincaron en el campo son; ca estos fincaron alegres y bien andantes, y no podría mejor refrescar en la su tierra, ni tan bien como en esta lo refrescaron; ca ahora están ellos frescos y avivados en las armas para hacer bien. Y mandadlos esperar, que de aquí a tercer día cuido que habremos el mandado del rey de Brez.» «Bien es», dijo la Infante, «y mandóselo así». Y ellos hiciéronlo muy de grado.

La Infante no quiso olvidar lo que había dicho el conde Rubén en razón de ella y del Infante, y envió por él y díjole en su verdad: «Conde, ¿qué es lo que dijiste el otro día que queríais hablar conmigo en razón del Infante? Ciertas, no se me viene en mente, por la prisa grande en que estamos». «*Aínase* os olvidó», dijo el Conde, «siendo la vuestra honra, y bien creo que si de la mía os hablara que más aína lo olvidarais». «Decid», dijo la Infante, «lo que queráis decir, por amor de Dios, y no me enojéis, ca no soy tan olvidadiza como vos me decís, comoquiera que esto se me acaeció, o por ventura que no lo oí bien». «Señora», dijo el Conde, «repetíroslo he otra vegada, y aprendedlo mejor que no en la primera. Señora, lo que os dije entonces eso os digo ahora, que pues vos a casar habéis, el mejor casamiento yo sé ahora y más a vuestra honra, este infante Roboán era». «Ende», dijo la Infante, «yo en vos pongo todo el mi hecho y la mi hacienda, que uno sois de los de mi reino en que yo más fío y que más precio; y pues lo comenzaste, llevadlo adelante, ca a mí no cae hablar en tal razón como esta».

El Conde se fue luego para el infante Roboán y díjole que quería hablar con él aparte. Y el Infante se apartó con él a una cámara muy de grado, y el Conde le dijo: «Señor, comoquiera que vos no me hablaste en ello ni me rogaste, queriendo vuestro bien y vuestra honra pensé en una cosa cual os ahora diré: si os quisiereis casar con la infante Seringa, trabajarme yo de hablar en ello muy de buenamente.» «Conde», dijo el infante Roboán, «muchas gracias, que cierto soy de vos que por la vuestra mesura querríais mi bien y mi honra; ca ciertas para muy mayor hombre de mayor estado sería muy bueno este casamiento; mas tal es la mi hacienda que yo no he de casar hasta que vayamos adelante donde he a ir y ordene Dios de mí lo que quisiere». Y por amor de Dios, conde, no os trabajéis en este hecho, ca a mí sería gran vergüenza en decir de no, y ella no fincaría honrada, lo que me pesaría muy de corazón. Ciertamente la quiero muy gran bien y préciola y ámola muy verdaderamente, queriéndola guardar su pro y su honra, y no de otra guisa». «¿Pues no hablaré en ello?», dijo el Conde. «No», dijo el Infante, «ruégoos lo yo». El Conde se fue luego para la Infante díjole todas las palabras que Roboán le dijera. Y cuando la Infante lo oyó, parose muy amarilla y comenzó a *tristecer* de guisa que hubiera a caer en tierra, si no por el Conde, que la tuvo por el brazo.

«Señora», dijo el Conde, «no toméis muy gran pesar por ello, ca lo que vuestro hubiere de ser ninguno no os lo puede *toller*[39], y por ventura habréis otro mejor casamiento si este no hubiereis». «No me *desfucio*[40] de ello», dijo la Infante, «de la merced de Dios, ca como ahora dijo de no, aún por aventura dirá que le place. Y ciertas, conde, quiero que sepáis una cosa, que muy enteramente tenía por este casamiento, si ser pudiese, y cuido, según el corazón me dice, que se hará. Y de ninguna cosa no me pesa sino que cuidaría que de mi parte fue comenzado, y por ventura que me preciará menos por ello». «Señora», dijo el Conde, «yo muy bien os

---

[39] *Toller* significa quitar, retirar o arrebatar algo.
[40] *Desfucio* significaba originalmente desconfianza o la acción de quitar la confianza o la esperanza a alguien.

guardé en este lugar, ca lo que yo le dije no se lo dije sino dando a entender que quería el su bien, y aconsejándole que lo quisiese, y cuando yo supiese su voluntad, que me trabajaría en ello». «Muy bien lo hiciste»; dijo la Infante, «y no le habléis más en ello, y haga Dios lo que le tuviere por bien».

Ellos estando en esto entró el escudero que había enviado con el caballero Amigo con mandado del Infante al rey de Brez. «¿Y recaudó por lo que fue?», dijo la Infante. «Por Dios, señora», dijo el escudero, «sí, muy bien, a guisa de buen caballero y bien razonado, según veréis por las cartas y el recaudo que trae». Entonces llegó el caballero Amigo ante la Infante. «Por Dios, caballero Amigo, mucho me place», dijo la Infante, «porque os veo venir bien andante». «¿Y en qué lo veis vos?», dijo el caballero Amigo. «¿En qué?», dijo la Infante, «en veniros muy alegre y en mejor continente que no a la ida cuando de aquí os partiste». «Señora», dijo el caballero Amigo, «pues Dios tan buen entendimiento os quiso dar de conocer las cosas escondidas, entended esto que ahora os diré: que yo creo que Dios nunca tanto bien hizo a una señora como hizo a vos, por la conocencia del Infante mío señor; ca según yo *aprise*[41] en la corte del rey de Brez, no eran tan pocos aquellos que vos mal cuidaban hacer, y habían ya partido el vuestro reino entre sí». «¿Y cuáles eran esos?», dijo la Infante.

«Señora», dijo el caballero Amigo, «el rey de Guimalet y el rey de Libia; pero pues habéis el rey de Brez, no habéis por qué recelaros del rey de Libia, ca el rey de Brez el ruego que le envió hacer el infante Roboán, por estas cartas lo podéis ver que vos aquí traigo».

---

[41] *Aprise* significa aprendizaje, enseñanza o conocimiento.

La Infante recibió las cartas y mandolas leer, y hallaron que la seguranza y la tregua del rey de Brez fuera muy hecho, y que mejor no se pudiera hacer por ninguna manera ni más a pro ni a honra de la Infante.

Y el infante Roboán habiendo muy gran sabor de irse: «Y pues buen sosiego tenéis la vuestra tierra, no habéis por qué detenerme.» «Amigo señor», dijo la Infante, «si buen sosiego y ha, por vos y por vuestro buen esfuerzo es; y sabe Dios que si os pudiese detener a vuestra honra que lo haría muy degrado. Pero antes hablaré convusco algunas cosas que tengo que hablar». «Señora», dijo el Infante, «tan apercibida y tan guardada sois en todas cosas que no podríais errar en ninguna manera en lo que hubieseis a decir y a hacer».

Otro día en la mañana, cuando vino el infante Roboán a despedirse de ella, dijo la Infante: «Sed aquí ahora y rédrense los otros, y yo hablaré convusco lo que os diré que tenía de hablar.» Y todos los otros se tiraron afuera, pero que paraban mientes a los gestos y a los ademanes que hacían, ca bien entendían que entre ellos había muy gran amor, comoquiera que ellos se encubrían lo más que podían y no se querían descubrir el uno al otro el amor grande que había entre ellos. Pero la Infante, viendo que por el infante Roboán había el su reino bien asosegado y fincaba honrada entre ellos, que sería la más bien andante y la más recelada señora que en todo el mundo habría, con el buen entendimiento y con el buen esfuerzo y con la buena ventura de este Infante, no se pudo sufrir, y no con maldad, ca de muy buena vida era y de buen entendimiento, mas cuidándole vencer con buenas palabras porque el casamiento se hiciese; y díjole así: «Señor, el vuestro buen donaire, y la vuestra buena ventura, y el vuestro buen entendimiento, y la honra que me habéis hecho en dejarme muy rica y muy recelada de todos los mis vecinos, y muy honrada, me hace decir esto que vos ahora diré, y con gran amor ruégoos que me perdonéis lo que os diré, y no tengáis que por otra razón de maldad ni de encubierta os lo digo, mas por razón de ser más amparada, si Dios lo quisiere allegar. Y porque no sé si algunos de mis reinos a qué placería, o por ventura si querrían que se llegase este pleito, no me quise descubrir a ninguno y quíseme atrever ante la vuestra mesura, que si no se hiciese que fuese callado entre nos; ca ciertamente, si otros fuesen en el hecho no podría ser puridad; ca dicen que lo que saben tres, sábelo toda res. Y lo que vos he a decir, comoquiera que lo digo con gran vergüenza, es esto: que si el vuestro casamiento y el mío quisiese Dios allegar, que me placería mucho. Y no hemos a decir, ca a hombre de buen entendimiento pocas palabras cumplen». De sí abajó los ojos la Infante y púsolas en tierra, y no lo pudo catar con gran vergüenza que hubo de lo que había dicho.

«Señora», dijo el Infante, «yo no os puedo agradecer ni servir cuánto bien y cuánta merced me habéis hecho hoy en este día, y cuánta mesura me mostraste en querer que yo sepa de vos el amor verdadero que me habéis, y en quererme hacer saber toda vuestra hacienda y vuestra voluntad. Y pues yo agradecer no os lo puedo ni servir así como yo querría, pido por merced a Nuestro Señor Dios que Él os lo agradezca, y os dé buena cima a lo que deseáis, con vuestra honra. Pero digo que sepáis de mí tanto: que del día en que nací hasta el día de hoy nunca supe amor de mujer, y convusco, ca una sois de las señoras que yo más amo y más precio en mi corazón, por la gran bondad, y el gran entendimiento, y la gran mesura, y el gran sosiego que en vos es. Y comoquiera que me ahora quiero ir, pídoos por merced que me queráis atender un año, salvo ende si hallareis vuestra honra, si Dios os lo quisiese dar.» «Amigo señor», dijo la Infante, «yo no sé cómo Dios querrá ordenar de mí, mas yo atenderos he a la mi ventura de estos tres años, si vida hubiere».

«Señora», dijo el Infante, «agradézcooslo». Y quísole besar las manos y los pies, y ella no quiso dar, antes le dijo a un tiempo vendrá que ella se los besaría a él. Y levantáronse luego amos a dos y el Infante se despidió de ella y de todos los otros hombres buenos que y eran en el palacio con el Infante.

Dice el cuento que nunca tan gran pesar hombre vio como el que hubieron todos aquellos que y estaban con la Infante; ca cuando él partió de su padre y de su madre y de su hermano Garfín y de todos los otros de la su tierra, comoquiera que gran pesar y gran tristeza y hubo, no pudo ser igual deesta; ca pero no se mesaban, ni se arrastraban, ni daban voces, a todos semejaba que le quebraran por los corazones, dando suspiros y llorando muy fuerte y poniendo las manos sobre los ojos. Y eso mismo hacía el infante Roboán y toda la su gente, ca tan hechos eran con todos los de aquella tierra, que no se podían de ellos partir sino con gran pesar. Y este reino de Pandulfa es en la Asia la Mayor, y es muy viciosa tierra y muy rica, y por toda la mayor partida de ella pasa el río de Tigris, que es uno de los cuatro ríos de paraíso terrenal, así como adelante oiréis donde habla de ellos.

El Infante con toda su gente fueron andando, y salieron del reino de Pandulfa tanto que llegaron al condado de Turbia, y hallaron en una ciudad al Conde, que saliolos a recibir y que le hizo mucha honra y mucho placer, y convidó al Infante por ocho días que fuese su huésped. Pero con este condeno se aseguraba en la su gente, porque lo querían muy mal y no sin razón; ca él les había desaforado en muchas guisas, a los unos despechando y a los otros desterrando, en guisa que no había ninguno en todo el su señorío en quien no tangiese este mal y estos desafueros que el Conde había hecho.

Y este conde, cuando vio al Infante en su lugar con tan gran gente y tan buena, plúgole muy de corazón y díjole: «Señor, muy gran merced me hizo Dios por la vuestra venida a esta tierra; ca tengo que doliéndose de mí os envió para ayudarme contra estos mis vasallos del mío condado, que me tienen muy gran tuerto, y puédolos castigar, pues vos aquí sois, si bien me ayudarais.» «Ciertas, conde», dijo el Infante, «ayudaros he muy de buenamente contra todos aquellos que vos tuerto hicieren, si no os lo quisieren enmendar; pero saber quiero de vos qué tuerto os tienen; ca no querría que de mí ni de otro mal recibiesen el que no mereció por qué». «Sabed, señor», dijo el Conde, «que no lo habéis por qué demandar, ca los mayores traidores son que nunca fueron vasallos a señor».

«Conviene», dijo el Infante, «saber de hecho, ca gran pecado sería de hacer mal a quien no lo merece, y conviene que sepamos cuáles son aquellos que lo merecen, y apartémoslos de los otros que no lo merecen; y así los podemos más aína matar y estragar; ca cuántos de ellos apartaremos tanto menguará del su poder y acrecentaría el vuestro». «Señor», dijo el Conde, «no os trabajéis en eso, ca todos lo merecen». «¿Todos?», dijo el Infante. «Esto no puede ser sino por una de dos razones, o que vos fueseis crudo contra ellos y no perdonaste a ninguno, o que todos ellos son falsos y traidores por natura. Y si vos queréis que os ayude en este hecho, decidme la verdad y no me escondáis ende ninguna cosa; ca si tuerto tuvieseis y me lo encubrieseis, por ventura sería vuestro el daño y mío, y fincaríamos con gran deshonra, ca Dios no mantiene el campo sino aquel que sabe que tiene verdad y derecho».

Cuando el Conde vio que el Infante con buen entendimiento podría saber la verdad y no le encubriría por ninguna manera, tuvo por bien de decirle por qué hubiera malquerencia con toda la gente de su tierra. «Señor», dijo el Conde, «la verdad de este hecho en cómo pasó entre mí y la mi gente es deesta guisa que vos ahora diré; ca ciertamente fue contra ellos muy crudo en muchas cosas, desaforándolos y matándolos sin ser oídos, y desheredándolos y desterrándolos sin razón, de guisa que no hay ninguno, mal pecado, por de gran estado que sea ni de pequeño, a quien no tengan estos males y desafueros que les he hechos; en manera que no hay ninguno en el mi señorío de que no recele. Y por ende con la vuestra ayuda querríame desembargar de este hecho y de este recelo; ca de que ellos fuesen muertos y estragados, podría yo pasar mi vida sin miedo y sin recelo ninguno». «Por Dios, conde», dijo el Infante, «si así pasó como vos decís, fuera muy gran mal; ca no sería así, sino hacer un mal sobre otro a quien no lo merece. Y habiéndoles hecho tantos males y tantos desafueros como vos decís, ¿en lugar de arrepentiros del mal que les hiciereis y demandarles perdón, tenéis por aguisado de hacerles aún mayor mal? Ciertas, si en campo hubiéramos entrado con ellos sobre tal razón, ellos fincaran bien andantes, y nos mal andantes y con gran derecho». «Pues, señor», dijo el Conde, «¿qué es lo que yo puedo hacer? Pídoos por merced que me aconsejéis, ca esta mi vida no es vida, antes me es par de muerte». «Yo os lo diré», dijo el Infante. «Conviéneos que hagáis en este-vuestro hecho como hizo un rey por consejo de su mujer la Reina, que cayó en tal caso y en tal yerrocomo este.» «¿Y cómo fue eso?», dijo el Conde. «Yo os lo diré», dijo el Infante.

Un rey era contra sus pueblos, así como vos, en desaforándolos y matándolos y desheredándolos crudamente y sin piedad ninguna, de guisa que todos andaban catando manera que le pudiesen matar.

Y por ende siempre había de andar armado de día y de noche, que nunca se desarmaba, que no había ninguno, ni aun en su posada, de quien se fiase; así que una noche fuese a casa de la Reina su mujer, y echose en la cama bien así armado. Como a la Reina pesó mucho, como aquella que se dolía de la su vida muy fuerte y muy *lazrada* que el Rey hacía, y no se lo pudo sufrir el corazón, díjole así: "Señor, pídoos por merced y por mesura que vos, que me queráis decir qué es la razón porque esta tan fuerte vida pasáis; si lo tenéis en penitencia, o si lo hacéis por recelo de algún peligro». «Ciertas», dijo el Rey, «bien os lo diría si entendiese que consejo alguno me podríais y poner; mas, ¡mal pecado!, no cuido que se ponga y consejo ninguno». «Señor, no decís bien»; dijo la Reina, «cano ha cosa en el mundo por desesperada que sea, que Dios no pueda poner remedio». «Pues así es», dijo el Rey, «sabed que quiero que lo sepáis. Antes que convusco casase, y después, nunca quedé de hacer muchos males y muchos desafueros y crueldades a todos los de mi tierra, de guisa que por los males que yo les hice, no me aseguro en ninguno de ellos, antes tengo que me matarían muy de buenamente si pudiesen. Y por ende he de andar armado por guardarme de su mal».

«Señor», dijo la Reina, «por el mío consejo vos haréis como hacen los buenos físicos a los dolientes que tienen en guarda; que les mandan luego que tengan dieta, y de sí mándanles comer buenas viandas y sanas, y si ven que la enfermedad es tan fuerte y tan desesperada que no puede poner consejo por ninguna sabiduría de física que ellos sepan, mándanles que coman todas las cosas que quisieren, tan bien de las contrarias como de las otras. Y a las vegadas con el contrario guarecen los enfermos de las enfermedades grandes que han. Y pues este vuestro mal y vuestro recelo tan grande y tan desesperado es que no cuidáis ende ser guarido en ningún tiempo, tengo que os conviene de hacer el contrario de lo que hiciste hasta aquí, y por ventura que seréis librado de este recelo, queriéndoos Dios hacer merced».

«¿Y cómo podría ser eso?», dijo el Rey. «Ciertas, señor, yo os lo diré», dijo la Reina; «que hagáis llegar todos; los conocéis los males y desafueros que les hiciste, y que les roguéis muy humildosamente que os perdonen, llorando de los ojos y dando a entender que os pesa de corazón por cuanto mal les hiciste; y por ventura que lo querrán hacer, doliéndose de vos. Y ciertas, no veo otra carrera para vos salir de este peligro en que sois». «Bien creed», dijo el Rey, «que es buen consejo, y quiérolo hacer; ca más querría ya la muerte que no esta vida que he». Y luego envió por todos los de su tierra que fuesen con él en un lugar suyo muy vicioso y muy abundado. Y fueron todos con él ayuntados el día que les mandó. Y el Rey mandó poner su silla en medio del campo, yuso la corona en la cabeza, y díjoles así: «Amigos, hasta aquí fui vuestro rey y usé del poder del reino como no debía, no catando mesura ni piedad contra vos, haciéndoos muchos desafueros: los unos matando sin ser oídos, los otros despechando y desterrando sin razón y sin derecho, y no queriendo catar ni conocer los servicios grandes que me hiciste; y por ende me tengo por muy pecador, que hice gran yerro a Dios y a vos, y recelándome de vos por los grandes males que os hice, hube siempre de andar armado de día y de noche. Y conociendo mío pecado y mío yerro, déjoos la corona del reino.» Y tolliola de la cabeza, y púsola en tierra ante sí, y tollió el bacinete de la cabeza y desarmose de las armas que tenía y fincó en gambax, y dijo: «Amigos, por mesura, que hagáis de mí lo que vos quisiereis». Y esto decía llorando de los ojos muy fuertemente, y eso mismo la Reina su mujer y sus hijos querán con él. Y cuando los de la tierra vieron que tan bien se arrepentía del yerro en que cayera y tan simplemente demandaba perdón, dejáronse caer todos a sus pies llorando con él, y pidiéronle por merced que no los quisiese decir tan fuertes palabras como les decía, ca los quebrantaba los corazones; mas que fincase con su reino, que ellos le perdonaban cuanto mal de él recibieron. Y así fue después muy buen rey y muy amado de todos los de la tierra; ca fue muy justiciero y guardador de su reino.

«Cuando convenía a vos, conde, que hagáis eso mismo que aquel rey hizo, y fío por la merced de Dios, que Él os *endrezará* haber amor de la vuestra gente, así como hizo aquel rey.» «Por Dios, señor», dijo el Conde, «dada me habéis la vida, y quiero hacer lo que me aconsejáis, ca me semeja que esto es lo mejor; y aunque me maten, en demandándoles perdón, tengo que Dios habrá merced ala mi alma». «Conde», dijo el Infante, «no temáis, ca si vos y muriereis haciendo esto que vos yo aconsejo, no moriréis solo, ca sobre tal razón como esta seré yo con vos muy de grado en defenderos cuanto yo pudiere; ca pues vos hacerles queréis enmienda y no lo quisieren recibir, ellos tendrán tuerto y no vos; ca del su derecho harán tuerto, y Dios ayudarnos ha y *destorbará* a ellos, porque nos tememos por nos verdad y razón, y ellos no por sí, sino mentira y soberbia».

Entonces envió el Conde por todos los de su tierra, diciendo que había de hablar con ellos cosas querán a pro de ellos y de la tierra, y luego fueron con él a una ciudad buena. Y cuando vieron la caballería que tenía de gente extraña, preguntaron qué gente eran, y dijéronles que era un hijo de un rey que era de luengas tierras, y que andaba probando cosas del mundo y haciendo buenas caballerías para ganar prez. Y preguntaron si era amigo del Conde, y dijéronles que sí. «¿Y es hombre», dijeron ellos, «a quien plega con la verdad y con el bien y le pese con el mal?». «Ciertas», dijeron ellos, «sí».

«Bien es», dijeron ellos, «pues el Infante tan buen hombre es, bien creemos que él sacará al Conde de esta crueldad que hace contra nos». Los otros le respondieron que fueseis de él bien seguros, y que así lo haría. Y así fincaron los de la tierra ya *conhortados*, y bien semeja que entre el Conde y ellos partido era el miedo; ca tan gran miedo había el Conde a ellos como ellos al Conde.

De sí el Conde mandó hacer su estrado en un gran campo muy bueno que dicen el Campo de la Verdad, y fueron y todos llegados. El Conde asentose en el estrado, armado así como siempre andaba, y el Infante de la otra parte y la Condesa de la otra, y sus hijuelos delante. Y levantose el Conde y díjolesen cómo les había errado en muchas maneras, y pidioles merced muy humildosamente que le quisiesen perdonar, ca no quería con ellos vivir sino como buen señor con buenos vasallos; y desarmose y fincó los hinojos ante ellos, llorando de los ojos y rogándoles que le perdonasen. Y sobre esto levantose el infante Roboán, ca ellos estaban muy duros y no querían responder nada, y díjoles. «Amigos, no querría que fueseis tales como los mozos de poco entendimiento, que los ruegan muchas vegadas con su pro, y ellos con mal recaudo dicen que no quieren, y después querrían que los rogasen otra vez, que lo recibirían de grado, y si no los quieren rogar fíncanse en su daño; porque no ha mester que estéis callados, antes lo debierais mucho agradecer a Dios porque tan buenamente os viene a esto que os dice.» «Señor», dijo uno de ellos, «muy de buenamente loaremos, sino que tenemos que nos trae con engaño para nos hacer más mal andantes». «No lo creáis», dijo el Infante; «antes os lo jurará sobre Santos Evangelios, y os hará hombrenaje, y os asegurará ante mí. Y si vos de ello falleciere, yo os lo prometo que seré convusco contra él». Y ellos le pidieron por merced que recibiese del Conde hombrenaje, y él hízolo así, y perdonáronle, y fincó en paz y en buen andanza con sus vasallos, y mantuvo siempre en sus fueros y en justicia. Y otro día despidiose el Infante del Conde y de todos los buenos hombres que y eran.

Dice el cuento que el infante Roboán endrezó su camino para donde Dios le guiase; pero que demandó al Conde qué tierra hallaría adelante. Y él le dijo que a treinta jornadas de y que entraría entierra del Emperador de Triguiada, muy poderoso y muy honrado, que había cuarenta reyes por vasallos, y que era hombre mancebo y alegre y de buen solaz, y que le placía mucho con hombre de tierra extraña, si era de buen lugar.

El Infante fuese para aquel imperio, y luego que llegó a la tierra de los reyes dijéronle que no le consentirían que entrase más adelante hasta que lo hiciesen saber al Emperador, ca así lo habían por costumbre; pero que le darían todas las cosas que hubiese mester hasta que hubiesen mandado del Emperador. Enviaron luego los mandaderos, y cuando el Emperador supo que un infante, hijo del rey de Mentón, llegara a su señorío y traía consigo buena caballería y apuesta, plúgole mucho y mandó que le guiasen por toda su tierra, y que le diesen todas las cosas que mester hubiese y le hiciesen cuanta honra pudiesen. Y si el Emperador bien lo mandó hacer, todos los reyes y las gentes por donde pasaba se lo hacían muy de grado y muy cumplidamente ca mucho lo merecía; ca tan apuesto y tan de buen donaire lo hiciera Dios, que todos cuantos le veían tomaban muy gran placer con su vista, y hacían por él muy grandes alegrías.

Y cuando llegó al Emperador, y hallolo que andaba por los campos, ribera de un río y muy grande que ha nombre Tigris; y descendió del caballo, y dos reyes que eran con el Emperador, por hacer honra al Infante, descendieron a él, y fuese para el Emperador y fincó los hinojos y humillose, así como le aconsejaron aquellos dos reyes que iban con él. Y el Emperador mostró muy gran placer con él y mandole que cabalgase. Y desde que cabalgó, llamolo el Emperador y preguntole si era caballero. Díjole que sí. Y preguntole quién lo hiciera caballero, y díjole que su padre el rey de Mentón. «Ciertas», dijo el Emperador, «si doble caballería pudiese haber el caballero», que él lo hiciera caballero otra vegada. «Señor», dijo el Infante, «¿qué es lo que pierde el caballero si de otro mayor caballero puede recibir otra caballería?». «Yo os lo diré», dijo el Emperador, «que no puede ser, por el uno contra el otro, que no le estuviese mal, pues caballería había recibido de él». «¿Y no veis vos», dijo el Infante, «que nunca yo he ser contra el Rey mi padre, ni contra vos por él, ca él no me lo mandaría ni me lo aconsejaría que yo falleciese en lo que hacer debiese?». «Bien lo creo», dijo el Emperador, «mas hay otra cosa más grave a que tendrían los hombres ojo: que pues dos caballerías había recibido, que hiciese por dos caballeros». «Y ciertas», dijo el Infante, «bien se puede hacer esto, con la merced de Dios, ca queriendo hombre tomar a Dios por su compañero en los sus hechos, hacer puede por dos caballeros y más, con la su ayuda». «Ciertas», dijo el Emperador, «conviene que yo haga caballero a este infante, y no lo erraremos, ca cuido que de una guisa lo hacen en su tierra y de otra guisa aquí».

Y preguntole el Emperador de cómo le hicieron caballero, y él dijo que tuvo vigilia en la iglesia de Santa María una noche en pie, que nunca se asentara, y otro día en la mañana, que fuera y el Rey a oír misa, y la misa dicha que llegara el Rey al altar y que le diera una pescozada, y que le ciñó el espada, y que se la desciñó su hermano mayor. «Ahora os digo», dijo el Emperador, «que puede recibir otra caballería de mí, ca gran *departimiento* ha de la costumbre de su tierra a la nuestra». «En el nombre de Dios», dijeron los reyes, «hacedlo caballero; que fiamos por Dios que por cuanto en él vemos y entendemos, que tomaréis buen esfuerzo».

Entonces mandó el Emperador que comiesen con él los reyes y el Infante y todos los otros caballeros, y fuéronse para la villa. El Emperador comió en una mesa y los reyes en otra, y toda la caballería por el palacio muy ordenadamente y muy bien. Y después que hubieron comido, mandó el Emperador que vistiesen al Infante de unos paños muy nobles que le dio, y que fuesen hacer sus alegrías así como era costumbre de la tierra, e hiciéronlo así; ca los dos reyes iban con él, el uno de launa parte y el otro de la otra parte, por toda la villa. Y todas las doncellas estaban a sus puertas, y según su costumbre lo habían de abrazar y de besar cada una de ellas, y decíanle así: «¡Dios te dé buena ventura en caballería y hágate tal como aquel que te lo dio, o mejor!» Cuando estas palabras oyó decir el Infante, membrósele de lo que le dijera su madre cuando de ella se partió, que el corazón le daba que sería emperador, y creciole el corazón por hacer bien.

Y otro día en la mañana fue el Emperador a la iglesia de San Juan donde velaba el Infante, y oyó misa y sacolo a la puerta de la iglesia a una gran pila *de porfirio*[42] que estaba llena de agua caliente, e hiciéronle desnudar so unos paños muy nobles de oro, y metiéronlo en la pila; y dábale el agua hasta en los pechos. Y andaban en derredor de la pila cantando todas las doncellas, diciendo: «Viva este novel a servicio de Dios y honra de

---

[42] insistir con tenacidad, porfiar o importunar-

su señor y de sí mismo.» Y traían una lanza con un pendón grande, y una espada desnuda, y una camisa grande de sirgo y de aljófar, y una guirnalda de oro muy grande, de piedras preciosas. Y la camisa vistiósela una doncella muy hermosa y muy hijadalgo, a quien cupo la suerte que se la vistiese. Y desde que se la vistió, besolo y díjole: «¡Dios te vista de la su gracia!», y partiose dende, ca así lo habían por costumbre. Y de sí vino el un rey y diole la lanza con el pendón, y díjole: «¡Ensalce Dios la tu honra todavía!», y besole en la boca y partiose dende. Y vino el otro rey y ciñole la espada y díjole: «¡Dios te defienda con el su gran poder y ninguno no te empezca!» Y de sí vino el Emperador, y púsole la guirnalda en la cabeza, y díjole: «Hónrete Dios cola su bendición, y te mantenga siempre acreditamiento de tu honra todavía.» Y de sí vino el Arzobispo y díjole: «¡Bendígate el Padre y el Hijo y el Espíritu Santo, que son tres personas y un Dios!» Y entonces el Emperador mandó que le vistiesen de otros paños muy nobles, y ciñole el espada y cabalgaron, y fuéronse para casa del Emperador, y el Infante trayendo el espada desnuda en la una mano y el pendón en la otra mano con la lanza, y la guirnalda en la cabeza. Y de sí sea sentaron a la mesa; tenía un caballero delante el espada desnuda, y el otro la lanza con el pendón, hasta que comieron. Y después cabalgaron y diéronle el espada y la lanza, y así anduvo por la villa aquel día.

Y otro día comenzaron los caballeros del Infante de alanzar y bohordar según su costumbre, de que fue el Emperador muy pagado, y todos los otros, en manera que no fincó dueña ni doncella que y no fuese. Y el Emperador mandó al Infante que hiciese él lo que sabía; ca costumbre era de la tierra quel caballero novel, que otro día que recibiese caballería, que tuviese armas. Y él cabalgó en un caballo muy bueno que traía, y lanzó y bohordó, y anduvo por el campo con los suyos haciendo sus demandas, y bien semejaba hijo de rey entre los otros; que comoquiera que muchos había entre ellos que lo hacían muy bien, no había ninguno que lo semejase en tan bien hacerlo como el Infante. Y todos los que y eran con el Emperador andaban haciendo sus trebejos, según el uso de la tierra, en un gran campo ribera del río de Tigris.

Este imperio de Triguida tomó el nombre de este río Tigris, que es uno de los cuatro ríos que salen del paraíso terrenal. El uno ha nombre Sisón, y el otro Gigón, y el otro Tigris y el otro Éufrates; onde dice el Génesis que en el paraíso terrenal sale un río para regar la huerta, y apartose en cuatro lugares, y son aquellos los cuatro ríos que nacen del paraíso terrenal. Y cuando salen del paraíso van escondidos so tierra, y parece cada uno y donde nace, así como ahora oiréis. Dicen que Sisón corre por las tierras de India, y a semejante que nace del monte que ha nombre Ortubres, y corre contracorriente, y cae en la mar; y Gigón es el río que dicen Nirojanda, y va por tierra de oriente, y escóndese so tierra, y nace del monte Ablan, a que dicen en hebraico Reblantar Mar, y después se mete en la tierra, y de sí sale y cerca toda la tierra Etiopía, y corre por seis lugares, y cae en el mar que es cerca de Alejandría.

Libros Mablaz CLÁSICOS de Ciencia Ficción recuperados

http://librosmablaz.com/

Libros Mablaz

Narrativa — Relatos

/www.librosmablaz.com/